二度目の求婚は受けつけません！

藤咲慈雨

Jiu Fujisaki Presents

fairy kiss

この作品はフィクションです。
実際の人物・団体・事件などに一切関係ありません。

二度目の求婚は受けつけません!

序章

春の柔らかな日差しが、ラージア国の首都にそびえ立つ美しき城を照らす。

ラージア国は中央大陸の南東に位置する有数の大国である。国の東側は海に面しており、航路はもちろんのこと、西側の国境は運河と平野が広がっていて、陸路も充実していた。故に、大陸の流通の窓口として周辺諸国に知られている。

そんなラージア国の政治の中心である王城には、国を統治する王族が住み、彼らに仕える官僚や使用人たちが働いている。

外国からの賓客や大使たちの謁見も多いため、今日も人の出入りが激しく、心地よい賑《にぎ》やかさで溢《あふ》れていた。

活気に満ちる王城の日当たりの良い部屋の一角では、老教師による講義の声が朗々と響き渡る。

その部屋はクリーム色の壁紙が陽光を優しく受け止め、赤地に金糸の繊細な刺繍《ししゅう》が入ったラグが敷かれている。

置かれている家具は木の温《ぬく》もりを感じられ、落ち着いた少女の部屋の様相をしていた。

老教師は、部屋の中をうろうろと歩き回りながら、ラージア国の医療体制について、建国の歴史を交えて詳しく述べていく。それを目の前に座っているルチアは熱心に聞いていた。

緩やかに波打つ柔らかそうなベージュブラウンの髪を一部だけ結い上げ、澄んだヘーゼルの瞳は真っすぐにノートに注がれている。

透けるような白い肌を包んでいるドレスは青みがかった紫色をしており、裾の部分には細やかな刺繍が施されている。一目で高級品と分かる代物だ。

それもそのはずである。

ルチアはラージア国内でも有数の大貴族である、ハルモニー侯爵家の令嬢だ。ハルモニー侯爵家は、建国より王家に仕える由緒正しき家系だ。

何人もの文官・武官を輩出し、国政を陰に日向に支えてきた。

ルチア自身も、王太子の婚約者という立場にある。

そんなルチアは、自分のために用意された王城の自室でお妃《きさき》教育を受けていた。

勉強熱心な彼女は、老教師の説明を聞いて気になったことを質問する。

「先生、つまりこの政策の意図は、限定的な救済が目的ではない、ということですか？」

「そうですな。これが永続的に行われることになれば、ラージア国内の医療体制が――」

ドオオオォォォォォン!!!

――凄《すさ》まじい音を立てて、部屋の扉が吹き飛んだ。ひしゃげた扉がルチアたちの目の前にコロンと転がる。

「…………」

「…………」

見るも無残な姿になった扉を見て、老教師とルチアはお互いに顔を見合わせる。

——扉ってこんなに簡単に吹き飛ぶもの……？　そもそも折れ曲がるものなのかしら。

あり得ない光景にルチアは呆然《ぼうぜん》とする。そして音の原因の方へと目線を向けた。

そこには輝く笑みを浮かべた金髪の美丈夫が、右手から鮮血をダラダラと垂れ流しながら立っていた。

彼はルチアと目が合うと、幸せそうな顔をする。そして颯爽《さっそう》と部屋の中へと入ってきた。

「ルチア！」

呼びかけられたルチアは思わず深いため息をついてしまった。

天使の輪が浮かぶ美しい金髪を靡《なび》かせ、アンバーの瞳を喜色に輝かせて青年はルチアに歩み寄る。

すらりと背が高く、服の上からでも分かるほどの引き締まった肉体の持ち主だ。少年のような顔立ちをしているが、身に纏《まと》う雰囲気は男らしさを感じさせる。

突然現れた破壊者——王太子であり、ルチアの婚約者であるアーサーはルチアの隣に立つと、彼女が握っていたペンを取り上げ、それを机に置いた。

「殿下、また扉を壊したんですか？」

咎《とが》めるようにアーサーを見るルチアだったが、当の本人に気にしている様子はなかった。

爽やかな空気を纏った彼は、ルチアの手を取って椅子から立ち上がらせる。

ルチアは誘導されるまま、続きの間にある布張りのソファに腰かけた。

勉強部屋と対になって造られているその部屋は、リビングスペースとなっている。南向きの窓からは暖かな陽光が降り注いでいる。

アーサーが特注で作らせた柔らかなソファに身を沈ませ、ルチアは隣に座る彼を見つめる。

「私の話を聞いていますか？」

「もちろん聞いているよ。でもルチアに会いたい気持ちが抑えきれなくて」

「そんなことばっかりおっしゃって……」

「大丈夫。些末《さまつ》なことだ」

「些末なことではないです」

「怒っている顔も可愛《かわい》いね」

ニコニコと楽しそうに笑うアーサーは、ルチアの苦言をちっとも聞いていないようだった。呆《あき》れながら彼の背後に目を向けると、王太子お抱えの大工集団が素早く扉を直しているのが見える。

――あの様子だと、一時間後には新しい扉がつきそうね。

ルチアはついでに視線を巡らせて老教師を探したが、彼の姿は部屋にはなかった。

どうやら老教師は、アーサーが部屋に突撃してきた時点で、今日の授業を終了することに決めたらしい。

ルチアの机に宿題を積んで、とっとと部屋を脱出していた。

老教師と入れ替わるようにして、侍女たちが入室してくる。茶器やお菓子が載ったワゴンが運ばれてくるのを見て、ルチアも勉強することは諦めた。

それを察したのか、アーサーが嬉々《きき》として紅茶の準備を始めた。

アーサーは鮮血の滴る右手にハンカチを巻きつけ、手際よく紅茶缶を開ける。そして慣れた手つきでティーポットに茶葉を入れた。

途端に、華やかな香りが微《かす》かにルチアの鼻をくすぐる。

「今日は薔薇《ばら》の香りがする紅茶にしてみたんだ」

「薔薇ですか？」

珍しい、とルチアは思った。フルーツティーなどの果物の味と香りがする飲み物はあったが、花の香りがする紅茶はこの国にはない。

先日、他国からの交易品としてそのような紅茶が出回り始めた、と聞いたばかりだった。

「取り寄せたんですか？」

「そうだよ。この間、花の匂いがする紅茶の話が出た時、ルチアは興味を持っていただろう？」

そう言って、アーサーはティーポットにお湯を注ぐ。

その手に乱暴に白い布が巻かれているのが目に入って、ルチアは眉を顰《ひそ》めた。

布には濃い赤が染みている。間違いなくアーサーの血だろう。先ほどの扉を破壊した時に負った怪我《けが》による出血が止まっていないのだ。

ルチアは紅茶を用意するアーサーの手を止めると、侍女に薬箱を用意させる。

「ルチア？」

「そのままにしていたら、よくないですわ。右手を出してください」

ルチアはきょとんと彼女を見るアーサーからポットを奪い、手を覆っている白い布を取った。

するとすぐに、アーサーの手のひらから血が滲《にじ》む。幸い、傷は深くないようだ。

ルチアは傷口を消毒すると、丁寧に包帯を巻いた。

「これで大丈夫だと思います。あまり乱暴に手を使うと、また傷口が開くかも——なんです、その顔は」

包帯がしっかりと巻かれていることを確認して、顔を上げれば、アーサーが蕩《とろ》けそうな表情をしていた。

ニヤニヤとニコニコを繰り返すアーサーを、ルチアはちょっとだけ不気味に思う。

「なんでもないよ。手当てしてくれてありがとう」

「……どういたしまして」

ルチアがアーサーの手当てをしている間に、侍女が紅茶の用意を済ませてくれた。紅茶からはほんのり薔薇の香りがしている。

「さぁ、ルチア。召し上がれ」

勧められるまま、ルチアは紅茶を口に含む。一口飲んだ後、鼻に抜ける甘い薔薇の香りと、微かな酸味を感じた。

ゆっくりと味わうルチアの隣で、アーサーは満足そうに何度も頷《うなず》く。

隣国の大使が持ってきた貿易品の中に、花の香りの紅茶があると、王妃付きの侍女たちが噂《うわさ》しているのを聞いて、ルチアは密《ひそ》かにそれを飲んでみたい、と思っていた。しかし少し調べただけでも、国内での取引数はまだまだ少なく、手に入れることは難しいと考えて諦めていたのだ。

まさか飲むことができるなんて思ってもみなかったと内心で喜びつつも、疑問が湧き起こる。

「……そういえば、私、『興味がある』なんて言いましたか?」

「いや、言ってないよ」

「それなのに、どうして分かったんですか？」

「それは見れば分かるよ。ルチアの顔に『とっても気になる』って書いてあったから」

ルチアは思わず顔が強張《こわば》った。

——そんなに分かりやすかったかしら。

自分の頬を押さえて、どんな表情をしているのか確かめようとする。何度も頬をさすっていると、アーサーがくすりと笑った。

「ルチアの顔はいつもと同じだったよ。他の人なら気づかなかっただろうなぁ。俺だから、ルチアの気持ちを完璧に把握できるんだ」

「人の気持ちを勝手に読まないでください」

ふふんと得意げに胸を張るアーサーに、ルチアはため息をこぼした。

考えてみれば、昔からアーサーはルチアの気持ちを汲《く》み取るのが上手《うま》かった。

現に、今いるこの部屋もそうだ。

アーサーが用意したこの部屋は、内装から置いてある家具まで、全てルチア好みのもので調えられている。

壁紙は明るい色調、家具は白や木目調で揃《そろ》えられ、ソファの下には毛足の長いラグが敷かれている。

贈られるドレスも、ルチアの好みを押さえつつ、流行を外さない逸品ばかりだ。

アーサーには一度も具体的に好きなものや気に入っているものを伝えたことはない。しかし、いつの間にかルチア好みに衣食住は調えられ、その日の体調や機嫌まで考慮した料理やお菓子が提供されるのだ。

――不満を言おうにも、文句のつけどころがないのよね。それがなんとなく悔しいわ……。

自分でもこんな部屋にするだろうと思うから、ルチアは何も言えなかった。

ルチアだってカタログを見比べたり、商人や業者と色々と話し合ったりしてみたいのだが、今のところ一度もその機会に巡り合えたことはない。

「また難しいことを考えているだろう？　ほら、クッキーを食べて」

眉間に深いシワを刻んで黙り込むルチアに、アーサーがそっとクッキーを差し出す。

ルチアはしばらくクッキーとアーサーの顔を見比べていたが、やがて静かにそれを受け取った。

口に含むと、途端にバターの風味が口いっぱいに広がる。王城のパティシエが作るお菓子はやはり一級品だ。

アーサーは大人しくクッキーを頬張るルチアを見て微笑《ほほえ》み、自分の手に巻かれた包帯を撫《な》でて、笑みを深めた。

「思い出すなぁ」

「何をですか？」

「俺とルチアが出会った時のことだよ」

そう言ってアーサーが懐かしそうに笑う。ルチアもアーサーと出会った時のことを思い返してみた。

「ルチアは子どもの頃から可愛かったな」

「そうですか？」

「ふわふわの茶色の髪に、ふっくらとしたほっぺ。何よりも好奇心に輝いていたその瞳に俺の心は打ち抜かれた……‼」

恍惚《こうこつ》とした表情で語るアーサーの姿は、出会って以来、ルチアがずっと見てきたものだった。

アーサーは幼い頃からルチアを追いかけては、彼女にへばりついて一緒にいた。

周りのことも顧みずに行動するので、昔から彼は怪我をしたり、問題に巻き込まれたりした。

ルチアもアーサーの暴走のせいで、大変な思いをしたこともあった。

「初めて出会った時も、ルチアは俺の手当てをしてくれたな」

「……そうでしたね」

今日のようにアーサーは手に怪我をしていた。それをルチアが手当てしたのが、二人の出会いだ。

二人の運命が定まった瞬間とも言える。

「女神かと思った」

幸せそうに微笑むアーサーを横目に、ルチアも過去のことを思い返す。

——あれは五歳の誕生日を迎えてから、数日経ったよく晴れた日だったわ。初めて王城に行った日——。

第一章

五歳の誕生日を迎えて三日後、ルチアは人生で一番緊張していた。

目の前にはにこにこと笑う綺麗《きれい》な女性。初対面の人に見下ろされて、ルチアは居心地が悪くなって身じろぎをする。

ルチアは今、母親に連れられて、生まれて初めて王城に来ていた。

なぜお城に連れてこられたのか、ルチアには分からない。朝食を食べ終わって、図書室で兄と過ごしていたら、突然侍女たちに自室へ拉致されたのだ。

訳が分からないまま侍女たちに全身を磨き上げられ、一度も袖を通したことのないドレスを着せられて、気がつけば王城にいた。

ルチアは王城の中庭の一角にある薔薇園へと案内された。そこは噴水や花壇が計算しつくされた構図で美しく調えられ、その奥の開けた空間にガゼボが見えている。その中では金髪の綺麗な女性がルチアたちを待っていた。

ガゼボの中に入ると、女性は立ち上がってルチアたちを出迎える。

真っすぐに伸びた金髪に濃いアンバーの瞳。涼やかな顔立ちは中性的で「かっこいい」という表現が似合う女性だった。

彼女は緊張した面持ちで立っているルチアを見ると、安心させるように微笑みかける。

「はじめまして、ルチアちゃん。私はお母さんのお友達のイレーナっていうのよ」

急に話しかけられたルチアは、びっくりして隣に立つ母のクレアの後ろに隠れた。

「イレーナ様はこの国の王妃様なのよ。ルチア、ご挨拶できるかしら」

クレアは自分の後ろで縮こまっているルチアの背中を撫でつつ、前に出るよう促す。

ルチアが少しだけ顔を出せば、形の良いアンバーの瞳と目が合った。ルチアはぴゃっと飛び上がる。

おろおろと視線をさ迷わせていると、イレーナが楽しそうに笑った。爽やかな笑顔にルチアの心がときめく。

――とても綺麗な人。

戸惑いつつ、ルチアはおずおずと顔を出してはにかむような笑みを浮かべた。

もじもじとしながらもクレアの横に並び、ドレスを持ち上げてカーテシーをした。

「あの……はじめまして。ルチア・ハルモニーです」

消え入りそうな声だったが、きちんと挨拶することができた。ホッと胸を撫で下ろすルチアを見て、イレーナとクレアは頬を緩ませる。

無事に挨拶を終えたルチアは、ようやく周囲に目を向ける余裕が生まれた。朗らかに会話する母親たちの横で、きょろきょろと辺りを見回す。

白い柱と青い屋根が特徴的なガゼボには、座り心地の良さそうなソファとテーブルが置かれていた。そのテーブルの上には美味《おい》しそうなお菓子が並んでいる。

ガゼボは中庭の中でも日当たりの良い場所にあり、太陽光を反射して、白亜の柱や床の大理石がキラキラと輝いていた。

中庭は背の高い緑の生け垣が目隠しのように植えられ、薔薇の花壇とアーチがバランスよく設置されている。中央には噴水があり、女神が抱えた甕《かめ》から、勢いよく水が噴き出していた。

ルチアは好奇心を抑えることができず、あちこちに目を走らせる。

まるでこの間読んだおとぎ話に出てくるような素敵な空間に、胸が高鳴った。

――王子さまがプロポーズをした最後のシーンみたいな景色。すごく綺麗……。

うっとりと薔薇の花壇を見つめるルチアに、イレーナは思わず忍び笑いを漏らした。それに気がついたルチアが、慌てて恥じ入るように視線を下げる。

「笑ったりしてごめんなさいね。中庭が気になるのかしら？」

「えっと……」

「よかったら、見て回ってもいいのよ？」

思いがけない提案に、ルチアは戸惑いながらクレアを見る。クレアは優しく微笑んで、小さく頷いた。

許可が下りると、途端にルチアの中で好奇心がむくりと顔を出す。

ルチアは二人に促されるままガゼボから出て、中庭の探検へと繰り出した。

「中庭から出てはダメよ」

「はぁい！」

クレアの注意に元気よく返事をして、ルチアは中庭を探索し始めた。

秘密の隠れ家《が》のような庭には、四方を囲むように薔薇が咲き乱れている。六分咲きのそれらは、今まさに咲き誇らんと、豊潤な香りを辺りに振り撒《ま》いていた。

アーチに這《は》うように咲く薔薇を見ながら、ルチアは中庭をぐるりと巡る。

――すごい。色の違う薔薇がたくさんあるわ。

目の前に広がる景色に夢中になって、あちこちの薔薇を見て回った。黄色の蔓《つる》薔薇がアーチを彩り、赤や紫、白の薔薇が花壇を埋め尽くす勢いで咲いている。

薔薇に導かれるように奥へと足を進め――ルチアはどこからか視線を感じた。

「うん……？」

誰かに見られているような、そんな気持ちに襲われる。

気がつけば、母親たちがいるガゼボからだいぶ離れていた。薔薇に夢中になっている間に、中庭の端まで来てしまったようだ。

ルチアが二人のもとに戻ろうとした時、何かが視界を横切った。

「え……？」

違和感を覚えて、辺りをキョロキョロと見回す。

そして奇妙なものを見つけた。

それは垣根の向こうに見える、二つの丸い光だった。ちょうどルチアの目線と同じくらいの高さで光っている。

不思議に思ったルチアはそれに近づき――

「ひっ！」

――違和感の正体に気がついた。

それはただの光ではなく、人間の目だった。誰かがこちらを覗《のぞ》き込んでいる。

驚いたルチアは急いで逃げようとしたが、恐怖からか身体が言うことを聞かず、その場から動くことができなかった。

そうしているうちに、目の前の生け垣がガサガサと大きな音を立て始める。

――こっちに来る！

ルチアはなんとか足を動かして、その場を離れようとした。しかし相手の方が一歩、早かった。

背を向けるルチアの腕をガシッと掴《つか》むと、逃がさん！　とばかりに強く握り込まれる。

手を掴まれたまま、ルチアはその場から一歩も動けなくなった。

逃げたい。しかし逃げることができない。

相手を確かめたい。しかし振り向くのは怖い。

そんな相反する気持ちが、胸の内をグルグルと駆け巡る。

――このまま、ずっと掴まれたままだったらどうしよう……。

得体の知れない何かに取り憑《つ》かれる自分を想像して、泣きそうになった。

勇気を振り絞って、なんとか、自分の腕を掴むモノを見てみる。

ルチアの腕を掴んでいる何かは、自分と同じ人の手だった。さらに想像していたよりも小さい。

そのことに気がついたルチアは、そろりそろりと視線を上げる。

そこに立っていたのは柔らかそうなゴールデンブロンドの髪の男の子だった。

生垣を無理やり越えてきたからなのか、着ている服は葉っぱだらけで、手足や頬には土がついている。

その子は女の子と見間違うような可愛らしい顔立ちの子どもだった。ベストとズボンを穿《は》いていなかったら、女の子だと思っただろう。

――う、わぁ。すごい可愛い子だ。

今まで見たことのないような可愛い子の登場に、ルチアはぼんやりと見惚《みと》れてしまった。

男の子はルチアのことをまじまじと見ていた。それはもう、上から下まで穴が開きそうなほど真剣な眼差《まなざ》しで見られた。

ルチアも彼があまりにも可愛かったので、目を離すことができなかった。

黄みの強いアンバーの瞳。ゴールデンブロンドと相まって、キラキラした男の子だな、と思った。肌は白く、興奮しているのか頬は上気して少し赤い。

着ている服は上等なもので、貴族の子どもだろう、と思われた。そしてなぜか右手には白い薔薇が握り締められている。

花壇から無理やり引き抜いたのか、その薔薇にはまだ棘《とげ》がついていた。男の子はそのせいで、指や手のひらに血が滲んでいる。

痛そうだと思ったルチアは、スカートの隠しからハンカチを取り出した。そして男の子の手を取る。

「っ⁉」

すると男の子は目を見開いて硬直した。ルチアはそれに構うことなく、彼の手から薔薇を取り上げる。そして血の滲む手にハンカチを押し当てた。

「あ……」

真っ白なハンカチに真っ赤な血がついてしまったのを見て、男の子はあたふたし始めてハンカチを取り外そうとしたが、ルチアがそれを押し留める。

「大丈夫だから。じっとしてて」

「でも、血が……」

「いいから」

ルチアはしばらくそうした後、そっとハンカチを外した。確認すると、男の子の血は止まっていた。どうやら無事、止血ができたようだ。

男の子は呆然とルチアを見ている。血が止まったことにも気がついていない様子だ。

ルチアは器用にハンカチを彼の手に巻きつけると、その手に薔薇を戻す。彼はそれをぼんやりと受け取った。

「君は……誰？」

「私？　ルチア・ハルモニーです。今日はお母さまとここに来たの」

「ルチア……。俺はアーサー。アーサーって呼んで欲しい」

「分かった。アーサーね」

ルチアは素直に頷き、にっこりと笑った。お友達ができた、と内心で喜ぶ。

すると突然、アーサーの顔が真っ赤に染まった。

急な変化に驚き、慌ててアーサーの顔を覗き込むと、彼はますます赤くなり、挙動不審になった。

「アーサー、どうしたの？」

「え……うっ……あっ……」

「顔が赤いよ。暑いの？」

ルチアは熱を測ろうと思って、いつも両親がしてくれるように、アーサーの額に自分の額を押し当てようとした。

急に顔を近づけたことに驚いたのか、アーサーは慌てた様子で飛び跳ねてそれを避《よ》けた。

距離を取った先で、胸を押さえて深呼吸をしている。

目を泳がせ、一生懸命に呼吸を整えているアーサーを見て、ルチアは不安になった。

――きっとよくない病気だわ。熱が高いのかもしれない。早く、部屋の中に入らないと！

ルチアは、アーサーをクレアたちのところに連れていって事情を説明しようと考え、彼の腕を掴んだ。

「ひょっ‼」

「え？」

腕を掴んだ瞬間、奇声を上げてアーサーが離れる。

ルチアとアーサーの間に、微妙な距離ができた。二人はお互いに無言で見つめ合う。

急に避けられたルチアは、少し落ち込んだ。いきなり腕を掴んで引っ張ったから、嫌われたと思ったのだ。

「ごめんね。もう触らないから……」

「え？　触らないの？　触ってくれないの？」

「だって触られるの、イヤなんでしょう？」

「イヤじゃなくて、そうじゃなくて……」

目の前のアーサーの顔がどんどん焦ったものへと変化していく。ルチアは彼が焦る理由が分からず、ただきょとんと彼の顔を見つめた。

ますますアーサーは落ち着かない様子になり、目をあちこちにさ迷わせた後、バッと手に持っていた薔薇を差し出してきた。

「あ、あげる！」

「え？」

「ルチアにあげる。その……手当てのお礼……」

そう言って、尻つぼみに消えるアーサーの言葉。差し出されてから気がついたのだが、ぎゅっと握り締められていた薔薇は、少し萎《しお》れかけていた。

ルチアはその薔薇を見つめ、アーサーの顔を見て、また薔薇を見る。そして差し出されたそれを遠慮がちに受け取ると、ルチアは花が咲くような、綺麗な笑顔をアーサーに見せた。

「嬉《うれ》しい。私、お花を貰《もら》ったの、家族以外ではアーサーが初めてよ」

ルチアは白い薔薇を眺めながら、本当に嬉しそうに笑った。そんなルチアの笑顔に引き寄せられるように、アーサーはふらふらとルチアに近づく。

そしてぎゅっと彼女を抱き締めた。

「……え？」

突然の抱擁に驚き、離れようと身をよじる。しかしアーサーの腕は解かれない。なんとか彼の顔を見ようとするが、思いのほか力強く抱き締められていて、それもできなかった。

やがてアーサーがポツリと呟《つぶや》く。

「けっ……して……さ……」

「え？」

「けっこんしてください！」

突然の絶叫にビクッと身体が飛び上がった。

あまりにも耳に近いところで叫ばれたので、ルチアにはアーサーがなんと叫んだのか分からなかった。

きょとんとしていると、アーサーはルチアからの反応がないことに焦《じ》れたように、ガバッと顔を覗き込んできた。

アーサーの目は真剣だった。ルチアはその気迫に気圧《けお》される。

思わず後ずさろうとするが、背中に回った腕がそれを許さない。

「ルチア、結婚してください」

「結婚？」

「ルチアのことが好きになりました。俺と結婚してください！」

「え、嫌です」

ルチアはばっさりと断った。さっきの勢いはどこへやら、アーサーはポカンと口を開けたまま、何も言わなくなってしまった。

抱擁する腕が緩んだので、ルチアは離れようとする。するとアーサーが再び力強く抱き締めてきた。

「な、なんで？」

「だってアーサーのこと、好きじゃないもん」

「そんな……」

ルチアの鋭すぎる拒絶の言葉が心を抉《えぐ》ったようで、アーサーの顔色が真っ青になった。ルチアの心にちょっぴり罪悪感が生まれる。

嫌な沈黙が二人を包む。どうしようか、と悩んでいたルチアはアーサーを見てぎょっとした。

目の前にいるアーサーの目尻には大粒の涙が溜《た》まっている。口元をキュッと引き結び、なんとか泣くまいという表情をしていたが、涙は今にもこぼれ落ちそうだ。

「な、泣かないで」

「泣いてない」

「でも涙が溢れそうだよ」

「ルチアが結婚してくれるって言ったら、泣きやむよ」

「ええ……」

この状況でも結婚を申し込んでくるしぶとさに、ルチアは素直に感心する。彼は転んでもタダでは起きない人間だった。

こぼれ落ちそうだった涙はついに頬を伝い、小さく嗚咽《おえつ》を漏らしながらも、目は真剣だった。一歩も譲らない、という強い気迫がある。

ルチアはアーサーの決意を感じ取っていたが、だからといって結婚に応じるつもりもなかった。

アーサーのことは今日会ったばかりでよく知らないし、ルチアにはルチアのこだわりがある。

「アーサーとは結婚しないわ。だって薔薇を貰っていないもの」

「薔薇？」

ルチアの言葉を聞いて、アーサーは彼女の手にある白い薔薇を見る。

「薔薇なら渡したよ。ルチアが手に持っているでしょう？」

「これは手当てのお礼でしょう？」

「うっ。そうだけど……」

「それにプロポーズにはピンクの薔薇なのよ」

想像もしていなかったのだろう。アーサーはルチアの言葉を聞いて、目を瞠《みは》った。

プロポーズにはピンクの薔薇を贈るという決まりがあるの？　と聞いてくるアーサーに、ルチアは大きく頷く。

もちろん、そんなものはない。

ルチアにとってプロポーズとは、兄に読み聞かせてもらったおとぎ話そのものなのだ。

彼女のお気に入りのおとぎ話では、王子様はプロポーズの際に、跪《ひざまず》いてピンクの薔薇の花束を差し出すのである。

ピンクの花束を貰っていない以上、プロポーズを受けることはできない。ルチアには検討の余地すらないのだ。

アーサーは素早く周囲に目を向ける。周りには、たくさんの薔薇が咲き誇っている。

しかし色とりどりの薔薇が咲く中で、ピンクだけがなかった。

「ピンク、ない……」

アーサーの顔が分かりやすく絶望に染まった。大粒の涙がこぼれ落ち、彼の頬を濡《ぬ》らす。

そして幼子のように嗚咽を上げて、涙と鼻水を垂れ流し始めた。その凄まじい量に、ルチアはちょっと身を反らせる。

今日は王城に行くということだったので、ルチアは侍女たちに一番お気に入りのドレスを着せられていた。お誕生日会で父親にプレゼントされた、とっておきの一張羅《いっちょうら》である。

そんな大事なドレスに、鼻水をつけられたくなかった。

「ぴ、ピンクのっじゃないと……ダメ？　ひっく。他の……色なら、ひっく。いくらでもあげるからぁ」

「ダメ。プロポーズはピンクの薔薇！」

「ピンク……」

アーサーは真っ赤になった目で、一生懸命に薔薇を探す。しかしいくら探しても、お目当ての薔薇はそこにはない。

ルチアはピンクの薔薇以外、受け取るつもりはなかった。子どもといえども、プロポーズはキラキラとした憧れなのだ。やはり譲れない。

やがてアーサーは顔を歪《ゆが》ませ、大きく泣き叫んだ。

「い、イヤだ！　ルチアと結婚する！」

「イヤって言われても……」

「結婚するって言ってくれるまで、俺は離れないから！」

力強く情けない宣言をすると、アーサーはルチアの身体をぎゅうっと抱き締めた。羽交い絞めという表現がぴったりの抱きつき方である。

迷惑に思ったルチアはなんとか逃れようとするが、アーサーの力はまったく緩まない。

そのうち、ジタバタと暴れるルチアの方が疲れてきてしまった。

「ピンクの薔薇がないんだから諦めてよ」

「薔薇ならいっぱいあるよ！　好きなのあげるから」

「ピンクじゃないもん。ピンクが欲しいの」

「後で用意するから！　ルチアだけのピンクの薔薇の花束を作るから！」

抱き締めるアーサーと、腕を突っ張って逃れようとするルチア。両者は言い合いをしながら、なんとかお互いを説得しようと試みる。

ルチアは頑固だった。どんなにお願いされても、譲れない一線を曲げるつもりはなかった。

しかしアーサーの方も必死で、プライドも何もかもを打ち捨てていた。泣き叫んで懇願して脅して、駄々をこねまくったのだ。

「結婚して！」

「イヤ」

「するって言うまで俺は離れない」

「離れないって言われても、無理だもん」

「ずっとルチアにくっついている。食事の時も寝る時もずっと一緒」

「え……」

「お風呂もお手洗いもず――っと一緒！」

「えぇー……」

涙と鼻水を垂れ流して、目だけはギラギラさせてアーサーはルチアに抱きついている。その眼差しは、どんなにルチアに罵倒されようが邪険にされようが、ずっと引っついていようという決意に満ちていた。

ルチアはどうしよう、と悩む。

ピンクの薔薇でプロポーズしてもらえないなら、アーサーと結婚するつもりはない。しかしアーサーも諦めるつもりはないようだ。鼻水を垂れ流しながら、ルチアの身体を離すまいと強く抱き締めている。

両腕をルチアに巻きつけているからか、拭うことのできない鼻水は、まるで滝のように流れていた。その鼻水はアーサーの顎を伝い、今にもルチアのドレスに垂れそうだ。

――鼻水、汚い。

ドレスを汚したくなくて、なんとかアーサーから離れようと身を反らせる。しかし離れることを嫌がるアーサーは、ルチアの方へと近づいてくる。

「アーサー、離れて」

「イヤだ」

「それじゃあ鼻水を拭いて。ドレスが汚れちゃう」

「鼻水……」

言われてから、アーサーは自分の鼻水が、今にもルチアのドレスに付着しそうなことに気がついたようだった。

アーサーはルチアをじっと見つめている。

アーサーが動かないことに焦れて、ルチアは嫌そうに身体を思いっきり反らした。それを見て、彼が何かに気づいたように怪しく笑う。

「……ルチア」

「なぁに？」

「鼻水、ドレスにつくの、イヤ？」

「イヤに決まってるわ」

これはお気に入りの、特別なドレスなのだ。今まで袖を通すことを許されず、今日、初めて着たドレス。

ルチアが今まで着た中でも、最上級のものだ。それだけに汚すことはしたくなかった。

「そうなんだ……」

「アーサー？　どうしたの？」

アーサーはルチアのドレスを見下ろした後、おもむろに顔をルチアの肩口に近づけようとする。

それを見てルチアは慌てた。

「やめて！　何をするつもり？」

「ドレスが汚れたら、困るよね？」

「もちろん困るわ。汚すのも、破れたりするのもイヤ」

「それなら鼻水がついたら、ルチアは困るんだ……」

ルチアは不穏な空気を感じて、アーサーの顔を覗き込む。彼は物語に出てくる意地悪な悪役のような顔つきでニヤリと笑った。

「鼻水、ドレスで拭いちゃうよ」

思いがけない言葉に、ルチアの思考が止まる。

——鼻水をつけるですって？

「——ひどい！」

「ルチアが結婚するって言ってくれたらやめる」

勝ち誇ったように笑うアーサーを見て、ルチアは歯ぎしりしたくなった。

まるで悪代官のような所業である。ニヤリと笑う顔には、最初に見た可愛らしさは微塵《みじん》もなかった。

ルチアは悩んだ。かつてないほど深く悩んだ。

アーサーの突拍子もない求婚を受けるつもりはない。しかし受け入れなければ、彼は鼻水をつけると言っている。よりにもよって、ルチアが一番大切にしているドレスにだ。

悩んでいる間も、アーサーの顔がルチアのドレスに近づいてくる。なんとか距離を取ろうとするが、アーサーに抱き締められているので、いずれ彼の顔はドレスに押しつけられることになるだろう。

「どうするの？　ルチア。鼻水、ついちゃうよ？」

アーサーの鼻水は、今にも顎から滴り落ちそうだった。このままでは、アーサーがドレスに顔を押しつけるまでもなく、ドレスは汚れることになってしまう。

ルチアは覚悟を決めた。

「分かった！　結婚するから、鼻水はつけないで！」

「やった‼」

ルチアからの決定的な一言を貰ったアーサーは歓喜する。そのままの勢いで、ルチアをがばっと抱き締めた。

アーサーの行動に慄《おのの》いたのはルチアである。今、間違いなくドレスに鼻水がついた。肩口にアーサーの顔が押しつけられているのを感じる。

「ちょっと！　鼻水つけたでしょう⁉」

「もちろんつけてないよ。ほら、見て」

アーサーが顔を上げる。

先ほどまで涙と鼻水でぐしゃぐしゃだった顔は、すっかり綺麗になっている。強いて言うと、目元は赤く腫れぼったくなっているし、鼻も真っ赤だ。しかし涙と鼻水は垂れ流されていない。

ルチアは自分のドレスの肩口を触ってみるが、そこも濡れてはいなかった。

「なんで……」

「ちゃんと顔を拭いたから」

そう言って笑うアーサーの右手にはハンカチ。目にも留まらない速さで、アーサーは自分の顔を拭き取って、ルチアに抱きついていたらしい。

ルチアは思わずアーサーを睨《にら》みつけた。

「ドレスで鼻水を拭こうとしないで、ハンカチで拭けばよかったでしょ」

「ハンカチを持っていたことを、さっき思い出したんだ。ルチアが結婚するって言った瞬間に思い

出した」

非常に嘘《うそ》臭い。ルチアは問うようにじっと見つめたが、アーサーはニコニコと笑うだけだった。

アーサーは抱き締めていた腕を離すと、今度はルチアの手をしっかりと握る。離さないよ、と強く主張するような力強さに、ルチアはため息がこぼれた。

どんよりと落ち込むルチアの姿に、アーサーは不思議そうに首を傾《かし》げた。

無邪気な顔でルチアを眺めるアーサーを見て、ルチアもふと、疑問に思った。

「アーサーはなんでここにいるの？」

「俺？　だって俺は――」

「――あなたたち、いつの間に仲良くなったの？」

アーサーの声に被《かぶ》さるように、背後から声が聞こえてきた。

驚いて振り返れば、イレーナとクレアが立っていた。

「お母さまっ」

「母上？」

アーサーとルチアは揃って反応する。ルチアは聞き慣れない言葉が耳に飛び込んできて、固まった。

――母上？

ルチアの目の前に立っているのは、自分の母親であるクレアと、イレーナだけである。

つまりアーサーはイレーナのことを「母上」と呼んだわけで。

「アーサーはイレーナ様の子どもなの？」

「そうだよ」

「……本当にイレーナ様の子ども？」

「そうだよ。俺はここに住んでる」

「……住んでる」

ルチアは目の前に建つ壮大な城を見上げた。これは間違いなく王城だ。

ここに住んでいるのは、王様と王妃様と王子様。アーサーはイレーナ様の子どもで、しかもここに住んでいるということは――。

「アーサーって……王子様なの？」

「うん」

おそるおそる聞いた質問に対し、アーサーはあっさりと頷いた。それはもう、びっくりするくらいあっさりとだ。

ルチアは眩暈《めまい》がした。

もちろんアーサーが王子様であったことにも驚いたのだが、自分が想像していた王子様とはかけ離れた存在だったことに、一番驚いていた。そして落ち込んだ。

――王子様って、もっとかっこよくて頭が良くて、笑顔が素敵な人だと思っていた……。

間違っても鼻水をつけるぞ、と脅すような人間とは考えていなかった。

ルチアの頭の中にあった、爽やかな笑顔の足の長い王子様像はガラガラと音を立てて崩れ去った。

ルチアががっかりした気配を感じ取ったのか、アーサーが取り繕ったような笑みを浮かべる。

ニコニコと笑う息子と、なんだか悲しそうな顔をしているルチアを見て、イレーナは首を傾げた。

「アーサー、ルチアちゃんとお友達になったの？」

「なってない」

「え？　なってないの？」

「うん。俺のお嫁さんになったの！」

「なってないよ！」

アーサーの発言に、ルチアは急いで言葉を挟んだ。ルチアはお嫁さんになったつもりはなかった。

すると、アーサーは慌てたようにルチアの顔を覗き込む。

「結婚するって言ったじゃないか！」

「それは将来の話でしょう？　まだお嫁さんじゃないもん」

「将来、結婚するんだから、もうお嫁さんみたいなものだよ」

アーサーの反論に、ルチアは唇を尖《とが》らせる。

ルチアにとってお嫁さん、というのは結婚式を挙げてからなるものだった。したがってルチアはまだ、お嫁さんではない。

アーサーがなんと言おうとそこは譲れない。

そんな二人のやり取りを見て、イレーナはしょっぱいものを舐《な》めたような顔をした。クレアも困っている様子だ。

「そう……。結婚するって言ってしまったのね……」

なぜ、イレーナがそんな顔をするのか分からないルチアは、首を傾げてクレアを見た。クレアはしょうがないわね、なんて呟いている。

なんとなく、自分にとって悪い空気が流れている。ルチアは本能的にそう悟った。

「クレア、ごめんなさいね。こんなことになるとは思っていなかったのよ」

「仕方ありませんわ。私もまさか、と思いましたもの」

「そうよね。いくらなんでも早すぎるわよね」

自分たちの頭上で、意味が分からない会話が繰り広げられる。二人は困ったような顔でルチアを見た。

「ルチアちゃんには頑張ってもらわないと……」

「大丈夫です。やればできる子ですから」

何を頑張るのだろうか。ルチアは恐ろしくて、聞くことができなかった。

アーサーは不穏な空気を感じていないのか、そもそも気にしていないのか、ひたすらルチアの顔を眺めてご機嫌に笑っている。

はっきり言って気持ち悪かった。

ルチアがそっと距離を取ろうとするが、アーサーはそれを許さない。

静かな攻防を続ける二人を見て、イレーナは悲しそうに、クレアは苦笑を交えてため息をこぼした。

――ルチアがため息の理由を知るのは、それからしばらく経《た》ってからのことだった。

第二章

『ディエリング家の呪い』。それはラージア国に伝わる一つの伝説だった。

ルチアはその詳しい話を、十歳の時にイレーナから教わった。それはお妃教育の一環としてお茶会のマナーを習っている時だった。

「ルチアはディエリング家の呪いについて、何か知っているかしら？」

お茶の銘柄を当てる試験の最中に聞かれた問いにルチアは小さく首を傾げる。

「お母さまからは王家にある伝説だと聞いています。結婚すべき相手が分かるんですよね？」

「うーん。そう言われるとそうなのかしら……？」

ルチアの答えを聞いたイレーナは苦笑する。それからルチアにも分かるように説明してくれた。

「ラージア国は建国以来、一度も王朝が交代していないの。それは知っている？」

「習いました。ずっとディエリング王家が国を守ってきたんですよね」

「そうよ。そして重要なのが、ディエリング家の人間はものすごく一目惚れ体質で、粘着的なまでに一途《いちず》なのよ」

ルチアは目を丸くした後、白けたような顔になった。その表情は、身に覚えがあると雄弁に語っている。

イレーナも重々しく何度も頷いていた。

「あなたは身をもって体験していたわね。本当に油断していたわ……。まさか五歳の子どもが一目惚れするとは思わなかったの」

そう呟くイレーナの声は、なんだか悔しそうだった。

あの日、イレーナは王妃業と子育て、外交業務に振り回され、心身ともに疲れていたそうだ。

侍女たちから、同じ年頃の子育てをしている母親が集まってお茶会を開き、子育ての悩みや発見を交換し合うことが流行《はや》っていると聞いて、自分もやってみたいと思ったらしい。

思い立ったその日、イレーナは親友のクレアを呼ぶことをすぐに決め、クレアの屋敷に伝令を飛ばした。

「呼ぶなら同い年の子どもがいるクレアだと思ったの。親友だし、ルチアの前に一人産んでいるから、子育ての先輩として良い助言が貰えるかなって。ルチアにも会いたかったから、連れていらっしゃいと誘ったのよ」

ルチアはあの日、お茶会に呼ばれた理由をようやく知った。イレーナは女の子の母親というのに密かに憧れていたようだ。

「私が陛下に見初められたのは、社交界デビューが終わった後だったの。だから万が一、ルチアとアーサーが出会っても問題ないと思って。女の子より追いかけっこやかくれんぼの方が興味がある子だったから……」

イレーナの言葉に、ルチアは苦笑するしかなかった。結果として、アーサーはルチアに一目惚れし、ルチアと婚約することになった。

あの時、ルチアには辞退するという選択肢もあった。しかしディエリング家の血を引く者は、一目惚れをすると他の女性には一切目を向けなくなるのだ。

あらゆる手を使い、相手を捕まえることに邁進《まいしん》する。あの時断って逃げ帰っても、アーサーは決して諦めなかっただろう。

「強力な呪いですね……それでは歴代王家の皆様は、全員恋愛結婚なのですか？」

「それがそういうわけでもないの。やはり王族だからね。過去には政略結婚を強いられることもあったみたいよ」

「……それは上手くいったんですか？」

イレーナは沈鬱な顔をして、首を横に大きく振った。

「まったく。それどころか国中を災厄が襲ったらしいわ」

「災厄？」

「当時の宰相の横やりで、一目惚れした女性と引き離された王様の時は、国中に疫病が蔓延《まんえん》したらしいの。でも失意の真っただ中の王様は政治に無関心になってしまったんですって。さらに疫病でその女性が亡くなったと聞いたら、後を追うように王も崩御なさったそうよ」

「まさか……」

「隣国の王族と無理やり政略結婚をさせられた王様の時代は、三年連続で水害が起こったんですって。この時は疫病の前例があったから、国民が怒ったみたいで」

国民たちは王族から運命の相手を引き離したから、こんな悲惨な目に遭うのだと噂し、外交による利権獲得のため、政略結婚を推し進めた宰相やその側近たちに恨みを募らせたらしい。

事態を重くみた他の重鎮たちが、当人が選んだ相手との結婚を認めると、翌年に水害は起こらなかった。それどころか豊作となり、落ちた国力はわずか一年で回復したのだった。

これを呪いと言わずして、なんと言うのだろうか。

「それ以来、宰相や側近たちは本人の意向に従って縁談を進めてきたそうよ。不思議と、一目惚れする相手も、身分が釣り合わないということもないようだしね」

ルチアも例に漏れず、王家に嫁ぐに相応《ふさわ》しい身分の女性だった。

ハルモニー侯爵家といえば、国内でも有数の大貴族だ。文官・武官を何人も輩出し、時には王家に縁のある女性が降嫁したこともある。

現当主は国政にこそ関わっていないが、領地経営の手腕は見事だと評判である。またルチアの兄も父に勝るとも劣らない能力を持っており、将来を嘱望されている。

そんな身分も評判も素晴らしい女性との婚約を、国中が祝福した。そもそもディエリング家の呪いがあるので、反対しても決定が覆ることはないのだが。

大変なのはルチアである。婚約者に内定した瞬間から、怒濤《どとう》のお妃教育が始まった。

その内容は多岐に亘《わた》っていた。マナーや政治学、外交術に語学などありとあらゆる勉強が、ルチアには課せられたのだ。

ルチアは最初こそ、半べそになりながら、たくさんの講義を受けていた。何もかも投げ出して屋敷に帰りたい！　と何度も思った。しかしすぐにその考えを改めるようになる。

たとえルチアが婚約者として及第点に届かなかったとしても、ルチアは王太子妃に――ゆくゆくは王妃になる。

ルチアがどんなに落ちこぼれであっても、アーサーはルチア以外の人間を選ぶことも、受け入れることもないだろう。彼女がアーサーの隣に立つしかないのだ。

アーサーが国王になった時、ルチアは王妃になる。その時、何も知らないからといって、逃げ出すことはできないのだ。

ルチアは頑張った。慣れない生活に心が折れそうになる日もあったが、一生懸命学んだ。

アーサーと結婚することに納得したわけではなかったが、落ちこぼれと思われるのも嫌だった。

ルチアは意地だけで、不慣れなお妃教育を乗りきった。

やがて学ぶ楽しさを覚えたルチアは、積極的に勉強に励むようになる。すると成果もみるみると上がった。また意欲的に取り組むルチアを見て、各教師陣もそれに応えようとあれもこれも教えようとする。

必然的にルチアは王城で過ごす時間の多くを、勉学に使うようになった。

しかしアーサーはそれを面白くないと思ったようだった。せっかく王城にいるのに、ルチアと一緒に過ごすことができず、不服そうにしている姿を何度もルチアの部屋の前で目撃したと侍女たちから聞いた。

アーサーはルチアに構ってもらえない不満が爆発するのか、時々暴走するようになった。そのたびにルチアが迷惑を被《こうむ》ることになった。

婚約をして五年が経った十歳の頃、勉強を終えるとすぐに帰ろうとするルチアを引き留めるのが、アーサーの日課となっていた。

「ルチア！　勉強は終わったの？　それならこれから一緒に夕食でもどうかな？」

「いいえ。戻って食べますわ。家族も待っていると思いますし」

「そう……。それなら明日は？」

「明日も屋敷で食べます。久しぶりに家族が揃う日ですから」

アーサーは一生懸命に誘うが、ルチアはいつも断っていた。

ルチアとしては、アーサーに意地悪をしているつもりはなかった。ただ高い水準を求められるお妃教育や王城通いで、精神的にも肉体的にも疲れていて、一刻も早く屋敷に帰りたかったのだ。

アーサーはそそくさと馬車に乗り込むルチアを、いつも寂しそうに見送った。その顔を見ると、ルチアは後ろ髪を引かれるような気持ちになったが、帰りたい気持ちの方が勝った。

いつまでもこちらを見送るアーサーの姿が、馬車の小窓から見えている。ルチアはアーサーが寂しそうにしていることには気づいていたが、彼が何を思って馬車を見送っているかまでは理解していなかった。

翌日、ルチアはお妃教育を終えて、いつも馬車が止まっている停車場に向かう。しかしそこに侯爵家の馬車はなかった。

「あれ？」

迎えが来ていないことを不思議に思うルチア。いつも時間通りに待っていてくれるのに、何かあったのだろうか。

不安になるルチアの前に、さっと誰かが現れた。そこには満面の笑みで胸を張っているアーサーの姿。その輝く笑顔に嫌な予感がして、ルチアはちょっと後ずさる。

「殿下、どうしたんですか？」

「そんな他人行儀に呼ばないでって、言ってるのに。そんなことより、こんなところでどうしたの？」

「馬車がまだ来てないようでして……。遅れることなんてなかったから、何かあったのかもしれませんわ」

「あぁ、馬車なら帰したよ」

「………は？」

「迎えが待っていたら、ルチアが乗って帰っちゃうだろう？　だから馬車には帰ってもらった。さぁ！　一緒に夕食を食べながら団欒《だんらん》をしよう。この日をずっと待ちわびていたんだから！」

まさにウキウキという様子でルチアの手を取り、アーサーはダイニングルームへとルチアを連れていく。

引っ張られるまま足を動かすルチアには、アーサーが何を言っているのかよく理解できなかった。つまり、一緒に過ごしたいがために、勝手に馬車を追い返したということだろうか？　そんなことが許されるのか？　そう考えて、思わずため息をつく。

――王家の、それも王太子に帰れって言われて、従わないわけにはいかないよね……。

御者はきっと驚いたことだろう。帰ったらきちんと謝らなくては。

そんなことを考えているうちに、ルチアはダイニングテーブルに着席させられていた。

アーサーもいそいそとルチアの向かい側に座り、一瞬、真顔になった。それからすぐに立ち上がってルチアの隣に座り直す。

「どうかしましたか？」

「思ったよりルチアから遠かった。やっぱり隣に座る」

アーサーは満足そうに頷くと、壁際に立つ侍従に合図を送る。すると彼はお辞儀をし、室内にワゴンを押した給仕を入れた。

二人だけの晩餐《ばんさん》会には、魚介のマリネやクリームシチューなど、ルチアの好物ばかりが並んだ。

アーサーが事前に根回しをしていたことが窺《うかが》える。

ルチアは帰宅するのを諦めて、アーサーの隣でゆっくりと食事を楽しむことにした。時々、アーサーがルチアの好物を刺したフォークを口元に差し出してくるのを、器用に避けながら食事をする。

――今後はこういうことが増えそうだわ……。

楽しそうに食事をするアーサーを見て、ルチアはため息をこぼした。

ルチアの心配は的中する。これ以降、たびたびアーサーは勝手に馬車を帰すようになってしまった。食事をしないとアーサーは馬車の手配を許してくれないので、ルチアは大人しく王城で夕食をともにするのだった。

また、ルチアとアーサーが社交界デビューを控えた十四歳の頃にも、アーサーは盛大に暴走した。

ある日、勉強のために王城へ出向くと、なぜかアーサーの居室に案内された。部屋の中に入ると、そこには大量の布やレース、刺繍の見本やビーズやガラス細工などが、所狭しと並んでいた。

侯爵家でもなかなか見ないその光景に、ルチアは目を丸くする。

「殿下、新しい式服でもお作りになるのですか？」

布の山に埋もれているアーサーに問いかけると、彼は苦笑する。

「まさか。いや、俺も新調するけどね。これは全部ルチアのために集めたんだ」

「私のためですか？」

「そうだよ。俺たちは来年、社交界デビューだろう？　今からルチアのために最高級のドレスを作らないと！」

「私のドレスを、殿下が用意するんですか？」

「うん。ルチア好みの最高のものを揃えたよ」

アーサーの中ではいつの間にか、ルチアに関わる全てのものは自分が用意することになっているらしい。

ルチアも自身の社交界デビューを楽しみにしていた。両親も愛娘《まなむすめ》の社交界デビューを心待ちにしており、何カ月も前からドレスのデザインや流行を調べたり、巷《ちまた》で人気の仕立て屋を見学したりしていたのだ。

ルチアは目の前の光景に驚きながらも、アーサーの隣に座る。

色とりどりの布やレースを見て、ルチアはあることに気がついた。

——ここにあるもの全部、私が一度見たものばかり。その中でも特に気に入ったものだわ……。

デビュタント用のドレスは生地が白であれば、形や装飾などは自由なのだ。したがって毎年、大人の仲間入りを果たす少女たちが、思い思いの刺繍や宝石をつけてドレスを制作する。

もちろんルチアも例に漏れず、仕立て屋や宝石商が出してくるデザインを見て、自分のドレスについて色々と考えていた。先週も屋敷に仕立て屋を呼んで、母と一緒に素材などを吟味していた。

その時に特に気に入って、取っておいて欲しいと頼んだものばかりが、目の前に並べられている。

またアーサーが持っているデザイン画も、ルチアが気に入っていたものに、さらに手を加えたものだった。流行を取り入れつつ、ルチアの好みや体型にぴったりのものばかりである。

アーサーはルチアが社交界デビューの準備をしていることを知って、先回りしてそれらを用意したのだ。しかもルチアの好みを完璧に把握した状態で。

この状況が面白くないのは、もちろんルチアである。

社交界デビューという、一生に一度しかない大事な行事だ。ドレスも一から家族と一緒に作ろうと考えていた。

それは両親も同じだろう。その証拠に、今日の朝食の席でも、社交界デビューのドレスについてあーでもないこーでもないと話し合ったのだから。

「殿下、私の両親にドレスを用意すると伝えましたか？」

ルチアがそう聞くと、アーサーは不思議そうな顔をした。まるで、自分が用意していることは周知の事実だろう、と言わんばかりの表情である。

「言っていないが……でもルチアに似合う最高のドレスにするよ」

ルチアは目の前に用意された数々のものをじっくりと見回した。

群青色の糸は海の向こうから取り寄せた一品で、この国ではまだ出回っていない。複雑なレース編みの布は一日で特注品だと分かった。

ドレスに合わせる宝石も群青色の糸に合わせて、青系統のものが集められている。サファイアやトルマリン、アクアマリンの嵌《は》まったネックレスやピアスなどがキラキラと存在感を放っていた。

今年の流行色が青だということを、アーサーはしっかりと把握しているらしい。悔しいことに、ルチアでも自分ならこれを選ぶだろう、と思うものが並んでいた。

彼は本当にルチアを思って準備をしてくれたのだ。それは分かった。

「仕立て屋も決めてしまったんですか？」

「もちろん。メゾン・ド・リュイエンヌに頼んだよ」

そこもルチアが頼もうと思っていた一流のお店だ。ルチアは文句を言うことを諦めた。

文句のつけようがない、というのが正確だろう。少しだけ、両親と一緒に色々と話し合いながら決めたかったな、という思いが胸の内に残った。

微かに暗い顔をするルチアに気づかないまま、アーサーが呼びかけてくる。

ルチアはアーサーの傍《そば》に近寄り、彼がテーブルに広げている織物を見下ろした。

銀糸が織り込まれているそれは、アーサーが動かすたびに妖しく煌《きら》めく。

「すごいですね。外国のものも取り寄せたんですか？」

「ルチアが身につけるものだからね。君が気に入る最高級のものをあちこちから取り寄せたよ」

「想像以上に大事でした……」

ルチアは自分のドレスのために、いったいどれだけの人員とお金が動いているのか、と想像して、身体を震わせた。

アーサーは織物をルチアの身体に当てて、あーだのうーだの唸《うな》る。

いつの間にか登場していたデザイナーと喧々諤々《けんけんがくがく》と話し合いながら、どちらもが納得する最高のドレスデザインを完成させた。

ちなみにルチアは一切意見を述べていない。アーサーの気迫に圧されて、口を挟む隙を見つけることができなかったのだ。

デザインが完成したところで、お針子たちが部屋に突入してきた。ルチアはすぐに取り囲まれ、採寸のために衝立《ついたて》で遮られた部屋の奥へと拉致される。

ルチアは大人しくされるがままとなった。アーサーはこちらを気にしながらも、ドレスに合わせた小物を選んでいるようで、仕立て屋と楽しそうに話しているのが聞こえてきた。

「考えたドレスに合わせると、宝飾品が合わないな。……作るか」

不穏な言葉が聞こえてきたルチアは、衝立越しに慌てて声をかける。

「そこにあるもので十分ですよ」

「いや、最高のドレスを演出するためには、この形よりこっちの方がいい。だがこれは貴石が気に入らない。やはり作るしかない」

思いきった発言が聞こえたので、ルチアは焦って止めようとしたが、アーサーは新しく作ることに決めたようだ。

お針子たちはルチアの採寸を終えると、すぐに生地の裁断に入る。切った生地を再びルチアに当てて、細かい補正をするためである。

それが終われば、店に戻って、仕立て屋の威信をかけて、総力で仕上げるのだろう。

アーサーはそんなお針子たちを見て、なんだかつまらなそうな顔をした。

「どうしました？　何か気になることでもありますか？」

アーサーの顔色を窺っていた仕立て屋がすかさず声をかけてくる。アーサーは悩ましげなため息をつきながら、ルチアを見た。

「ルチアの身につけるものだから、俺が作りたいなって思って」

思いがけない言葉にルチアは驚く。

「作りたいって、ドレスを？」

「そう。これは特別なドレスになるだろう？　デビュタントのための、唯一のドレスだ。これを身につけたルチアは、さぞかし綺麗だろうな……」

「大袈裟《おおげさ》ですよ」

「でも俺自身がルチアを輝かせたいんだ。ドレスも靴も何もかも、俺が作って俺が着せたい」

「…………用意してくれるだけで、私は胸がいっぱいです」

ルチアは自分が出せる最高の笑顔をアーサーに向けた。アーサーは途端に目を輝かせ、ルチアが喜んでくれるなら！　と張り切って靴を選び始める。

――よかったわ。あのままだったら、ドレスを作ると言ってお店にまで突撃しそうだったもの。そうなったら、誰にとっても悲劇にしかならないだろう。

王太子がお針子の仕事をするなんて前代未聞だし、押しかけられた仕立て屋もアーサーの扱いに困るはずだ。それに彼のことだから、ドレスを作るとなったら、公務や勉強を投げ捨てるに違いない。

はしゃぐアーサーを見て、平和に解決できたわ、とルチアはホッと安心した。

そして今後もこんなことがたくさん起こるんだろうなぁ、と思って少しだけげんなりとした。

◇　◇　◇

時々、アーサーはルチアへの愛が重すぎるが故に暴走するし、ルチアはアーサーとの付き合い方を考え直そうかな、と思う日もあった。

ドレスをデザインして作るだけに留まらず、ルチアの名前を冠したブランドを作ろうとした時には、さすがにルチアもアーサーとの婚約を継続すべきか悩んだ。

王太子が作ったブランドとなれば、国中の貴族がその商品を手に取ることになるだろう。果ては外交関係にある他国の貴族たちも、ラージア国へのアピールも兼ねてそのドレスを着るかもしれない。

見渡す限り「ルチア」ブランドのドレスを着た貴族たちに囲まれるルチア。自国でも他国でも「ルチア」ブランドが溢れる未来。

想像しただけで恥ずかしかった。しかしアーサーをどう止めればよいのか分からず、ルチアは屋敷に引きこもってしまった。

ようやくルチアが嫌がっていることに気がついたアーサーから、鼻水を必死にすすりながらの謝罪をされたので、その時は許すことにした。

アーサーはいつも一人で暴走しては、ルチアが望んでいないと分かると慌ててぎゅうぎゅうに抱き締めて謝ってくる。

その腕の力の強さに、アーサーからの愛情を感じて、嬉しいと思うこともあった。

そんな二人も来年には成人として認められる十八歳になる。

長い婚約期間を終えて、盛大な結婚式を挙げる予定だ。特にアーサーの張り切りようは凄まじく、花嫁であるルチアよりも熱心に準備をしている。

不穏な知らせが二人のもとに舞い込んできたのは、そんな時だった。

「他国で婚約破棄、ですか？」

ルチアは孤児院への寄付用のハンカチに刺繍をしているところだった。その手を止めて、アーサーを見る。彼は手に持っていた寄付の目録をテーブルに置き、重々しく頷いた。

アーサーからその話題を振られた時、ルチアは妙な既視感を覚えた。どこかで似たような話を聞いたような気がしたのだ。

「あぁ。そこの第二王子の婚約がなくなったらしい。別の女性と婚約を結び直したようだ」

「まぁ、王族の婚約破棄、ですか」

「婚約破棄自体はあり得ないことではないが……」

婚約破棄、というか婚約を白紙に戻すことは珍しいといえども、まったくないということではなかった。

婚約が白紙に至るには様々な事情が考えられるが、共通するのは双方に配慮してひっそりと行われるということだ。

しかしどうやら、今回はずいぶんと事情が違うらしい。

アーサーは手に持った書類を弄びながら、不機嫌そうにため息をついた。

「第二王子が公衆の面前で婚約者の悪事を断罪して、その場で一方的に破棄したようだ。下位貴族の女性と婚約する、とも言ったらしい」

「悪事、ですか」

「詳しい内容まではさすがに分からないが、そうだと伝え聞いている」

婚約者だった女性を糾弾して、別の女性と婚約をする。そこまで考えて、ルチアは唐突に思い出した。そんな内容の歌物語が流行っていると、侍女が言っていたような……。

「それは本当にあった出来事なんですよね？」

「そうだ。グリンデール国の話だったと思う」

「グリンデール国ですか」

グリンデール国はラージア国から見て、南西にある国だ。両国の間にはいくつかの小国と広大な砂漠が広がっている。この国からグリンデール国に行くには、船が一番安全で早いのだが、それでも半年はかかる道のりだ。

ルチアが黙って考え込んでいると、アーサーが不思議そうに首を傾げた。

「何か気になることでもあるのか？」

「……確か、城下でそのような話が流行っていると聞いたような……」

ルチアはそう言って背後に立つ深緑色の瞳の、黒髪をシニヨンにまとめた侍女――アンナを振り返った。

彼女はルチアが七歳の時からルチアに仕えていて、大抵のことは目配せで理解できてしまうほど、ルチアの機微を細かく見ている優秀な人物である。

主人の意図を正しく理解したアンナは、僭越《せんえつ》ながら、と詳しい話を教えてくれた。

「城下にいた吟遊詩人が歌物語として語っていたと思います。とある国の王子が、意地悪の限りを尽くしていた婚約者のご令嬢の悪事を暴き、虐げられていた女性の純真な心に触れて、彼女と恋に落ちる、とかなんとか……」

「妙に具体的で、肝心な部分があやふやだな」

「城下の人々に、このお話は人気のようです。あちこちで噂を聞きました」

単純明快な勧善懲悪の物語なので、感情移入しやすいからだろう。特に女性はロマンスへの憧れから、こういった話を好む傾向がある。

それにしても、吟遊詩人が語っている内容と、グリンデール国の内容がずいぶんと酷似しているようだ。

「グリンデール国の話、と言われればそのような気もしますね」

「まぁ、吟遊詩人たちはあちこちの国を回り、そこで見聞きしたことを語るからな。グリンデール国の話を仕入れていても不思議ではない」

「それは、そうですが……」

それにしては、情報が早すぎる気がする。船で半年もかかる遠い異国の話だ。城下で話題になることなど、そうそうないはずなのだが。

しかし所詮は接点のない異国のこと。気にしても、仕方がないだろう。

ルチアはそう思って、このことは日々の生活に追われて、忘れていった。

しかしすぐにまた、思い出すことになる。

グリンデール国の婚約破棄の話題が出てから一週間後。また婚約破棄騒動が起こったと聞いたのだ。

「それはグリンデール国のことではないのですか?」

「俺もそう思ったんだが、違うらしい。シルナ国で起こったことだと聞いた」

「シルナ国ですか……」

アーサーの言葉に、ルチアは目を瞠った。

シルナ国はラージア国の西に位置し、山脈と運河を挟んだ土地にある国だ。運河を利用した航路があるため、ラージア国とは貿易を密に行っている国でもある。最初に婚約破棄騒動があったグリンデール国よりも、ラージア国に近い位置にある。

「今回も王族の方が婚約者を断罪したんですか?」

「いや。円満に婚約解消したと聞いている。第三王子と侯爵令嬢の婚約が解消されたようだ」

「難しい顔をしていますね。気になることがあるんですか?」

「……婚約解消後、王子の強い希望で男爵家の令嬢と婚約を結び直したらしい。グリンデール国といい、シルナ国といい、約束や規定がころころ変わる状態だと、国としての信頼性が揺らぎかねない」

アーサーは憮然《ぶぜん》とした様子で、深いため息をついた。

珍しい、とルチアは思った。そして不思議な偶然もあるものだ、とも思った。

一方的な婚約破棄をしたグリンデール国とは違い、シルナ国は円満に婚約を解消したようだが、どちらの国も最初の婚約者よりも身分の低い令嬢と婚約を結び直している。それも王族からの強い要望で。

貴族や王族の結婚で、あまりにも家格の違う家同士が結婚するのはまれなことだった。

階級がある以上、価値観や常識はそれぞれで異なってくる。家格の差がそのまま、両者の認識や考えの違いに繫《つな》がることがあるので、身分差のある結婚はどこの国でも珍しいものだ。

とはいっても、まったくないということでもない。今回も、下位とはいえ貴族のご令嬢なので、周囲も納得して婚約破棄と婚約者変更を受け入れているのだろう。

「偶然だといいのですが……」

「そうだな。ここまでそっくりだと、少し不気味だが……」

「また、あるかもしれませんよ？」

「ん？」

「別の国で婚約破棄騒動が」

「さすがにそんなに頻繁に起こらないさ。一応、醜聞だからね」

アーサーが肩をすくめて、紅茶を手に取る。それを聞いて、ルチアも納得した。

婚約破棄ははっきり言って、その後の人生を揺るがす大きな醜聞だ。破棄する方も破棄される方も、無傷ではいられない。だからこそ、そう頻繁に起こるわけはないだろう。

アーサーもルチアもそう思っていた。

――その考えは甘かったと、認識を改める事態となった。

それからも国を変え、身分差の形を変え、婚約破棄騒動は起こった。

さらに婚約を結び直す相手も多岐に亘り始めた。下位貴族に留まらず、大商会の令嬢や地方地主の娘なども新しい婚約相手に選ばれるようになったのだ。

つまり貴族や王族と、一般庶民の身分差を越えた大恋愛である。

この話を捨て置くはずのない吟遊詩人たちは話を仕入れては、あちこちで朗々と語った。また文筆家や詩人もこの恋愛劇を参考に、作品を生み出して世に送り出した。

こうして庶民から貴族まで、誰もが知る美しいロマンスが誕生した。

特に最近人気の物語が、北隣の国で起こったことをもとにしたものである。

地方視察に出かけた王子は、悪路に馬の脚を取られて崖下へと転落したらしい。その王子を助けたのが、辺境に住む村娘だった。

彼女は王子を村に連れ帰った。献身的な看病のおかげで、王子の怪我は回復していったが、彼は記憶をなくしていた。

自分自身のことを全て忘れてしまった王子を、村娘は時に慰め、時に励まして支えた。王子はそんな彼女の優しさに触れ、心惹かれるようになる。

不器用なりに家事や料理を手伝い、明るく振る舞いながらも、記憶を失って苦しむ王子を助けたいと、村娘は強く想《おも》うようになった。

そうして二人は密かに心惹かれ合ったが、傷の癒えた彼は、自分が何者であるのか、全て思い出した。

村娘は記憶を取り戻した彼から、身分違いを理由に離れようとしたが、王子は離そうとはしなかった。

それどころかその場で跪いて、心からの愛を捧げて求婚したのだ。

彼女は戸惑ったが、王子の婚約者からも「彼の気持ちを受け止めて欲しい」と言われて、結婚を承諾。二人の愛は結ばれた、らしい。

この恋愛劇は本国だけでなく、周辺の国でも熱狂的に受け入れられた。そして隣国で婚約破棄が起こったと聞いた時、ルチアは確信した。

「ついに、私の番が来るわ」

深刻な表情で、ルチアがポツリと呟く。それを近くで聞いていたアンナの眉が歪んだ。

アンナは、ルチアに紅茶を用意しながら、呆れた声を出す。

「本気でそう思っていますか？」

「もちろんよ」

「この状況で、よくそう思えますね」

ルチアは現在、城の東翼の王太子妃のために造られたティールームに軟禁中である。

なぜかというと、三時間おきにルチアの顔を見ないと発狂する、と公言しているアーサーが、ルチアを探すために執務を投げ出して逃亡しないようにするためである。

アーサーは博識で思慮深く、さらに剣術も一定以上の腕前だ。しかしルチアのこととなると、とんでもなく視野が狭くなる。

今もきっちり三時間おきに顔を見に来てはルチアを愛《め》でて可愛がり、ルチアからの「お仕事している姿、素敵ね（棒読み）」の言葉を受けて、部屋を飛び出して執務室に戻り、仕事をする、という行為を繰り返している。

ルチアはアーサーの相手の合間に、目を通すように渡された目録を読んでいた。

そこには結婚式に出席予定の来賓の名前や経歴が書いてある。これを結婚式までに全て覚えなくてはならないのだ。

結婚式は来年の春。時間はいくらあっても足りないのに、渡されたリストにはざっと三百人分はありそうだった。

終わりの見えない目録を眺めながら、ルチアは先日の夜会のことを思い出す。他国の娘がアーサーと親しくなりたそうだったのに、彼は早々に話を切り上げてルチアに引っついていた。

「……確かに殿下に関しては、一連の婚約破棄騒動のようには、ならないかもしれないわね」

「かもしれない、ではなくあり得ないです。殿下は絶対に婚約破棄なんてしませんよ」

「そうかしら……」

「言い切れます！　だって殿下はラージア国の王族ですから！」

とんでもなく、説得力のある言葉だった。思わず、ルチアの顔が軽く引きつる。

ディエリング家は一目惚れ体質で、現在まで一目惚れをしなかった王家の男はいなかった。彼らは恋した相手をなんとしてでも手に入れる。そして持てる力の限り、愛を伝えるのだ。

十一年間、ルチアの侍女を務めるアンナは、飽きるほどアーサーの奇行を目にしている。そんな彼女が自信満々に主張するのも当然だった。

ルチアは目録を置いて紅茶を一口飲み、物憂げなため息をこぼした。

「だんだん婚約破棄の騒動が近づいてきているのが、気になるわ」

「あぁ……ついに隣国ですもんね。最初の頃は、遠い異国のお話だったのに」

「そうなのよね」

先日ついに、広大な森を挟んだ北の隣国で例の騒動が起こったと聞いてから、胸の奥に重い塊がつかえるような、言い知れぬ不安が渦巻いている。

ルチアは思わず口ごもる。不安そうな空気を察したのか、アンナも真剣な顔で考え込んだ。

「うーん。殿下がお嬢様に婚約破棄を宣言するんですよね？　……やっぱりまったく想像できません」

「想像できない？」

「あり得ないですから。婚約破棄されそうになって、泣いてすがる殿下の姿なら想像できるんですけどねぇ」

アンナの言葉に、部屋の中で控えている他の侍女たちが、うんうん、と大きく頷いた。

「それに絶対に王族が婚約破棄する、って決まっているわけではないようですし。もしかしたら、別のカップルが婚約解消になるのかもしれませんよ」

「それはそれで、あまり嬉しくはないのだけど」

自分が婚約破棄されなかったら、誰がされてもいいというわけではない。願わくは、ラージア国ではこんな変な騒動が起こらないで欲しいと思う。

それでも、アンナがルチアを慰めようとして言ってくれたことは分かるので、ルチアは微笑んでお礼を言った。

その時、部屋の扉が勢いよく開く。

振り向くとそこには、やつれたアーサーの姿。柱時計を確認すれば、前回アーサーが訪問してからきっちり三時間が経っていた。

「お疲れ様です。今、飲み物を用意しますね」

ルチアはアンナにお茶をお願いしようとしたところ、アーサーに手を取られた。

彼はふらふらとルチアの隣に座り、その身体をぎゅっと抱き締める。肩に顔を埋《うず》め、深く息を吸った。

まるで戦場でも駆け抜けてきたのか、というような疲れようである。

アーサーはルチアと離れて執務や訓練を行うと、三時間後にはなぜかボロボロになって帰ってくる。本人曰《いわ》く、ルチア欠乏症という病を発症しているらしい。

引き剝がすのも面倒になったルチアは、気が済むまでアーサーの好きにさせていた。抵抗しても無駄なので諦めたともいう。

アーサーは心ゆくまでルチアを堪能した後、ようやく肩から顔を上げた。ちなみに抱き締めた腕はそのままである。

「ルチアが足りなかった。ルチアを補充しないと」

彼はいたって真面目である。真剣にルチアの存在を、全身で感じていた。離れていた寂しさを慰め、ルチアの温もりに甘える。

いつもより疲れている様子のアーサーを見て、ルチアは不思議に思った。なんだかボロボロにヨレヨレがつけ足されるくらいに疲れているように感じた。

「何かありましたが？」

「うん？」

「お疲れのような気がします」

心配になってアーサーの顔を覗き込めば、なぜかアーサーは目を輝かせた。

その顔を見て間違えた、と思ったがもう遅い。ルチアは再び、力の限りぎゅうぎゅうに抱き締められる。

「ルチア！　心配してくれるんだね！」

「それはまぁ……。でも気のせいのようですね」

「いや、疲れてるよ！　癒やしが必要だよ！」

全力で疲れたアピールをするアーサーは、ルチアの許可なく、自分の頭をルチアの膝に乗せて寝転んだ。いわゆる膝枕状態である。

下から顔を覗き込まれ、ルチアは思わず顔を背ける。

無邪気な顔でこちらを見上げないで欲しい。普段、アーサーを見下ろすことなどないので、妙にドキドキしてしまった。

「どうやら父上の体調がよくないらしい」

アーサーがポツリと言った。その言葉に驚いたルチアは再び彼に目を向ける。

「陛下が？　何かあったんですか？」

「風邪をこじらせていたみたいなんだが、今日の昼過ぎに執務室で倒れた」

「まぁ！　そこでご容態は？」

「すぐに医師が診察した。命に別状はないが過労という診断も出て、絶対安静を命じられたらしい。それで急遽《きゅうきょ》、今日中に決裁が必要だったものが、俺の方に回ってきたんだ」

おかげで目が回るほどの忙しさだったよ、と愚痴をこぼす。アーサーは本当に疲れているようで、ルチアの膝の上で重いため息をついた。

今日は朝からずっと王城で過ごしていたが、陛下が倒れた、という話は聞かなかった。

もちろん、国王が倒れたことは最重要機密事項だったはずだ。どこで誰が聞いているか分からないので、話が漏れないように、厳重に箝口令《かんこうれい》が敷かれたのだろう。

それでも滅多に起こることのない事態に、城内は少し浮ついたり、ざわついたりするものだ。

それがまったくなかったのは、ひとえに王太子であるアーサーの手腕によるものだろう。浮足立つ城内をしっかりと統率し、必要な手配を済ませ、完璧に仕事をしたはずだ。

アーサーはルチアが絡むと明後日《あさって》の方向に暴走しがちだが、それ以外では優秀な執政者である。

いつだったか、教師たちがすでに賢君の片鱗《へんりん》が窺える、と話しているのを聞いた。

きっとアーサーは文句を言いながらも、頑張って仕事をしたのだ。

そのことに関しては、ルチアは自信があった。それに誇らしくも思っていた。

「お仕事、お疲れ様です」

労《いたわ》る気持ちを込めて、膝の上のアーサーの頭を優しく撫でた。

サラサラの金髪は見た目通りの指触りで、少し癖になりそうだ。

心地よい滑らかさに、ルチアの頬が緩む。微笑みながら、アーサーの頭を何度も撫でた。

それを見上げたアーサーは呆然と固まり――滂沱《ぼうだ》のごとく涙を流した。

突然のことにルチアはぎょっとした。アーサーは涙を流しながら、小刻みに震えている。

「殿下、申し訳ございません。何か不快なことでもありましたか？」

慌ててアーサーの顔を覗き込めば、彼は顔を真っ赤にして、恍惚とした表情を浮かべていた。

「女神……!!!」

アーサーは感動のあまり泣いていたのだ。

驚きで、ルチアが手を止めると、アーサーはもっと撫でて！　とお願いしてくる。子どものように甘える姿に苦笑しつつも、ルチアは再びアーサーの頭を撫でた。

「いいな、これ。毎日仕事終わりのご褒美に欲しいなぁ」

「今日は特別です。お仕事を頑張ったようなので」

「いつも頑張っている！」

「では三時間以上、私のもとに顔を見せないでお仕事ができたら考えますね」

「それは無理だな。干からびる自信がある」

きっぱりと言い切るアーサーに、ルチアは思わず声を上げて笑った。

そんなことあるはずない、と伝えたが、アーサーはある！　と断言する。ちなみにアーサーの発言を聞いて、部屋の中にいる全員が大きく頷いていた。

「では特別な日のご褒美ですね」

「ご褒美か。それは甘美な響きだ」

毎日だって得られる努力をしなくては。そう言ってアーサーは頭を撫でるルチアの手を取り、甲に軽くキスを贈った。

ルチアは少し恥ずかしくなったが、アーサーにとってはルーティンのようなものなので、反応しないように努める。

やがてアーサーは満足したのか、起き上がってソファに座り直す。片方の手はルチアの手を握ったまま、冷たいフレッシュジュースを口に含んだ。

「陛下の容体は安定しているんですよね？」

「あぁ。よく休めば、体調は戻ると言っていた」

「そうですか。お見舞いに行きたいのですが、ご迷惑でしょうか」

「ルチアを迷惑に思うものか！」

そんなことを言ったら、父親といえども剣を交えるしかないな。そんな物騒な声がアーサーから聞こえてくる。

ルチアは笑ってごまかし、扉近くに控える侍従に、お見舞いが可能か確認してもらうことにした。

アーサーはわざわざ行かなくていいと言っていたが、それではルチアの気が済まない。

確認に行った侍従はすぐに戻ってきた。

「陛下は今、起きていらっしゃいました。お会いしたい、ということをお伝えしたところ、待っているとおっしゃっています」

「父上が？　本当に？　母上以外に興味がないあの父上が？」

侍従の言葉をアーサーは真っ向から疑った。その言葉、そっくり自分に返ってくるということを理解していないのだろうか。

「イレーナ様も、ルチア様にお会いしたいとおっしゃっていましたよ」

「イレーナ様も陛下とご一緒なんですね」

「なるほど。母上が会いたいって言ったから許可したのか」

ご案内いたします、と侍従に言われてルチアは立ち上がる。すると隣のアーサーもついてくる。

「どこに行くんです？」

「どこって、ルチアは父上のところに行くんだろう」

「ええ、そうです」

「じゃあ俺も一緒に行くよ」

当然だ、という風に答えるアーサー。ルチアについていくのが当たり前だと思っているらしい。

文句をさんざん言っていたので、てっきりアーサーは行くつもりがないのかと思ったが、それとこれとは別ということのようだ。

引っつき虫のごとくアーサーを引き連れて、ルチアは国王の私室に向かう。王城の東翼は王族のプライベート空間なので、今いる場所からさほど遠くないところに、その部屋はあった。

先触れとして、案内をしてくれた侍従が部屋の扉をノックする。すぐに中から返事があり、扉が開いた。

部屋に入ると、中央の応接用ソファにイレーナが座っていた。ルチアを見て、ホッと表情を和ませる。

「いらっしゃい、ルチア。よく来てくれたわ。あら、アーサーも来たの？」

「ルチアが行くって言うから」

「まぁ、あなたはそうよね」

二人はイレーナの向かい側に並んで腰を下ろした。

イレーナは微笑んでこそいるが、顔に疲労が滲んでいる。やはり国王が倒れたことが、心労になったのだと窺える。

「陛下の容体は？」

「幸い、そんなに大したことはないみたい。ただ過労の症状もあるから、侍医がしばらくは安静にしてなさいって」

「少し前に、たちの悪い風邪が流行っていましたからね。お身体が弱っておられたのでしょう」

「そうね。体力はある人だから、まさか過労になって倒れるとは思わなかったわ」

国王は筋骨隆々、とまでは言わないが、体格のいい方で、見た目は騎士のような雰囲気を持っている。

噂によると、イレーナが国王と出会う前、とある騎士に憧れにも似た恋慕を寄せていたらしい。その人に対抗しようと思ったのか定かではないが、国王は一時期、身体を鍛えまくっていたそうだ。

その名残なのか、国王は今でも時間があると騎士団に顔を出し、近衛兵《このえ》相手に剣を振るったりして訓練に参加しているのだ。

「体力はあるといっても、国王業は大変ですから。きっと知らず知らずのうちに、疲労を溜め込んでしまったんでしょうね」

「そうね……」

ルチアが励ますように笑えば、イレーナも頬を緩ませた。

それじゃあ、あの人のところへ行きましょうか、と言って、イレーナは侍従に国王の様子を確認に行かせる。

侍従はすぐに困ったような様子で戻ってきた。

「どうしたの？」

「それが、陛下はちょうどお休みになられたようでして……」

「まぁ！　せっかくルチアがお見舞いに来てくれたのに？　ちょっと叩き起こしてくるわ」

そう言って、イレーナが本当に叩き起こしそうな勢いで寝室に突撃しようとするので、侍女たちとルチアが慌てて止めた。

「そこまでしなくても大丈夫ですから！　お休みならば、日を改めます！」

「そう？　でもせっかく来てくれたのに……」

「お疲れなんですわ！　お医者様も絶対安静とおっしゃっていたようですし、私の挨拶なんて、いつでもできますから！」

必死になって言い募るとイレーナは渋々といった様子で諦めた。

――危なかった。一歩間違えれば、寝ているところを叩き起こされた陛下と、気まずいお見舞い時間が始まるところだった。

氷のように冷えきったお見舞い風景は容易に想像できる。

国王はイレーナには甘い顔をするが、その他に対しては厳しいお人柄で有名である。間違いなく、ルチアは鋭い眼光で睨まれることになっただろう。

自分が睨まれることは気にならないが、確実に隣にいるアーサーが反応してしまう。

そうなったら壮絶な親子喧嘩《げんか》が始まるのは、火を見るより明らかだった。さらにそこにイレーナが参戦するなんてことになったら、もはやルチアの手には負えない事態となる。

ちなみにこの三つ巴《どもえ》の戦いは、過去に一度勃発している。そしてルチアや侍女たち、近衛兵たちは為《な》す術《すべ》もなく戦いに呑み込まれていくという有り様だった。

だからこそ、侍女たちも必死に止めたのである。

「それにしても、あの人があんな状態じゃあ、しばらく政務は滞るわね」

「そうですね。そこは王太子であるアーサー様が頑張ってくださいますわ」

振り返ってアーサーを見れば、分かりやすく彼の顔が歪んでいた。面倒臭い、とはっきり顔に書いてある。

なぜ父上の仕事を手伝わなくてはならないのか。そんなことをしたら、ただでさえ多い仕事量がさらに増えて、ますますルチアと過ごす時間が減るじゃないか。

アーサーの表情は、彼の不満を雄弁に語っていた。

彼は口を真一文字に結び、頑《かたく》なに返事をしない。言質《げんち》を取られまいとしているのだろう。

アーサーの考えていることが手に取るように分かる。伊達《だて》に長く、ディエリング家の男と付き合ってはいないのだ。

そんな息子の考えていることが、イレーナにも分かったのだろう。懇願するようにアーサーを見上げる。

「アーサー、」

執務をお願いね、とイレーナが告げる前に、アーサーが彼女をギッと睨んだ。余計なことを言うな、とその表情は語っている。

しかし政務が滞ることは、国営に関わる重要な問題だ。

このままでは国政は停滞し、遠くないうちにあちこちに影響が出るだろう。

ルチアが無言の二人の攻防をハラハラしながら見守っていると、イレーナが澄まし顔で話を振ってくる。

「執務を手伝ってくれるわよね。ルチアも、アーサーならできると思うでしょう？」

「もちろんですわ。今日も急なことでしたのに、きちんと対応していました」

「そうなの？　さすがだわ」

「殿下は本当にすごい方です」

イレーナの魂胆を察し、無邪気を装って褒めるルチア。滅多にないルチアからの絶賛に、不満そうだったアーサーの表情が嬉しそうに緩み始める。

続いてルチアが尊敬の眼差しを向けると、アーサーも満更でもなさそうな顔をした。

やがてアーサーは胸元をぎゅっと摑んで目を閉じ、天井を仰いだ。どうやら感動とときめきを全身で受け止めているようだ。

そんな彼に、イレーナは若干苦笑していた。

アーサーがちらりとルチアを見る。

「本当にそう思う？」

「思います。殿下が政務をしている姿、素敵だと思いますわ」

とどめの一言だった。

「まったく。父上が戻られたら、俺は休養を貰う。もぎ取ってやる」

アーサーは頬を紅潮させながら、わざとらしく肩をすくめて言った。やる気になってくれたようだ。

上手く乗せることができて、ルチアは安堵《あんど》した。イレーナや周りの侍従たちも表情から強張りがなくなり、安心したようだ。

これで政務は円滑に行われ、国王は十分に休めるだろう。

国王の執務は多岐に亘る。それを行うために、何人かの政務官を張りつかせてもいいが、それだと通常の政務が機能しない可能性がある。

アーサーならば、自分の執務を行う傍ら、ある程度、国王の執務を肩代わりすることができるはずだ。

「お休み、取るんですか？」

「減ったルチアとの時間を取り戻す。それに結婚式のことも考えないと」

結婚式、と呟いてアーサーは楽しそうに微笑む。どうやら結婚式の計画をご褒美に頑張ることにしたらしい。

何はともあれ、頑張ってくれるならいいことだ。ルチアはそう考えて微笑んだ。

——殿下のやる気の持続のために、時々様子を確認しましょう。

そんなことを思って、励ますようにアーサーの手を握る。

滅多にないルチアからの接触に、アーサーは溶け崩れた。

第三章

それは突如湧いた視察の話だった。

「殿下が国境の工事の視察に行かれるんですか？」

ルチアは山のような夜会やお茶会への招待状に対する返事を書く手を止め、アーサーを見た。

アーサーは思いっきり不満そうな顔をしている。

――どうりで侍従の方々が、慌ただしくしていると思ったわ。

ルチアは先ほどからアーサーの居室の中を、慌てた様子で出たり入ったりしている侍従や侍女の姿を見て納得した。たくさんの荷物を抱えているとは思っていたが、彼らは視察の準備をしていたのだ。

アーサーは視察の話を聞いてすぐにルチアのもとへと来たようだった。

一心不乱にお手紙の返事を書いていたところを問答無用で抱き上げられ、アーサーの自室へと拉致された。

そのまま彼は甘えるようにルチアに抱きついて離れなくなる。

アーサーが落ち込んでいるように思えたルチアは、持ったままだったペンをテーブルに置き、素直に身を預けた。

「国境まで……。それは遠いですね」

「そうなんだ！　遠い！　遠すぎる！　なんでそんなところまで行かないといけないんだ！　一人で！　ルチアを残していくなんて！」

アーサーが頭をかき毟《むし》りそうな勢いで嘆く。しかしアーサーがどんなに嘆いても、予定が変わることはない。

彼が行くことになった視察は、隣国と共同で建造している橋の工事状況を確認するものだった。

西の隣国との間には、国境に沿うようにして流れる大河がある。今までも両国を繋ぐ橋は架かっていたのだが、それらは大雨や洪水によって、幾度も流されてきた。

そのたびに、それぞれの国の事業として、新しい橋を建設してきたが、急ごしらえのものになりがちであったため、嵐が起きると耐えきれずにまた流されてしまう。

事態を重く受け止めた両国は今回、共同で資金と工人を用意して、頑丈で大きな橋を造ることにした。

本来は隣国との関税や貿易協定の見直しも兼ねて、国王が行く予定だったのだが、病気療養中のためアーサーが視察代行をすることになったというわけだ。

「…………そんな目で見ても、私は行きません」

侍従たちが着々と準備を進めていく中で、アーサーは恨めしそうでありながらも、懇願するような視線をこちらに送ってくる。

最初は気づかないフリをしていたルチアも、突き刺さるような視線に耐えきれず、ため息をこぼした。

「結婚式は来年の春ですよ。やることはまだまだたくさんあるんですから。一緒に行く時間は取れそうもありません」

「やること？」

「ドレスはまだデザインの段階ですし、招待客が決定したので、今度は席順を決めて……あとは結婚式の後の、舞踏会の曲目や食事だって考えなくては」

それを聞いたアーサーは駄々っ子のように頬を膨らませ、ソファにひっくり返る。

「十日間もルチアと離れ離れなんて考えられないよ。そんなに離れていたら、間違いなくルチア欠乏症で倒れる。干からびる。塵《ちり》になる」

「大袈裟ですよ」

「大袈裟なもんか！　ルチアは平気なの？」

そんなことあるはずないよね？　アーサーの目はそう語りかけている。ルチアはアーサーのいない十日間を想像してみた。

今現在、アーサーと離れている時間は、夜に屋敷に帰って眠り、朝起きて朝食を食べて王城に出発するまでの数時間だ。その他の時間は、アーサーとルチアはほとんど一緒に過ごしている。

――なんだか、自由な時間が増えそうだわ。

しかしそんなことを正直に言ったら、アーサーは余計に寂しがって視察を取りやめるか、残ってやることがあるルチアを無理やり連れていこうとするだろう。

ルチアには、結婚式の準備と、それまでに詰め込まれているお妃教育を終わらせる必要がある。

故に、ルチアに与えられた答えは一つだった。

「十日間なんてあっという間ですよ。寂しいなんて思う暇もないはずですわ」

「今、離れ離れになると想像しただけで、身を引き裂かれそうなほど寂しい」

「え、そんなに？」

捨てられた仔犬のような表情で打ちひしがれるアーサーを見て、しょうがないな、と苦笑する。

頭を撫でて慰めれば、すり寄って甘えてくる。

——ちょっと、可愛いかも。

そんなことを思ったルチアは、何度もアーサーの頭を撫でた。

「行きたくないなぁ……」

本音が駄々漏れである。

そうしてソファで不貞腐《ふて》れるアーサーを慰めていると、部屋の扉がノックされた。「どうぞ」声をかけると侍従が扉を開ける。

そこには見覚えのある赤みの強い茶髪の青年の姿があった。

「あら、ダグラス様」

「え、ダグラス？」

宰相補佐であり、アーサーの側近でもある彼は、視察の準備が滞りなく進んでいるのか、自身の目で確認に来たようだった。

ダグラスは部屋に入ってきて、ソファにひっくり返っているアーサーを見ると、呆れた顔をする。

「まるで小さい子どものような姿だな……」

「子どもじゃない」

「どう見ても、駄々をこねる子どもそのものだぞ」

ダグラスはため息をつきながら、侍従たちに必要な指示を追加した。

ルチアとの二人っきりの時間を邪魔されたアーサーは、不満そうに口を尖らせる。ダグラスはアーサーの反応を無視して、手に持っている書類をヒラヒラさせながら、二人の向かいのソファに座った。

「ダグラスのことは招いていないぞ」

「仕事の説明をしに来たんだ」

「聞きたくない」

「殿下、ダメですよ」

アーサーが顔を顰《しか》めて耳を塞ごうとしたので、ルチアは宥《なだ》めるように説得する。彼はルチアを恨めしげに見ると、しぶしぶ起き上がった。

アーサーは難しそうな顔をして、ダグラスが手渡してきた橋の工事に関する書類と、貿易協定の資料を読み始める。

ルチアは向かい側に座ってアーサーの返事を待っているダグラスを見た。

宰相府に勤めているダグラスは、ルチアとアーサーの年上の幼馴染《おさななじ》みだ。

元々はアーサーのご学友兼側近候補として登城するようになったらしい。今は宰相である伯父のもとで宰相補佐をする傍ら、アーサーの側近として働いている。

ルチアはアーサーと婚約して約二年後に彼と出会った。婚約と同時期に、ダグラスは城に出入りをしていたらしいのだが、他の男と知り合うことに嫉妬したアーサーが、二人を会わせようとはしなかったのだ。

ダグラスが側近になることが確定したので、その挨拶でようやく二人は顔を合わせた。

それ以来二人は、アーサーが嫉妬で嘆き悲しむ手前の距離感で接している。

「ダグラス様も、辺境の視察に行かれるんですか？」

「いや。俺は、今回の視察は留守番だ」

「え？　参加することになっていたよな？」

「王太子が王城を離れることになったから、俺は残ることになった」

元々は国王が視察に行く予定だったので、その間王太子が政務を預かり、宰相たちが補佐をして執務を行うことになっていた。

しかし国王が療養中で政務から離れて、王太子も視察に出ることになったため、王太子の側近を残しておく必要があるのだ。

その事実を聞いて、アーサーが口をあんぐりと開けた。

「ずるい」

「ずるいって……。仕方がないだろう」

「ルチアを連れていきたい。いや、連れていく」

ダグラスにいらぬ嫉妬心を抱いたアーサーは完全に不貞腐れた。ルチアの腰を抱き寄せ、離れないという強い意志を示すようにくっついてくる。

それを見て、ダグラスは困ったな、という表情で頬をかいた。

「別にルチアを連れていきたい、っていうなら止めないが……」

「え、連れていっていいのか？」

ダグラスの言葉に、アーサーの瞳が喜びに輝く。突然のことにルチアも驚いた。

今後の年間予定を考えればルチアの予定をずらすことは難しい。それを宰相補佐であるダグラスが知らないはずがない。

ダグラスは悩ましげな表情を作ると、顎に手を添えて考え込み始めた。

「一緒に連れていくと、結婚式の準備が遅れるだろうな。ルチアのお妃教育だって、遅れが出るかもしれないし……」

「うっ」

「そうなると、結婚式は予定よりも遅れるかもしれないなぁ」

「ぐっ。それは何よりも避けなくてはならない事態だ！」

アーサーが額を押さえる。恨めしげにダグラスを見るが、彼はしょうがない、というばかりに肩を大きくすくめた。

「父上が行けばいいのに……」

「陛下はまだ本調子ではないんですよ。無理をして何かあったら困りますし」

「本当は全快しているんだ！　ルチアだって分かるだろう？」

「侍医が許可していないんですから、陛下は療養しないと」

「あれは父上が圧力をかけたに決まっている。母上に看病されたくて、わざとベッドにこもっているんだ」

父上だって、母上と離れたくないから、療養期間を延ばすことにしたはず。アーサーはそんなことをぶつぶつと言った。

アーサーの推測は、王城の全員が感じていることだった。もちろん誰も口にしたりはしないが。国王もアーサーと同じく、王妃と長く離れるこの視察を苦々しく思っていたはずだ。しかし、国王は最初こそ不満そうだったが、その後は文句を言うことはせず、ただ黙々と日々の業務をこなしていた。周囲が感心するほど、熱心に仕事をしていたのだ。

風邪をこじらせて倒れたのは、仮病ではなく、過労と体力低下が原因であることは間違いないだろう。

頑丈な国王が倒れたのを見たイレーナは、体調が元通りになるまで、国王にベッドから出ることを禁止した。

するとそれを逆手に取って、国王はイレーナの手ずからの看病を希望。イレーナがこれを了承すると、嬉々としてベッドにこもった。いつも塩対応気味なイレーナが構ってくれることが嬉しくて、国王は侍医を脅し——もとい、回復していないと訴えて、療養期間を延ばしに延ばしている。

「くそ。父上がこの状況を利用しないはずがない。……まさかこうなることを予測して、わざと風邪をひいたのか？」

「そんなわけないだろう」

ダグラスの否定を聞いて、ルチアも内心で頷く。いくら国王がイレーナにご執心といえども、わざと風邪に罹《かか》ることはできない。

それとも同じ王族の人間だからこそ分かる何かがあるのだろうか。

「だが、寝る間も惜しんでしなくてはならないほど、切羽詰まっている仕事はなかったはずだ」

「それは……」

「疑わしさしか感じない」

アーサーの目が血走り始めた。何かよからぬことをたくらんでいることに気がついたルチアは、話題を変えることにした。

「視察では国境領で宿泊なさるんですよね？」

「うん？　そのつもりだよ？」

「ではお願いしたいことがあるんですけど……」

「え？　何？　欲しいものがあるなら買ってこようか」

ルチアからの滅多にないおねだりに、アーサーは前のめりになってルチアの方へと向き直る。先ほどまでの苛立《いらだ》ちは忘れたらしい。それを感じ取ったルチアがにっこりと笑って続けた。

「あそこはレース編みが有名なんです。私、結婚式に使うレース編みを殿下に探してきて欲しくて。ドレスか、ヘッドドレスに使うのも素敵かなって思っていまして」

「レース編みか。どんなものが欲しい？」

「それは……殿下が選んでくださったものがいいです。私に似合うものをぜひ探してきてください」

「難しい注文だな。ルチアはなんでも似合うから」

アーサーはルチアの髪を搦《から》めとり、悩ましげな視線を送ってくる。そしてぶつぶつ言いながら、ルチアに似合うレース編みの熟考を始めた。

とりあえずこれでアーサーは無事に視察へと出かけるだろう。目的がルチアのレース編みを探してくることへとすり替わり、橋の視察がそのついでになったが、まぁ大きな問題ではない。

――ひとまず、これで一安心だわ。

アーサーが視察を渋ることは、王城にいる誰もが察していた。なぜなら国王が渋っていたからだ。というよりも、ディエリング家男子は、妻や婚約者と長く離れることを非常に嫌がって回避しようとする。

毎度その説得に苦労していたのは、歴代王妃の日記から読み解くことができた。

ルチアもそれを参考に、駄々をこねるアーサーへの対応をこなしてきた。

今、レース編みの話をしたのは、咄嗟《とっさ》の思いつきだった。

レース編みを探すことは、以前から考えていた。しかしレース編みの工房はたくさんあって、取り寄せて選定し、結婚式に合わせて作ってもらうとなると、職人たちに大きな負担をかけることになってしまう。

本当は辺境に行って自分の目で見て回りたかったが、予定がいっぱいでその時間が取れないので諦めていた。

しかしアーサーが辺境の地へと向かうのであれば、ついでに見てきてもらおう、と考えたのだ。

アーサーはルチアに似合わないものは用意しない。ルチアは彼の審美眼は信じていた。必ず最高のものを見つけてくれるはずだ。

「道中は十分に気をつけてくださいね？　ご無理をせず、無茶を言って他の方々を困らせてはダメですからね？」

「大丈夫。ルチアを悲しませるようなことはしないよ」

「寝ずに早駆けをして、護衛の方々を全員置いて帰ってくるのもダメですよ？」

「ああ。それよりもルチアはどんな模様がいい？　好みのものがなかったら、新しく編んでもらうのもありだな……」

「……きちんと橋の視察もしてきてくださいね？」

分かっている、と返事をするアーサーの頭の中に、橋の視察のことは残っているのだろうか。

ルチアは一抹の不安を感じたものの、側近たちが上手く手助けしてくれるはずだ、と考えて放っておくことにした。

あまりしつこく視察のことを念押しすると、遠くに行って欲しいということか⁉　と見当違いなことを言って、べったり張りつかれることになる。わざわざ藪《やぶ》を突《つつ》いて蛇を出すことはない。

ダグラスが視察について説明をする中、アーサーは自分とルチアの結婚式に意識を飛ばしていた。

そして次の日には、本当に渋々行ってきます、という表情を隠そうともせず、アーサーは視察へ旅立っていった。

◇　◇　◇

ルチアは王城に用意された自室の窓辺に立ち、曇天を見上げた。

アーサーたちが王城を出発して二日後から降り始めた雨は、五日後の今日になってもやむ気配を見せない。

噂によると、王都では小雨が降り続いているが、地方では激しい豪雨になっているところもあるようだ。

ルチアはアーサーが王都を離れた後も、いつもと変わらず王城に出向き、お妃教育と結婚式の準備を進めていた。

しかしなぜか勉強に身が入らず、集中力も続かない日が多くなった。

今日も何度も自室の扉の方を振り返り、講義を受けている最中も、誰かに呼ばれたような気がして、ついつい部屋の中を見回してしまう。

そして誰もいないことに、心の奥にモヤモヤしたものが広がった。

授業に集中できていないのを教師に悟られてしまい、今日の講義は中止になった。ルチアも異議を唱えることはせず、大人しくその指示に従う。

今は結婚式のダンスの曲目が書かれている紙を眺めていたが、内容はまったく頭に入っていなかった。

――殿下はちゃんとお仕事をしているかしら。

――殿下が我が儘《まま》を言って周りを困らせていないといいけれど……。

――辺境でもずっと雨なのかしら。

――真面目に外交をする殿下って、どんな感じなんでしょう?

何度も窓の外を見ては、アーサーのことを考えてしまう。

「――心、ここにあらずという顔ね」

突然響いた声にルチアは驚いて振り返る。そこには藤色のドレスを纏ったイレーナが立っていた。

ルチアは慌てて窓辺から離れ、イレーナに挨拶をした。

「イレーナ様、いらしていたんですね。私、気がつかなくて……」

「いいのよ。ルチアが珍しく勉強をお休みになったって聞いたから様子を見に来たの」

イレーナの言葉にルチアの視線が泳ぐ。

勉強に身が入っていない自覚があるだけに、イレーナの言葉が叱責のように感じられた。しかしイレーナは柔らかく微笑んで、ルチアをソファに誘導する。

「勘違いしないでね。責めているわけではないの」

「でも……」

「何かあったのかしらって心配になったのよ」

そう言ったイレーナはルチアの隣に座り、じっくりと見つめてくる。アンバーの瞳に何もかも見透かされてしまいそうで、ルチアは居心地が悪くなって俯く。

勉強も結婚式の準備も、ちゃんとやらないといけないと分かっている。そのためにアーサーを一人で視察に行かせたのだから。でも……。

ふと、イレーナが優しく手を握る。

「アーサーがいなくて、寂しいのね」

イレーナの声に、ルチアは彼女を見る。その顔が労るような優しさに満ちていて、ルチアは小さく頷いた。

アーサーがいなくなって寂しい。隣に誰もいないことが、こんなに寂しいとは思わなかった。

いつも一緒にいたアーサーがいないのは、なんだか変な気分になる。

離れていても、頭の中ではアーサーのことを考えてしまうのだ。アーサーが好きそうな味だ、とかアーサーが喜びそうな話だ、など。

アーサーと離れたら、勉強や結婚式の準備が捗《はかど》ると思っていたのに、実際には集中力を欠いて勉強は手につかず、結婚式の準備も身が入らない状態だ。

「考えてみれば、二人はずっと一緒だったものね。歴代の王家夫婦よりずっと早くに出会って、一緒に過ごしてきたんだもの。寂しいと思うのは当然だわ」

「そうでしょうか……」

「そうよ。こんなに長い期間、一緒にいないのは初めてでしょう？」

イレーナに指摘されて、ルチアは初めて気がついた。

確かに、アーサーとこんなに離れて過ごすのは初めてだった。

五歳の時に知り合ってから、寝る時間以外はほとんど一緒だった。

寝る時間すらも一緒にいたい！　とアーサーは考えていたようだが、さすがに婚姻前の男女が一緒に寝ることは周囲の人間が許さなかった。

ルチアが風邪で寝込んだ日も、アーサーはハルモニー侯爵邸にやってきて、ルチアの部屋で看病をしながら過ごしていた。

ルチアは何度も病気がうつるから帰って欲しいと伝えていたが、アーサーは聞く耳を持たなかった。

彼曰く、君の病気なら喜んでうつされる、と。

ルチアたちは文字通り、病める時も健やかなる時も一緒に過ごしてきたのだ。

「アーサーが寂しがると思っていたけど、ルチアがこんなに寂しいと思うなんて、想像していなかったわ」

「私もです。こんなに殿下のことが頭から離れなくなるとは思いませんでした」

「今の言葉、あの子に聞かせてあげたかったわね」

アーサーは、自分に対するルチアの態度が塩対応だろうが、そんなことは気にしない。それでも滅多にないルチアからの愛情表現を目の当たりにしたら、喜びのあまり気絶するだろう。

そしておそらく、これまで以上にルチアにべったりと張りつくようになる。

そんな様子を想像したが、ルチアは不思議と嫌な気持ちにはならなかった。それどころか、早くアーサーの温もりを感じたいと思っている自分がいる。

「アーサーが視察から帰ってきたら、たくさん褒めて構ってあげてね」

「……そうします」

アーサーの母親であるイレーナにそんなお願いをされて、素直に頷くのは少し抵抗があった。しかしルチア自身がそうしたいと思ったのも事実なので、小さく頷く。

「視察を頑張って帰ってきたら、こんなご褒美があるなんて、アーサーは幸せ者ね」

ニコニコ笑うイレーナに、ルチアは今さらながら恥ずかしさが込み上げてきた。

「もう、すぐにからかうんですから！　イレーナ様はどうなんですか？」

「え？」

「本当は陛下が視察に行く予定でしたよね？　やっぱり寂しいとか心配だ、とか思うんじゃありませんか」

ルチアがそう聞くと、なぜかイレーナはしょっぱいものを食べたような顔をした。その表情の変化に、ルチアは驚く。

「い、イレーナ様？」

「そうね……。視察前は緊張の日々を過ごすことになるわね」

イレーナの顔は、なぜかげっそりとしている。視察前にいったい、何が起こるというのだろうか。

「知っての通り、王家の人間は、視察に行きたがらないでしょう？」

「え？　えぇ。そうですね。歴代王妃の日記にもそう書いてありました」

「だから視察に行ってもらう時は本当に大変でね。国王の視察ともなると、年単位で調整してあるから、そう簡単に日程をずらしたりできないし……」

「その通りですよね。だから今回の視察も、殿下が代行することになったんですものね」

「毎回、陛下とはありとあらゆる話し合いを重ねて、やっとの思いで送り出しているの。……あの人、本当に毎回毎回、子どもみたいな交換条件を出してきたりして……」

ぶつぶつとイレーナが呟くが、ルチアはよく聞き取れなかった。

怪訝《けげん》な顔をしているルチアに気がついたイレーナは、にっこり笑うとルチアの肩を叩《たた》く。

「ルチアもこれから色々と大変だと思うけど、頑張って説得するのよ」

爽やかな笑顔で、イレーナがルチアを励ました。

まるでこの先も、たくさんの苦労が待っているのよ、と言外に言われたような気がして、ルチアはなぜか言いようのない不安に襲われたのだった。

――

二人が一息つこうと、侍女が用意してくれた紅茶のカップを手に取り、口に運ぼうとした瞬間

「イレーナ様！」

一人の侍女が血相を変えて部屋に飛び込んできた。

無作法なその姿にイレーナは眉を顰め、ルチアは驚く。

イレーナは咎めるようにきつい眼差しで侍女を睨みつけた。

「どうしたのです？　そんなに慌てて。ここはルチアの部屋ですよ、入室にはきちんと許可を得なさい」

「も、申し訳ございません。ですが……」

そう言って侍女は口ごもる。イレーナとルチアの顔を交互に見ながら、口を開いたり閉じたりしていた。

――私がいると、話しにくい内容なのかしら。

逡巡《しゅんじゅん》する様子を見て、ルチアは席を外そうと茶器をテーブルに戻した。

「イレーナ様、私は席を外します。侍女からお話を伺ってください」

「その必要はないわ。ルチアがこの部屋の主《あるじ》なのだから、私が部屋を出ます」

そう言ってイレーナがソファから立ち上がる。その姿を見て、慌てたのはなぜか部屋に入ってきた侍女だった。

「お待ちください。ルチア様にも関係のあるお話なのです」

「え？」

「なんなのです？　早く話しなさい」

イレーナに促されて、侍女は呼吸を整えながら口を開いた。

「今、王城に早馬が到着しました」

「早馬？」

「殿下が……」

その言葉に、ルチアの心臓がドクンと大きく跳ねた。

侍女が指す殿下とは、間違いなくアーサーのことだ。この雨の中でやってきた早馬という言葉に、嫌でも悪い想像をしてしまう。

「殿下がどうしたんですか？」

「殿下が移動中に……崖から転落なさったという報告を伝えに来たようです……。豪雨の影響で、地盤が緩んでいたらしく……馬が脚を取られたのではないかと……」

「そんな、殿下は？　ご無事なんですか？」

「……安否、不明だと……」

侍女の言葉を聞いて、ルチアは膝から崩れ落ちた。慌てて隣に立っていたイレーナが身体を支えてくれる。

しかしイレーナの身体もまた、小刻みに震えていた。背中を支える手からそれを感じ取ったルチアは、しっかりしなくては、と心の中で己を叱咤《しった》する。

二人はソファに座ると、事情を知るために侍女から話を聞いた。

「早馬の伝達はそれだけなんですか？　他には何も？」

「書状を持っていたので、詳しい内容はそちらに書いてあったと思います。私は政務官から取り急ぎ、報告に行ってくれと言われたので……」

侍女の言葉を聞いて、ルチアはアンナを振り返った。主人の意図を悟った彼女は素早く部屋から出ていく。

おそらく宰相府に詰めているダグラスに、事情を聞きに行ってくれたのだろう。彼ならば、もう少し詳細な情報を持っているに違いない。

「今、アンナに探りに行かせました。何か分かるといいんですけど……」

「そう……。あなたも戻っていいわよ。教えてくれてありがとう」

侍女が頭を下げて部屋から出ていく。後には重苦しい空気が漂っていた。

まるで夢の中の出来事のようだった。

アーサーが傍にいなくて寂しいと思っていたら、急に安否不明だと言われた。怪我をしているかもしれない。いや、もしかしたら——。

ルチアの心臓が大きく軋《きし》む。

——私、殿下が……死んだかもしれない、って思った……。

崖から転落して、安否不明。詳細は分からないが、状況的に怪我をしたのは間違いないだろう。転落した崖がどれほどの高さだったかは、ルチアには分からない。しかし打ちどころが悪かったら、死すらあり得るのだ。

アーサーが死ぬかもしれない。そう思った瞬間、ルチアは奈落の底に落ちるような、大きな不安に襲われた。

この間まで当たり前だった日常が、大きな音を立てて崩れていくような気がする。無意識に震え出す身体を、イレーナが強く抱き締めてくれた。

「ルチア、落ち着いて。まだ最悪な事態とは限らないわ」

「でも、安否不明って……崖から落ちたって……！」

「あの子は強運の持ち主よ。そう簡単に死んだりしないわ」

イレーナがそう囁く。しかしその声も小さく、まるで自分に言い聞かせるような雰囲気だった。

ルチアはイレーナの腕に縋《すが》りつきながら、彼女の顔を見る。イレーナに微笑みかけられ、ルチアの目から涙がこぼれた。

「殿下が、ご無事でなかったらどうしたら……」

「大丈夫よ。あの子は殺しても死ななそうだもの。飄々《ひょうひょう》と帰ってくるわ」

ルチアの背中を撫で、イレーナが不自然なほど朗らかな声を出す。自分を励ますために無理をして明るく振る舞っているのだと分かり、ルチアも頬を伝う涙を拭った。

「そうですね。殿下ならきっと無事ですよね」

「あの子がルチアとの結婚式をどれだけ楽しみにしていたと思うの？　社交界デビューした次の日には計画を立て始めたのよ？」

「……それは初耳です」

思わず笑いを漏らすと、イレーナもホッとして肩の力が抜けたようだ。

「あの子なら、冥府の王を脅したって生き返るわよ。ルチアを置いて、手の届かない遠い場所に行ったりしないわ」

ルチアの脳裏に、あの世で冥府の王と喧嘩して、こちらの世界へ舞い戻るアーサーの姿が思い浮かぶ。

――確かに、殿下ならやりそうだわ。冥府で大暴れして、追い出されそうな気がする。

そう思ったら、少しだけ身体に入っていた力が抜けた。息苦しかった呼吸も、心なしか楽になる。

「殿下は、冥府で嫌われそうですね……」

「そう思うでしょう？　大丈夫よ。すぐに見つかって、なんでもない顔をして戻ってくるわ」

そう言ってイレーナがルチアの手を強く握った。ルチアもその手を握り返す。

大丈夫。殿下は無事よ。ルチアは何度も自分にそう言い聞かせた。

――どうか、一刻も早く殿下が見つかりますように。大きな怪我なく、無事に私のもとに戻ってきますように。

心から、祈った。自分の持っている全てを投げ出すから、アーサーを助けてくれ、と祈った。

ルチアの願いも虚《むな》しく、アーサーの行方はようとして知れなかった。

◇　◇　◇

ルチアは侯爵邸の自室の窓から晴れ渡った空を見上げて、何度目かも知れないため息をこぼす。

数日前から降り続いていた雨はやみ、目の前には雲一つない青空が広がっている。

いつまでも窓辺から離れないルチアを、アンナが心配そうに見つめた。

アーサーの行方が分からなくなってから、今日で三日が過ぎた。

ダグラスたちが手を尽くして情報を集めてくれているが、詳しいことは何も分かっていない。

連絡がきたあの日、イレーナに励まされて気丈に振る舞ってみせたものの、不安な気持ちを抑えることができず、ますます勉強も結婚式の準備も手につかなかった。

そんなルチアを見かねて、イレーナは勉強などは全て中断し、屋敷に戻って休養するように、と命じた。

ルチアはイレーナに大丈夫だと言ったのだが、やはりアーサー失踪の衝撃から立ち直ることができないのか顔色もどんどん悪くなり、目の下のクマも目立ってきたので、結局その言葉に甘えた。

「お嬢様、紅茶を用意しました。どうぞ、お飲みください。今日のお菓子はシェフが腕によりをかけたと言っていましたよ」

「アンナ、悪いけど食欲がなくて……」

「お嬢様……」

アンナが心配してくれるのは分かったが、ルチアには自分を取り繕う余裕がなかった。

アーサーがルチアの目の前からいなくなることなんて、想像したこともなかった。いつだって彼はルチアの傍にいたし、その存在と温もりを誰よりも近くで感じていたのだ。

――殿下、どうか無事でいて。怪我をしても、病気になっていたとしても、とにかく生きていてさえいれば……。

せめて安否だけでも知りたい。そう願った時、部屋の扉が強く叩かれた。返事をすれば、いつも冷静な執事のスティーブが、額に汗をにじませ部屋に入室してくる。

「お嬢様、今、王城から手紙が届きました。すぐに中身を確認して欲しい、とのことです」

「王城から?」

——まさか、殿下のことで何か分かったのかしら。

ルチアは急いで手紙の封を切り、中身を確認する。

そして脱力してソファに崩れ落ちた。

「お嬢様！」

ルチアが手紙を読んでショックを受けて倒れたと思った二人は、顔を青ざめさせて駆け寄った。

しかし、ルチアは手紙を胸に押し抱いて、ホッとしたような安堵の表情を浮かべた。

「殿下が、見つかったって書いてあるわ」

「本当ですか！　あぁ、よかったです」

心配そうに様子を窺っていたアンナも顔を綻ばせた。

「大きな怪我もしていないみたい」

手紙には、安否不明となっていたアーサーが無事に発見されたと書いてあった。ルチアはその文言を何度も読んで確かめる。

欲しかった知らせが届いて、安心して力が抜けたのだ。落ち着いて手紙を読み進めると、気になる一文が目に入り、眉を顰める。

「どうしました？」

「それが……手紙を受け取り次第、王城に来て欲しいって……」

「王城に、ですか？　なんでしょうね」

「詳しいことは王城で話す、とだけ書いてあるの。でもとにかく急いで欲しいとあるわ」

乱れた筆致からは、書き手が焦っていることが窺えた。手紙に書けないような、何か大きな問題が発生したのだろうか。

——まさか殿下の身に、重大な何かが……？

ルチアは急いで手紙を仕舞うと、アンナとスティーブに指示を出した。

「王城に行きます。アンナは外出着を準備して。スティーブは馬車の手配をお願い。お父様に王城に行くことも伝えて！」

優秀な侍女たちのおかげで、きっちりと準備が整ったルチアは、アンナとともに馬車に乗り込んで王城へと向かった。


「殿下に何かあったんでしょうか……」

「分からない。何も書いてなかったの」

急いで来るように、と書いてあるだけで、詳しいことは一切書いていなかった。そのことがルチアに不安な気持ちを持たせる。

アンナはルチアの手を取り、そっとさすってくれる。その温もりに触れて、ルチアの強張った心が、少しだけ解《ほぐ》れる。

——アンナがいてくれてよかった。

馬車は王城の門を抜け、颯爽と停車場まで走っていく。着くとすぐに、外側からドアを開けられた。

驚いて見れば、そこにいたのはダグラスだった。その顔は少しやつれている。

「ダグラス様！」

「すまない。礼を欠いているのは理解している」

ダグラスはそう言ってルチアの手を取り、馬車から降ろした。そのまま王城の中へと入り、中央棟へと足を進める。

中央棟には宰相府や財務省などが設置されており、政治の中心として政務官や様々な貴族たちが出仕している。

普段、同じ王城内でも、東翼にある王族の私的空間で過ごしているルチアは、頻繁に足を踏み入れたことはなかった。

「どちらに行くのですか？」

「あぁ、国王の執務室だ。こっちに連れてくるように言われている」

国王の執務室と聞いて、ルチアはいよいよ混乱してきた。

――これは想像したよりも、悪い状況なのかもしれない。

やがて一つの大きな扉が目の前に現れた。ダグラスが表に立っていた近衛兵に何かを告げると、すぐに扉が開けられる。

ダグラスの後に続いて、ルチアは執務室の控えの間へと入った。

「失礼いたします。ルチア様をお連れいたしました」

「入れ」

ダグラスは慣れた様子で、扉を開けて中へと入る。初めて足を踏み入れる場所に緊張しつつ、ルチアもダグラスについていく。

部屋の中には中央奥の執務机に座る国王と宰相、そしてイレーナがいた。イレーナはルチアが入ってきた姿を見て、目元を和ませる。

「イレーナ様！」

「ルチア、アーサーが見つかったようなの」

「聞きました。本当によかったです」

二人はお互いの手と手を取り合い、朗報にホッと胸を撫で下ろす。しかし他の面々は、なぜか沈痛な面持ちをしていた。

王太子が見つかったにしては、態度が妙である。

「何か、あったんですか？　まさか命に関わるようなお怪我でも……」

「いや、そんな大怪我はしていないと聞いている」

「そうだな、怪我は……」

宰相もダグラスも歯切れが悪い。イレーナも詳しい事情は知らないのだろう。不満げな表情をしている。

アーサーの無事が確認できたというのに、なぜこんなに渋い顔をしているのか。

やはりアーサーの身に何かが起こったのだ。そう思った時、国王が一通の手紙を差し出してきた。

それは辺境伯からの報告書のようである。

「私が読んでもよろしいのですか？」

「読むべきだろう」

国王から手紙を受け取り、内容を確かめる。イレーナも覗き込むようにして、一緒に確認した。

読み進めるうちに、ルチアの表情は曇っていく。

イレーナが困惑した様子で、国王へと詰め寄った。

「これって……どういうこと？」

「書いてある通りだ」

国王からの答えは単純明快だった。しかしその答えにイレーナは不服だったようで、ムッとしている。

ルチアは何度もその内容を確認する。そして呆《ほう》けたようにダグラスを見た。

「殿下は、記憶喪失なのですか？」

「書いてある内容が真実であるならば……」

その手紙にはアーサーが崖から転落し、川に落ちて流された、と書いてあった。

当時、嵐で濁流と化していた川から、アーサーを引き上げることはおろか、見つけることすら不可能だった。アーサーを見失った護衛や側近たちは、方々《ほうぼう》手を尽くして探し、辺境伯領の端の宿場町で、町娘に保護されていたアーサーを見つけた。

怪我をして身動きが取れなくなっていたアーサーを、町娘が看病していたらしい。側近たちはアーサーの無事を確認して安堵し、すぐに彼を連れて戻ろうとした。

そこで異変に気がついた。

アーサーの言動におかしいところがあり、彼の記憶に曖昧な部分があることが分かった。

「記憶が曖昧とは、どういうことですか？」

ルチアが問いかけると、ダグラスは首を横に振った。

「詳しい報告は受けていないが、どうやら崖から転落したことと、高熱で三日ほどうなされていたことが関係しているようだ」

「お怪我はひどくないのですか？」

アーサーは高熱でうなされた以外は、足のねん挫と背中の打撲などを負ったらしい。

濁流に呑まれ、もみくちゃにされた割には軽症で済んでいた。

ルチアは何度も手紙を読み返す。正確にはある一文を、だ。

「町娘が看病……」

ルチアはドキッとした。自分の心の声が漏れたのかと思った。しかし呟いたのは、背後に立っていたイレーナだった。

「看病はありがたいわ。岸に打ち上がっていたドロドロでヨレヨレの男を、わざわざ拾って看病してくれたんだもの。しかも記憶喪失よ。面倒臭い拾い物だと思われるのが普通だわ」

「そうですよね。わざわざ助けてくださったんですものね。本当に感謝しなくては」

イレーナの言葉を心に刻む。そうだ。感謝しなくてはいけない。——心からそう思っているのに。

胸の奥にざわりと、嫌な何かが広がる。それから妙な既視感を覚えた。

——この話、どこかで聞いたような気がする。

「これってこの間隣国であった婚約破棄事件にそっくり」

——それだ！

ルチアはイレーナの言葉に、内心で頷いた。

あまりにも似すぎている。まるで各国で起きている婚約破棄騒動を踏襲するかのような出来事に、心臓がキュッとなった。

急に強い不安に襲われたルチアは、ダグラスの方へと向き直った。

「殿下は、いつ頃お戻りになるんですか？」

「まだ分からない。怪我が治り次第、こちらへ戻るとだけ書いてあった」

ダグラスは困ったように眉を顰め、小さく首を振った。

怪我自体はそんなに重傷ではない、と書かれていたが、すぐに帰ってくることは無理だろう。アーサーと会えるのは、もう少し先のことになりそうだ。

手紙を返すと、国王はルチアを見た。

「詳しいことが分かったらまた連絡させる。とりあえず、アーサーが無事だったことを知らせたくてここまで呼んだ」

「お心遣い、ありがとうございます。陛下も療養から復帰なさったのですね。お元気になられてよかったです」

「イレーナに叩き起こされた。政務が滞るから、とっとと起きて働けと言われた」

その顔は不満そうだったが、ルチアは賢明にも返答は避けた。

退出の挨拶をして部屋を出る。そのままルチアは侍従に連れられて、王城内にあるルチアの部屋へとやってきた。

そこにはアンナが不安そうな顔で待っていた。

「お嬢様！　大丈夫ですか？　いったい何があったのでしょうか？」

「ええ、それが……」

「お嬢様？　なんだか顔色が悪いようですが……」

ルチアがすぐに返事をできないでいると、アンナの表情も暗くなる。

「どうかされましたか？」

ルチアはアンナに執務室で聞いたことを話した。胸の内に巣くう不安をぶちまけるように、何もかも話した。

アーサーが怪我をしたこと。そこを町娘に助けられたこと。そして記憶が曖昧になっていること。全てを聞いたアンナは驚いたように息を呑んだ。

「記憶が曖昧、ですか。それは記憶を失ったということなんでしょうか？」

「分からないの。詳しいことは手紙に書いてなかった」

言葉を濁したが、ルチアはなんとなく理解していた。

おそらく、アーサーの記憶は一部が欠落しているのだろう。それもルチアに関する記憶が。

手紙はアーサーの記憶部分に関してだけ、妙に曖昧に書かれていた。王太子の健康状態は重要な機密事項であり、万が一情報が漏れる可能性があることを考えて、はっきりと書かなかったのだろう。

それと同時に、ルチアへの配慮でもあったのだと思う。婚約者であるルチアが目を通す可能性が高いことを考えて、状況を詳しく書かなかったのではないだろうか。

ルチアの気持ちが沈んでいることを察したのか、アンナがおずおずと声をかけてきた。

「殿下の記憶が戻るといいのですが……」

「分からないわ。何も、分からない」

アーサーがどんな状態なのか。記憶はどうなっているのか。これからどうすべきなのか。ルチアには見当もつかなかった。

アーサーの無事を喜びたいのに、特殊な状況が、素直に喜ぶことをためらわせる。

「殿下は親切な方に助けられたんですね。まるで……」

「言いたいことは分かるわ。吟遊詩人の歌物語でしょう?」

核心を突く一言に、アンナが息を詰めるのが分かった。

やはりルチアが感じた通り、誰が聞いても、あの物語が頭をよぎるようだ。

ルチアも、自分以外の人間に起こった出来事として聞いたならば、また婚約破棄騒動が起こるかも、と思っただろう。

面白がりはしなかっただろうが、他人事のように思って、その騒動を見守っていたかもしれない。

「……覚悟を、しておくべきなんでしょうね」

いやでも、各国で起こっている婚約破棄騒動が脳裏を駆け巡る。

自分の身に降りかかるかもしれない、と考えていた。しかし現実にそれが起こると、覚悟なんてちっともできていなかったことに気がつく。

心のどこかでは、私には起こるはずがないと思っていたのかもしれない。

ディエリング家は一目惚れ体質だ。呪いと言われるほど、一途に一人の人を愛する。どんな美女・才女が迫ろうとも、決して靡くことのない一族だ。それ故にアーサーが他の人に惚れる心配をしたことがなかった。

――でも、一目惚れをした相手を忘れてしまったら？

そのことが頭をよぎった時、今まで感じたことがないほど、胸が苦しくなった。

一目惚れをした相手のことをさっぱり忘れてしまったら、それは本人にとって誰にも惚れていない、ということになるのではないだろうか。そしてその状態で、誰か別の心惹かれる人に出会ってしまったら――。

――記憶を失ったアーサーが新しい人を好きになったら、その人を一生愛し続ける……？

その事実に思い至って、ルチアは愕然《がくぜん》とした。

アーサーが自分を呼ぶ甘い声も、遠慮のない抱擁も、三時間おきの休憩会も、隙あらば食べさせ合いっこしようとするお茶会も、全て違う誰かのものになるのだ。

ちょっと鬱陶しいな、なんて思っていた時間が、なくなってしまうかもしれない。そう思ったら、胸に鋭い刃物が突き刺さったような痛みを感じた。

「……殿下が全てを忘れていたら、私たちの婚約はどうなるのかしら」

「どうもなりませんわ。殿下がお嬢様のことを忘れているとは限りませんし、殿下の婚約者はお嬢様お一人です」

「でも殿下が望んだら、婚約はなかったことにできるのよ」

元々、アーサーがルチアに恋をしたから結ばれた婚約だった。ディエリング家の呪いがあるため、アーサーがルチアを選んだ時点で、他の人が婚約者になる選択肢はなくなった。

しかしアーサーがルチアのことを忘れたのならば、ルチアへの一目惚れはなかったも同然なのではないだろうか。

記憶を失ったアーサーが別の女性に恋をしたら、それはルチア以外の女性が選ばれたということだ。

周囲がどんなに説得しようとも、彼は新しく選んだ相手との結婚を諦めることはないだろう。今までルチア以外に恋をしなかったように。

無理に引き離そうとすれば、アーサーは相手を連れて出奔するかもしれない。よくルチアにも、もし一緒になれなかったら国を飛び出して遠くで暮らそうと言っていたので、彼なら行動に移すだろう。

アーサーはこの国の王太子であり、唯一の直系男子だ。王家の血を絶やすことはできない。

必然的に、取るべき手段は決まってくる。

「殿下が別の女性を連れてきたら、私は身を引くべきなんでしょうね」

「そんな……」

「それがラージア国に生きる貴族の務め……」

ルチアは自分に言い聞かせた。

頭では理解していた。でも心はそんなのは嫌だ、と泣いていた。

「まだ殿下が本当に、お嬢様を忘れたとは限りません。それに助けてくれた女性に、殿下が恋をしたかも分かりません」

「アンナ……」

「まだ何も分かっていないんですから、良い方向に考えましょう」

アンナが力強くルチアの手を握って言う。その凛《りん》とした瞳からルチアを思ってくれていることが分かり、ルチアもくよくよ悩むことはやめよう、と決めた。

アンナの言う通り、全ては推測の域を出ない。

記憶も、辺境伯領で療養している間に、元に戻るかもしれない。そう思って自分を慰めた。

◇　◇　◇

アーサーが辺境伯領を出発し、王都へ帰還する、という知らせを受けたのは、発見の連絡の五日後だった。

手紙の日付を見る限り、受け取った時には、辺境を出発したようだ。

彼の無事が分かってから徐々にお妃教育を再開させていたルチアは、その報告をダグラスによってすぐに教えられた。

アーサーが動けるまでに回復したことに、ルチアは安堵する。

「よかった。お戻りになられるんですね」

「怪我に障らないように万全を期しての日程だから、こちらに着くまではまだ時間がかかるはずだ」

回復したとはいえ、崖から転落し、濁流に流されて記憶喪失にまでなっている。移動に関して、十二分に配慮しても、足りないくらいだ。

――殿下はまだ、記憶を取り戻していないのかしら。

ダグラスを見れば、ルチアの言いたいことが分かったのだろう。困ったように眉を下げた。

「記憶の方は……まだ回復していないんですね」

「ルチア……」

「分かっていました。治そうと思って治せるものではありませんから」

記憶喪失は、薬を飲んで治る病気ではない。起こる理由も解明されておらず、治す方法なんて見当もつかなかった。王城の図書館に行って調べてみたが、どんな医学書にも「時が解決する」としか書いていなかった。

明らかに表情が落ち込んだルチアを見て、ダグラスがわざとらしく明るい声を出す。

「慣れ親しんだ環境で過ごすことで、記憶が刺激されて戻ることもあるらしいから。王都に帰ってくることによって、アーサーの記憶も戻るかもしれない」

「それは殿下が王都に帰ってきて、記憶が戻らなかったら、回復は絶望的ということですか？」

ルチアの捻《ひね》くれた返答に、ダグラスは気まずそうに目を逸《そ》らした。

――分かっている。悲観的になりすぎているのかもしれない。

だがルチアの胸には、言いようのない、漠然とした不安が広がっていた。このままアーサーを失ってしまうかもしれないような、そんな予感が常にルチアの頭を離れなかった。

ダグラスに八つ当たりをしても仕方がないと分かっているが、この数日、不安になっては自分を奮い立たせることの繰り返しで、ルチアはとても疲弊していた。

しばらくしてダグラスは言いづらそうにこちらを見た。

「それで、ルチアに言っておかなくちゃいけないことがあるんだが」

「言っておくこと?」

「その……アーサーを助けた町娘も、一緒に王都に来るようなんだ」

頭を鈍器で思いっきり殴られたかのような衝撃が、ルチアを襲った。一瞬、ダグラスが何を言ったのか、理解できなかった。

——町娘が一緒に来る? なんで?

問いかけたいのに、開いた口からはなんの言葉も出てこない。

「詳しい経緯は知らされていないが、アーサーが連れて帰ることを決めたらしい」

「殿下が? その女の人を?」

「どうもそうみたいだ。どういうつもりで連れてくることにしたのかは、俺にもさっぱりなんだが」

ルチアは気絶するかと思った。

アーサーが連れて帰ってくる。それが何を意味するのか、ダグラスも分からないはずがないだろう。

町娘の役目は、側近たちがアーサーを発見した時点で終了したはずだった。アーサーは発見後、その身は速やかに辺境伯爵家へと移り、手厚い看護を受けたのだから。

辺境伯からは、助けてくれた娘に対して十分なお礼をした、と報告があった。もちろん後日、王家からも謝礼をする予定だと、イレーナから聞いている。

つまりアーサーと町娘の関係は、これ以上続くはずがないのである。——アーサーが望まない限りは。

「殿下は、彼女のことを気に入った、ということですか」

「いや、そういうわけじゃ……。びっくりさせたらいけないから、先にルチアに言っておこうと思っただけで……。ルチア？　顔、怖いぞ？」

無表情で宙を見つめるルチアを、ダグラスが恐々と宥める。

いくら命の恩人とはいえ、気軽に王太子の旅に随行することはできない。町娘が我が儘を言ったのか、それともアーサーがともに過ごすことを、望んでいるのだろうか。

ひやりとしたものが、胸の内を伝う。ルチアは無意識に、拳を強く握り締めた。

「他国と同じような騒動が現実になろうとは……」

「騒動？　最近起きてる婚約破棄のことか」

「やはりこの国で婚約破棄されるのは、私のようですね」

ルチアの言葉にダグラスは驚いた顔をした。

「まだそうとは決まっていないだろう？」

慰めるダグラスの言葉を、ルチアは鼻で笑った。

不安が確信に近づき、悪い想像で頭がいっぱいになって、ダグラスの慰めも虚しく聞こえた。

――まだ、ね。

否定するには、あまりにも状況が似すぎていた。

〝もしかしたら、王太子はルチア様以外の人を好きになったのかもしれない〟

そんな話が王城に広まることになったら……。そうなった時、ルチアはなんて言えばいいのだろうか。

やさぐれた雰囲気を出すルチアを見て、ダグラスがおろおろと話題を変えた。

「アーサーが戻ってきたら、ルチアも一緒に出迎えてくれるか？」

「……ええ、そうですね。殿下の無事も確認したいですし」

アーサーの元気な姿を見たい、それは間違いなくルチアの本心だ。

しかしそれと同時に、彼に会いたくない、という思いもある。正確には会うのが怖い、という気持ちだ。

アーサーの、ルチアを見る目はいつだって甘く溶けていた。見つめられると、深い愛情がこもっていることが分かった。

でも今は、その瞳が向けられるのが怖いと思う。

——目が合った時に、何も感じなかったら……。殿下の瞳に、情熱も愛情も親愛も浮かばなかったら、私はどうなってしまうのだろう……。

アーサーから無感情な瞳で見つめられたら、ルチアは耐えられる気がしなかった。

——殿下に会いたい。……いいえ、やっぱり会いたくない。

相反する気持ちが、胸の内で暴れ回っている。

ルチアは窓辺に立ち、遠くに見える城門を見つめた。あの扉が開いた時、ルチアの運命が決まるのだ。

心を落ち着かせるために深呼吸を繰り返す。そして覚悟を決めたように、城門をじっと見つめた。

第四章

七日後、ルチアは朝食の席で王城からの手紙を受け取った。

家族に断りを入れて、その場で中身を確認する。

「ルチア？　なんて書いてあったの？」

手紙の内容を確認したまま、動かなくなるルチアを見て、不安そうにクレアが質問した。

「殿下が今日の昼頃に、王城にお戻りになるみたいです」

「それはよかったわ。殿下の無事を聞いてはいましたが、そのお姿を見るまでは安心できませんからね。これで無事を確認できますね」

ルチアの言葉を聞いて、食卓についていた家族はホッとしたようだ。

ここ数日、ルチアは自室にこもって塞ぎ込んでいた。家族に心配をかけているのは申し訳ないと思っている。しかしルチアは、手紙を見て家族のように安堵することはできなかった。

「ルチア、どうしたの？　好物のかぼちゃのポタージュにも手をつけていないじゃないか」

表情を暗くしたまま、手が止まっているルチアを見て、隣でハムエッグサンドを食べていた兄のシリルが心配そうに顔を覗き込む。

ルチアと同じベージュブラウンの髪に、彼女よりも濃いヘーゼルの瞳のシリルに、ルチアはなんでもない、と首を横に振った。

——殿下が記憶喪失になったことは、家族にも知られてはいけないから、お兄様にも話せないわ。アーサーが視察途中で怪我をしたことは、多くの貴族や政務官には知らされている。しかし、記憶喪失については、一部の人間のみが知る最重要機密だ。

王太子が記憶喪失だと知られて、国民に大きな不安を与えるのは避けるべきだ、という国王と宰相の判断だった。

それ故に、ルチアはアンナ以外の屋敷の者には、一切の事情を説明していなかった。

「やっと殿下とお会いできると、ホッとしたんです」

「そうか？　なんだか憂鬱そうに見えたが……」

「お怪我の具合がどれくらいなのか、心配になりまして」

「確かにそうだな……。でも帰ってこられるんだから大丈夫だよ」

シリルは再びハムエッグサンドを口に運び始めるが、ルチアはなんとなく食欲が湧かなかった。

アーサーの帰還は、ルチアも嬉しく思っている。しかしこれから起こるかもしれない騒動に、胸騒ぎがしてならない自分がいた。

「ルチアも殿下のお出迎えに行くのよね？」

「それは……」

クレアの問いに、思わず口ごもってしまった。

正直に言うと、行くのが怖かった。どんなことが待っているか分からないし、自分が想像する最悪の事態になった場合、冷静でいられる自信がなかった。

しかしそれを伝えれば、不審に思った家族に、全ての事情を話さなくてはならない。

上手く説明ができて、王城に行くことを回避したとしても、婚約者のルチアが出迎えを拒否し、そこに王太子に連れられて別の女性が入城する、なんてことになったら、変な憶測が生まれるだろう。

間違いなく城下では、ゴシップとして噂話が広がってしまう。新たな婚約破棄騒動か⁉　と喜ぶ吟遊詩人たちの顔が浮かぶようだ。

両親は、ルチアの胸の内の葛藤を感じ取ったのか、安心させるように微笑んだ。

「もし体調が悪いなら、無理して行くことはないのよ？」

「そうだ。王城には私から説明する」

詳しいことは何も分からないはずなのに、そう言って励ましてくれる二人に、ルチアの心は慰められる。

本音を言えば、アーサーと会うことは先延ばしにしたい。

しかし、いつまでも避けてはいられないのだ。いつかは、現実と向き合う日が必ず来る。

「大丈夫です。王城に行きますわ」

「そう……。何かあったらすぐに帰ってらっしゃい」

「そうだ。恥や体面なんて気にする必要はない。ルチアの好きなように行動していいから」

勇気づけてくれる父親に愛情を感じて、心が温まる。

ルチアがお妃教育の一環で、周囲や状況を見て行動する癖がついていることを、父のルシウスは見抜いていて指摘したのだ。苦しかったら周りのことなど気にせず、自分の思うままに帰ってこい、と。

　父はルチアがアーサーの婚約者になると決まった時、真っ先に心配してくれた。身分よりも子どもたちのやりたいことを尊重してくれる父親は、ルチアにとって心の支えだった。

「……私、もしかしたら、嫌な目に遭って飛んで帰ってくるかもしれませんわ」

「いいのよ」

「もう王都にはいられなくなってしまうかも……」

「それなら、そのまま領地に下がろうか」

「そうなったらせっかくだから、旅行に行くのもいいわね」

「いいですね。友人が素敵な景勝地を勧めてくれたので、家族で行きましょうか」

　思わず漏らした弱気な言葉を聞いて、家族が代わる代わる慰めてくれる。

　温かな言葉の数々を受け取って、ルチアの胸にも勇気が湧いてきた。

　――どんな結果になるかは、分からない。でも殿下に会おう。

　アーサーに会うのが怖い、と思う気持ちはある。でも会いたい気持ちの方が大きいのだ。

　ルチアに向かって励ますように微笑む家族に笑い返し、気持ちを奮い立たせた。

「王城に行ってきます。アンナ、殿下が贈ってくれた青いドレスを用意してくれる？」

　後ろに控えていたアンナがにっこりと頷き、飛ぶような勢いで食堂を出る。ルチアもそれを追いかけるように、すぐにその場を後にした。

　部屋に戻ると、アンナと他の侍女たちが、ドレスや小物を用意して待っていた。

　アンナが手に持っているものは、アーサーから贈られたドレスの中で一番お気に入りのものだ。

合わせる首飾りも靴も髪紐《かみひも》すら、アーサーが贈ってくれたもので揃える。

「お嬢様、本当にお綺麗ですわ」

「ありがとう」

準備を整えているアンナが、鏡越しにルチアを褒める。かつてアーサーもこのドレスを着たルチアに、うっとりしてべた褒めしていた。

——殿下はこの姿も、忘れてしまったのかしら。

髪を結ってもらいながら、アーサーのことを考える。

——もし、殿下が私のことを忘れてしまったのならば、この姿を見て、何かを思い出してくれるだろうか。

そんなことを考えているうちに、ルチアの支度は整った。執事が馬車の用意ができたことを告げる。

ルチアはもう一度、鏡の中の自分を見た。

まるで迷子のような、怯《おび》えた目をした少女が映っている。ルチアは大きく深呼吸をして、口角を上げて無理やり笑った。

泣いたりしない。そう、自分に言い聞かせる。そして颯爽と自室を出た。

気分はさながら、初めて戦場に赴く新米兵士のようだった。

◇　◇　◇

王城は異様な空気に支配されていた。

ルチア王城にある自室で、温かい紅茶を手に取り、ゆっくりと飲み干す。心を落ち着けるようにゆっくりと。

誰もがルチアの挙動に注目しているように感じられた。物言いたげな視線が突き刺さる。

——何かしら。怒っている、というわけではないみたいだけど。

部屋にいる侍女も、ここまで案内してくれた侍従も、ルチアを見て悲しそうな、慰めるような視線を向けてくる。

数日前に登城した時とはあまりにも異なる光景に、ルチアは居心地の悪さを感じていた。

そんな時、侍従がダグラスの来訪を伝える。入ってきたダグラスは口がへの字に曲がっていて、明らかに様子がおかしい。

「あなたもなの？」

「え？」

「みんな変な顔をして、私を見るんです。何か言いたげな、そんな顔です」

「へぇ……？　そうなんだ……」

「あなたもですよ。そんな情けない顔をして、いったいなんなんですか？」

「情けない顔って……」

「言いたいことがあるんじゃないですか？」

そんな顔をしていたか、とでも言うような表情でダグラスは自分の顎をさするが、ルチアは流されなかった。

はぐらかされまいと、強い眼差しでダグラスを見れば、彼は観念したように両手を上げた。

「分かった。説明するから」

ダグラスはルチアに睨まれたまま、向かい側のソファに腰を下ろした。

どう話そうか、と言いながら目を泳がせる。焦っているのは、ルチアにとって都合の悪い話だからだろうか。

「ありのままを説明してください」

「……ありのまま、ね」

「そうです。何かあったんですか？」

「アーサーが、記憶を失っているっていうのは伝えたよな？」

遠慮がちにかけられた言葉に、ルチアの心がチクリと痛む。しかし気づかないフリをして、鷹揚《おうよう》に頷いた。

「実はその話がどこからか、漏れた」

「……なんですって？」

「アーサーが記憶を失っていることも、町娘と帰ってくることも、みんなが知っている」

「みんなって……」

「王城に勤めている者たちだ。今朝から噂で持ちきりでな……」

どんな噂かなんて、聞かなくても分かる。巷で話題のラブロマンスのことだ。

アーサーが記憶を失い、助けてくれた町娘を伴って帰還する。ここまで聞いたら、誰でも想像する。この先に起こるであろう悲劇とロマンスを。

だから、ルチアを見るたびに、物言いたげな視線を向けていたのだ。

──まるで腫れ物に触るような扱いね。

手に持っていたカップをそっとソーサーに戻す。手が震えていたのか、思いがけず大きな音が響いた。

ルチアが動揺していることに気がついたダグラスが、沈痛な面持ちで頭を下げる。

「申し訳ない。本来ならば、情報が漏れることはないんだが」

「……仕方ありません。人の口に戸は立てられませんから。それに、今回は人に話したくなるような内容でしたからね」

まるで物語のような出来事が起こっている。それを知った誰かは、自分の胸の内にしまっておけなかったのだろう。

もしかしたら、世紀のラブロマンスが始まるかもしれない。きっとそんな風に思って、人に話してしまったのだ。

「そうですか……みんな知っているんですね」

きっと確信しているのだ。ルチアが『悲劇のヒロイン』になることを。

そして悲しい結末が待っていると、誰よりもルチア自身が感じていた。

──他の国々の人も、こんな気持ちで待っていたのかしら。だとしたら、なんて勇敢なのだろう。

素敵な未来なんて訪れないと、きっと分かっていたはず。それでも最後まで毅然《きぜん》と立っていたのだろうか。

果たして自分に、そんな勇気があるのか。そう問いかけて、唇を噛み締める。

逃げ出したいくらいに怖い。想像した通りの結末が待っていたら、ルチアはその場に踏みとどまっていられるのだろうか。

「アーサーがお前を忘れるなんて、あり得ない」

暗い思考の渦に沈みそうになっていたルチアを、ダグラスが引っ張り上げる。励ますようにルチアの手を取り、力強く握った。

「きっとすぐに思い出すさ」

「……ということは、やはり殿下は私のことを忘れているんですね」

「あっ」

しまった、と呟くが、今さら遅い。ルチアはばっちりダグラスの言葉を聞いた。

記憶が曖昧と言っていたが、やはりルチアのことを忘れたのだ。ダグラスたちは気を遣って内緒にしていたようだが、ルチアは知れてよかった、と思った。

――覚悟はしていても、何も知らないで対峙《たいじ》するよりずっといいわ。

「ごめん。黙ってて」

「いいんです。私のためだったんですよね？」

「……ルチアの受けるショックが大きい、と思ったから」

「もう十分すぎるくらい、ショックを受けていますよ」

自嘲気味に笑うルチアに、ダグラスはかける言葉が見つからないようだ。

「大丈夫です。覚悟が決まりました」

「ルチア……」

「どんな結末でも、受け止めます。それが殿下のご意思なら……」

そう言って微笑んでみせると、ダグラスを始め、周りの使用人たちも一瞬ハッとしたような顔になって、ゆっくりと頷いてくれた。

ルチアが覚悟を決めたところで、部屋にノックの音が響く。応えれば、アーサー付きの侍従が扉近くに立っていた。

「まもなくアーサー様がお着きになります」

「分かりました」

ルチアが深く息を吸い、気持ちを整える。ソファから立ち上がると、ダグラスも一緒に部屋を出る。

心なしか、部屋にいる全員から励ましの雰囲気を感じたので、ルチアはそれに応えるように微笑んだ。

——どんな結末を迎えるかは分からない。それでも、せめて下を向くことはやめよう。

そう心に誓って、ルチアは毅然と廊下を進んだ。

ルチアが王城の正面玄関に向かう途中、廊下で国王夫妻と一緒になった。

本来であれば、王太子を迎えるためだけに、国王夫妻が公務を中断することはない。別に謁見の時間を設け、アーサーが帰還の挨拶をするはずだった。

しかし今回、当の王太子が怪我を負い、さらに記憶まで失っているという特殊な状況だ。心配になったイレーナは正面玄関でアーサーを出迎えることを決めた。イレーナが行くならと、国王もついてきたというわけだ。

「ルチア……」

イレーナはルチアに近づくと、気遣うように肩を抱いた。王城中に噂が広まっていることを知っているのだろう。

自分から離れたイレーナを取り戻そうと国王の手が伸びてくるが、イレーナは素早くその手をつねって牽制《けんせい》する。空気を読め！　と一瞬国王を睨みつけて、ルチアに向き直る。

「そんな顔をしないで。何も心配することないわ」

「イレーナ様を困らせるような、情けない顔をしていますか？」

「情けない顔なんて……。でも泣きそうな、不安そうな顔をしているわ」

イレーナの指がルチアの頬を撫でる。まるで涙を拭うような仕草に、ルチアは慌てて自分の頬を触って確かめる。

涙は流れていなかったが、よっぽど泣きそうな顔をしていたのだろう。イレーナは何度も慰めるように頬を撫でてくれた。

その優しさに、挫《くじ》けそうな心が温かくなる。

「大丈夫です。どんな結末が待っていようと、しっかりと受け止めます」

「誰がなんと言おうと、私の義娘《むすめ》になるのはあなただけよ」

「イレーナ様……」

「あの子が馬鹿なことを言い出したら、私がまた崖から突き落としてやりますから」

鼻息荒く告げるイレーナに、ルチアは思わず笑った。

また崖から落ちれば記憶も元に戻るでしょう、と息巻きながらイレーナはルチアの手を取り、歩き出す。国王が再びイレーナを取り戻そうと手を伸ばしたが、また睨まれたので、仕方なく伸ばした手を引っ込めた。

ルチアたちは一緒に王城の正面玄関へと向かう。そこには警護のために控えていた衛兵たちが緊張した面持ちで、アーサーの到着と、ルチアたちの動向を見守っていた。

ルチアは左右に広がる階段をゆっくりと下り、大きな正面玄関の目の前に立つ。ルチアの身長の三倍はありそうな入り口は大きく開け放たれており、正面庭園とその奥にある門まで見渡すことができた。

「まもなくアーサー様がご到着です」

響き渡った声に、緊張が走る。王城前の庭園に、次々と騎馬が入ってくる。やがて辺境伯紋章入りの馬車も姿を見せた。

アーサーが王城から乗っていた馬車は彼を乗せたまま崖下へと落ち、大破したと聞いている。出発時とは違う馬車で帰ってきたことが、嫌でも事故に遭ったことを意識させた。

しばらくして、馬車が入り口前の階段下で止まる。侍従が扉を開け、中から一人の男の人が出てきた。

「殿下……」

それは間違いなくアーサーだった。見た目には、大きな怪我をしている様子はない。少しやつれているように見えるが、顔色は悪くなかった。

彼は馬車を降りると、一同を見回すように首を巡らせた。

「っ！」

アーサーがルチアを見たのは一瞬だった。きっと誰のことも目に入らなかっただろう。それなのに、目が合わなかったことがショックだった。

アーサーが馬車を降りたのを見て、イレーナと国王が一歩外に出て、玄関から外へと続くの階段の上から、彼が上ってくるのを待った。

ルチアは一人、正面玄関のホールに残る。最初は家族との再会を優先すべきだと思ったからだ。イレーナに気遣うように目配せされて、ルチアは心配させまいと唇の端を持ち上げる。笑えていたかは、分からなかった。

アーサーはイレーナたちの姿を見た後、後方を振り返って馬車の入り口に向かって手を差し出した。まるで誰かをエスコートするかのように。

馬車からほっそりとした手が出てきた。それはしっかりとアーサーの手を取り、中から少女が現れた。

その姿が見えた時、その場にいる全員が息を呑んだ。

「…………美しい」

誰かが無意識にこぼした言葉が、ルチアの鼓膜を震わせる。そして残念ながら、ルチアはその言葉を否定することができなかった。

その少女は、髪の色と瞳の色こそありふれた茶色だが、容姿が恐ろしく整っていた。

日に焼けたことがないような白い肌に、大きな瞳。そしてぷっくりとした赤い唇。それらが、完璧な配置で置いてある。

水色の清楚《せいそ》なワンピースは、彼女の清廉とした美しさを引き立てていた。貴族の娘と言われても遜色のない少女だった。

アーサーにエスコートされながら階段を上がり、こちらへと歩いてくる。アーサーは少女を支え、少女もアーサーを頼るように身を寄せていた。

——完璧だわ。

そう思わざるを得ないほど、お似合いの二人だった。まるで絵画でも見ているかのような光景に、ルチアは思わず目を逸らす。

アーサーは国王夫妻の前まで来ると、まず二人に向かって軽く頭を下げた。

「ただいま帰還いたしました。長らく不在にして、申し訳ございません」

「無事に戻ったのならよい。ご苦労だった」

「怪我の具合はどうなの？」

国王がアーサーの帰還を労《ねぎら》う横で、イレーナが身を乗り出す。口ではアーサーを気遣いながらも、その眼は隣に立つ少女に釘《くぎ》づけだった。

少女を見るイレーナの背中からは、メラメラと闘志が立ち昇っているように感じる。ルチアはハラハラとしたが、幸いなことに、少女もアーサーも気づいていないようだった。

姿勢正しく立つアーサーは、貴公子然とした雰囲気を漂わせている。王太子としてはまさにお手本のような振る舞いだが、その姿に、ルチアは違和感を覚えた。

心なしか、笑顔が硬く見える。

「頭を強く打ったせいか、記憶が曖昧になっているようです。ですが、ミレニア嬢がつきっきりで看病してくれたので、怪我の方はすっかり治りました」

アーサーが少女――ミレニアに顔を向けた途端、彼は柔らかな笑みを浮かべた。

それを見て、ルチアの心臓が大きく跳ねた。心を許しているかのような彼の笑顔を目の当たりにし、とても驚く。

ミレニアはアーサーに微笑み返した後、国王とイレーナに向かって小さく頭を下げた。

「私は、私にできることをしただけです」

鈴を震わせたような高く澄んだ声が聞こえてきた。彼女は恐縮しきった様子で小さく呟きながら、目線を下げる。

小動物のように小さくなるミレニアを見て、イレーナは毒気が抜かれたのか、先ほどまでの刺々しい視線とは正反対の温かな声で彼女を労った。

「そう……お礼を言わせてね。アーサーのこと、助けてくれてありがとう。あなたのおかげで、息子の無事な姿を見ることができました」

「とんでもございません。お怪我が無事に治って、本当によかったです」

そう言って笑う姿は、可憐《かれん》という言葉が相応しいものだった。恥ずかしげに俯《うつむ》くミレニアを、アーサーが微笑ましそうに見守る。

仲睦《なかむつ》まじく寄り添う光景に、ルチアは呆然とした。

並んで立つその姿は、昔からずっとそうだったかのようにしっくりとしている。

それが、まるで二人が夫婦となった未来が見えてしまうようで、この場から離れたいという気持ちがムクムクと大きくなる。

そんなルチアをよそに、イレーナたちの会話は続く。

「ミレニアさんには何かお礼をしなくてはいけませんね」

「私もそう思って彼女を王城に連れてきました。命の恩人ですから」

半ば予想していたとはいえ、アーサーが自分の意思でミレニアを連れてきたという事実が胸を抉る。

記憶をなくす前のアーサーならば、他の女性など絶対に連れて戻らなかった。彼は良くも悪くも、ルチア以外に興味がないからである。

そんなアーサーが彼女を連れて戻るということは、彼の本意ではなく、頼み込まれて断るのが面倒になったからかもしれないと、都合のいい希望を持っていた自分がいた。

しかしそれは、今、アーサー自身の言葉で否定されてしまった。

二人は道中、同じ馬車で過ごしていた。その間にどれほど仲を深めたのだろうか。笑い合う二人の姿が気心の知れた恋人同士のようで、ルチアは怖くなる。

——本当に殿下は私なんて、どうでもよくなってしまったのかもしれない……。

今にもアーサーに「君は誰だ？」と聞かれそうで、ルチアは手の震えをこらえることができなかった。

イレーナはちらちらと背後のルチアに心配するような視線を送りながらも、アーサーと話を続ける。

「それで、お礼は考えついたのかしら……？」

「ミレニア嬢に聞いたら、王都観光がしたい、と言うんです」

「王都観光？」

「ミレニア嬢は辺境伯領を出たことがないようで。一度、王都に行ってみたかったと言っていたので。それなら、私が王都の案内をしようと思いまして」

「恐れ多くて、私はお断りしたのですが……」

「命の恩人なのだから気にしないでくれ、と押し切ったんです。むしろこんなことがお礼でいいのか、と言いたいくらいなのだから」

ミレニア嬢は恐縮したように、身を縮こまらせる。しかし本心ではやはり嬉しいのだろう、顔が綻んでいた。

嬉しいのは、王都観光ができるからか。それとも王子と一緒に過ごせるからか。

――両方かもしれないわ。

微笑み合う彼らを見て、心の中で呟く。

二人の仲睦まじい様子を前にして、何があっても受け止める、という決意が脆《もろ》くも崩れ去りそうだった。

逃げ出したい気持ちが、ルチアの中でどんどん大きくなっていく。それとは裏腹に、足は地面に縫いつけられてしまったかのように、一歩も動かすことができない。

「アーサーが、案内するの。そうなの……へぇ……」

予想以上に仲が良さそうな二人の様子に、イレーナも動揺を隠せないようだった。勝気なイレーナのらしくない姿を見て、ルチアの不安もますます募る。

まだアーサーと一度も目が合っていない。いつもであれば、鬱陶しいほど視界に飛び込んでくるのに、今日はそんな素振りを見せていない。

それがどんなにおかしいか、どれほどの人が気づいているのだろうか。

普段のアーサーであれば、ルチアを見つけた瞬間、飛びついて抱き締めて片時も離れようとしないはずだ。

アーサーがルチアに興味を示さない。そのことがいやでも彼が記憶をなくしたという現実を突きつけてくる。

ダグラスや宰相、その場を守る衛兵や官僚たちがちらちらと事の成り行きを見守っている。婚約者にもかかわらず、忘れられてしまうなんて、立場がなかった。

どう振る舞えばいいのか、考えていると、国王が前触れもなく爆弾を投げ落とした。

「アーサー、ハルモニー侯爵令嬢に挨拶したらどうだ？」

「ハルモニー侯爵令嬢……？」

突然自分のことが話題に上り、ルチアの肩が跳ねる。アーサーは不思議そうな顔をしながら、視線を巡らせた。

初めて聞いた名前だ、という反応にルチアは泣きそうになる。

アーサーと話したい。でも話すのが怖い。そんな葛藤が頭の中を駆け巡るが、ルチアはその場を動くことができなかった。

身体がまるで石のように固まっている。視線すら逸らすことができず、ただアーサーの目がこちらを向くのを、待つことしかできなかった。

顔面蒼白《そうはく》で、ルチアはアーサーの反応を待つ。ちなみに視界の端では、イレーナは空気がまったく読めない国王の足を思いっきり踏んづけていた。

「…………あっ」

やがてアーサーの目がルチアの姿を捉える。小さな声が聞こえた瞬間、ルチアは息を止めた。

多くの人々が見守る中で、二人の目が合った。

◇　◇　◇

目が合ったのは一瞬だけだった。アーサーがこちらを向くと同時に、ルチアは思わず視線を逸らして顔を伏せたからだ。

――どんなことがあっても、全部受け止めるって決めたけど、やっぱり怖い。

心の中で、なんとか自分を励まして顔を上げようとしたが、できなかった。

アーサーの瞳になんの感情も浮かんでいなかったら……と考えただけで、彼の顔を見る勇気がしぼんでいく。

いつもアーサーがルチアを見る時、その瞳には深い愛情がこめられていた。

それがもし、なかったら。その他大勢と同じ視線が、ルチアに向けられたならば、それは――。

――運命は、変えることができないの……？

各国で起こっている婚約破棄騒動。逃れることのできない運命。

一度巻き込まれたら、待っているのは悲劇的な結末だけだ。

アーサーに見初められた瞬間、ルチアの進むべき運命は決まった。いつもルチアには最初から選択肢などないのだ。今回、アーサーの身に起こったことも運命であるならば、どんなに足掻《あが》いても、結末はルチアの望むものにはならないのかもしれない。

——私は、殿下を、失う……。

想像したこともないような喪失感が、ルチアを襲った。深い絶望が全身を包もうとした時、何かがルチアの手に触れた。

「え……？」

驚いて顔を上げれば、ルチアの手を取っていたのはアーサーだった。

その瞳にはなぜか怒りが浮かんでいて、そんな目で見られることは初めてだったので、ルチアは息を呑んだ。アーサーからは受けたことのない感情に、反射的に一歩、彼から離れようとする。

しかし彼はルチアを離そうとしない。それどころか、握る力をどんどん強めてきた。そして小さく呟く。

「………どうして、」

「え？」

「どうして俺は、この素敵な女性について、何も知らないんだ!!!」

「は？」

想像もしていなかった叫びに、その場にいた全員の思考が止まる。

そんな周囲の反応をよそに、アーサーは自分の髪をかき毟らんばかりに取り乱し始めた。

「信じられない！　こんな素敵な人を見逃していたなんて！　俺の目は節穴か!!!」

床に膝をつき、嘆くアーサーとそれを見るその他の人々。

「えーと……」

――ど、どうしよう。考えてもみなかった反応だわ。

アーサーの嘆きっぷりを見て、ルチアは狼狽《うろた》えてしまった。想像していた、どの反応とも違う行動をされて、どうするべきなのか迷う。

おろおろするルチアを見ながら、アーサーが立ち上がって、ささっと距離を縮めてきた。

「ハルモニー侯爵令嬢、でしたか？　どうか愚かなこの私に、ぜひあなたのお名前を教えてくださ い」

「ルチアです。あのっ」

「ルチア！　なんて素晴らしい響きだ！　あなたにぴったりですね」

そう言ってアーサーが微笑む。なぜかルチアの腰を抱き、アーサーはどんどんルチアとの距離を縮めてきた。

初対面としては近すぎる距離感だったが、ルチアにとってはいつものアーサーとの距離感なので、何も疑問に思わず、それを受け入れてしまう。

想像もしていなかった事態に、ルチアは救いを求めて視線をさ迷わせる。てっきり、冷たい態度で「誰だ、お前」と言われると思っていたので、どう対処したらよいのか、何も思いつかない。

それは周囲の人間も同じだったらしく、各々困惑の表情を浮かべていた。

助けてという思いを込めてルチアはダグラスを見るが、ダグラスは目が合った瞬間、無言で思い

っきり首を横に振った。ルチアを見捨てたのだ。

「ハルモニー嬢、ルチアと呼んでも構いませんか？」

「え？　えぇ、それは別に……」

「どうか私のこともアーサー、と呼んでください」

キラキラした笑みを浮かべて、アーサーがルチアに懇願する。なんと答えたらいいのか分からず、ルチアは曖昧に微笑んだ。

するとアーサーは、胸を押さえて何度も深呼吸をし、それから意を決したように、ルチアを見据える。

「ルチア、素敵で素晴らしい君のことだ。その……婚約者や将来を誓った恋人は、いるのかな……？」

「婚約者？　えーと……いるといえば、いますね？」

アーサーは衝撃が走ったような顔をして、黙り込んだ。その様子から、ルチアの婚約者が自分だとは夢にも思っていないようだ。

「そうですよね……。ちなみに、結婚の話とかは……？」

「……順調に進めば、一年後に挙式の予定ですが……」

「なん、だと!!!」

アーサーは膝から崩れ落ちた。その場で頭を抱えてうずくまる。

もうそんなに具体的に決まっているのか。時間が足りない。早急に手を打たなくては！　というアーサーの呟きが聞こえてきた。

その姿を見て、なんだかルチアは拍子抜けした。

ルチアのことは完全に忘れているようだが、行動そのものは以前のアーサーのままだ。

考えをまとめ終えたのか、アーサーが立ち上がっておずおずと聞いてくる。

「あなたは、その、婚約者のことがお好きですか？」

「はい？」

「そうですよね！　好きだから婚約するんですもんね！　くそっ。あなたに想われているなんて、羨ましすぎる。想像するだけで、相手を八つ裂きにしたくなる。……いや、八つ裂きでは足りないな……」

ルチアの聞き返しの言葉を、肯定だと受け取ったアーサーが、歯噛みしながら悔しがる。

物騒なことをぶつぶつと呟いているが、アーサーが言っていることを全て実行すると、彼自身が細切れにされて豚の餌になってしまうのだが、いいのだろうか。

誰もが想像していなかった反応に、その場にいた全員が固まって、目の前の状況を見守っていた。

口火を切ったのは、アーサーに放置されていたミレニアだった。彼女は遠慮がちにアーサーに声をかける。

「えーと、アーサー様？」

「ん？」

突然声をかけられて、アーサーは我に返った。ルチアはミレニアがなんのためらいもなく「アーサー様」と呼びかけたことに、少しムッとする。

アーサーはミレニアを振り返った。アーサーと目が合ったミレニアは頰を緩ませる。

見る人々を魅了するような笑顔に、壁際に立っていた衛兵の何人かが、口を開けて見惚れていた。

アーサーはミレニアを見て、しばらく固まった後、取り繕うような笑みを浮かべる。

そしてルチアから離れ、ミレニアに一歩近づいた。アーサーはミレニアの目の前に立つと、ブンっと音が鳴りそうな勢いで頭を下げる。

「申し訳ない、ミレニア嬢。一緒に城下へ行くことはできないかもしれない」

「え？」

「もちろん、観光ができるように手配する。案内人を用意するし、私もなるべく時間を作るように努める」

「急に、どうしたんですか？　案内するって言ってくださったのに……」

突然、約束を反故《ほご》にされそうな事態に、ミレニアが控えめに食い下がる。

彼女は王都観光を楽しみにしていたのだろう。それも、王子様との観光を。それを急に無理と言われて、納得できなかったに違いない。

袖を摑んで可愛らしく抗議するミレニアを、アーサーは心苦しそうに見た。

「本当に申し訳ないと思っている。でも他に優先すべきことができてしまったんだ。一分一秒すら無駄にしている場合ではない」

「すべきこと？　一分一秒もなんて……そんなに大事なことってなんですか？」

「ルチアのことだ!!!」

大声を出して断言するアーサーに、ミレニアはびっくりした様子で固まった。それからアーサーとルチアを交互に何度も見る。

ミレニアの顔には困惑が浮かんでいた。

「あなたがルチア様、ですか?」

「はい。はじめまして」

ルチアはとりあえずドレスを軽く持ち上げて、挨拶をした。

ミレニアはルチアから挨拶されたことに驚いたのか、目を丸くした後、顔を赤くしてもごもごと「はじめまして……」と小さな声で挨拶をした。

――思っていたよりも、いい子なのかもしれないわ。

ルチアは、狼狽えたようにアーサーを見つめる少女の姿に、今の状況も忘れてそんなことを思った。

ミレニアは、ルチアとアーサーの間にある微妙な距離を感じ取ったのか、戸惑うように彼を見る。

「アーサー様、ルチア様とは初対面のご様子でしたが……ルチア様のことって何をするんですか?」

「俺はこれからルチアの婚約者について、調査しなくてはならない。相手を徹底的に調べ上げて、後ろ暗いところを暴き出し、ルチアの婚約者を追い落としてやる。そして落ち込んでいるルチアを慰めて、俺が婚約者に――」

「ちょっと待ちなさい。腹黒い思考が漏れているわよ」

妖しい笑みを浮かべて、怪しい計画を立て始めた息子に、イレーナが待ったをかける。

アーサーは慌てて口をつぐんで、隣に立つルチアを見た。まさか不穏な計画を聞かれてはいないか、と焦った様子で目をさ迷わせる。

長年の経験から、ルチアは何にも知りません。何も聞いていませんよ、という顔をしてアーサーににっこり微笑みかけた。

ルチアが何も気づいていないと安心すると同時に、俺に向かって微笑んでいる！　とでも思っているのだろう、アーサーは分かりやすくウキウキし始めた。イレーナは頭を抱える。

「アーサー、ちょっといいかしら？」

「なんですか？　今、目が離せないです」

「正直に言わないの。それよりあなた、ルチアのことは何も覚えていないのね？」

「……どういう意味ですか？」

王妃の言葉に、アーサーは怪訝そうな顔をする。その表情は、完全に意味の分からないことを言われた、という表情だった。

記憶は本当に失われたらしい。そして今も、それは戻る気配がない。

「一度話し合うべきかしら……」

イレーナは困ったように呟くと、ダグラスに目配せを送った。意味を汲み取ったダグラスが、アーサーとルチアへと近づく。

「殿下、お部屋にお茶の用意をいたします。こちらへどうぞ」

「そうか？　じゃあ行こうか、ルチア」

「え？」

流れるような仕草でルチアの腰を抱き、アーサーはその場から退出しようとする。

——取り残されるミレニア様はどうするの？

慌てて彼女を振り返れば、迷子のような瞳と目が合った。

「殿下、ミレニア様のことは――」

「そうだな……」

アーサーがミレニアを振り返る。彼女は一縷《いちる》の望みをかけるかのように、アーサーに微笑みかけた。

しかしアーサーは何も言わず視線を外して、ダグラスを見る。

「ミレニア嬢に部屋の用意を。それと彼女の希望を聞いて、それを叶《かな》えるように手配しろ」

「……御意」

ダグラスが頭を下げる。それを確認して、アーサーは今度こそ、ルチアをエスコートしながら、その場を退出した。


後には、行き場を失った子どものような顔をしたミレニアと、ダグラス、国王夫妻が取り残される。

ダグラスは、いたたまれない思いを胸に抱えながら、ミレニアに近づく。

「ミレニア様、お部屋をご用意しておりますのでこちらに……」

「――なんで、」

「え？」

「物語では、王子様と一緒になれたのに……」

呟いた言葉は、思いがけず大きく響いた。

その言葉を聞いて、ダグラスはやはり、とため息をついた。ミレニアの脳裏にも、巷で噂のあの恋物語が浮かんでいたようだ。

もしかして、と彼女も夢見たのだろう。小説みたいな奇跡が起こるのかもしれない、と。

近衛兵からの報告では、道中の二人は仲睦まじく、友人と言うには近すぎる距離感だったようだ。

アーサーは、彼女が命の恩人ということで、気安い態度でミレニアと過ごしていたらしい。

ミレニアにとっては、王子様が親しく話しかけて笑いかけてくれるのだ。舞い上がらない方がおかしい。しかも王子様は婚約者のことをすっかり忘れ、命の恩人である自分を大事にしてくれるのだ。

「まぁ、夢を見ちゃうよな」

図星だったのだろう。ミレニアの肩が分かりやすく跳ねる。

夢物語が始まる。そんな気持ちで王都に来たのかもしれない。本当に夢で終わってしまったが。

「とりあえず、ここから出よう。お腹空《す》いてないか？　何か食べるものでも用意させよう」

ダグラスがミレニアを励ますように声をかけるが、彼女はその場から離れようとしない。

打ちのめされたかのようなミレニアに、さすがのイレーナも可哀想に思えてきたようで、どう声をかけようか迷っている様子だった。その時、それまで置物のように無言を貫いていた国王が口を開いた。

「ディエリング家の呪い、という言葉がある」

「え？」

聞き慣れない言葉に、ミレニアが顔を上げる。そんな彼女を、国王が真っすぐに見つめた。

「本当にそんなものがあるのかは知らない。だが、ディエリング家の男は、一度惚れたら、ずっと同じ相手を愛し続ける」

「ずっと……」

「一生をかけて愛し続ける。相手のことをかけがえのない半身だと感じるのだ」

ディエリング家の男子は、一度恋をしたらどんなことがあったとしても、諦めることはない。たとえ不幸な事故が原因で、相手と結ばれることがなかったとしても、他の女性を愛することはない。——できないのだ。

「かつて、先祖は言った。私は己の運命の相手に出会った、と。運命の相手ではないそなたは、あいつの伴侶になることはあり得ない」

ミレニアは顔を強張らせ、それから諦めたように目を伏せた。

それを見て、国王は興味を失ったらしく、イレーナの腰に手を添えて歩き出す。彼女も連れられるまま、一緒に歩き出した。

ダグラスは落ち込むミレニアの肩に手を添え、今度こそ彼女をその場から連れ出した。

◇　◇　◇

ルチアは王城の東翼にあるアーサーの私室で、ソファに腰をかけてお茶を飲んでいた。

向かい側にはにこやかなアーサー。彼とお茶をするのはいつものことだが、今アーサーの顔に浮かぶ笑みは知らない人に対するのものに思えた。

姿かたちはアーサーなのに、まるで違う人のような態度。

――まったく覚えていないのね。私のこと、すっかり忘れてしまったんだわ。

ルチアは小さくため息をこぼす。

「どうしたんですか？」

「え？」

「表情が一瞬、曇りましたよ。何か気になることでもありましたか？」

相変わらず、ルチアに関しては気持ち悪いほど察しが良いアーサーである。記憶を失っていても、そこは変わらないらしい。

アーサーはルチアの手を取り、ギュッと握り締める。

「あなたの心を曇らせているのは、いったいなんですか？」

「えっと、それは」

「ご婚約者のことですか？」

「え？　そう言われると、そうなのかしら……？」

確かにルチアの心を曇らせているのはアーサーなので、間違いではない。本人にその自覚はまったくないようだが。

アーサーは自らが婚約者だとは夢にも思っておらず、ルチアの婚約者を勝手に想像して疎ましく思っている様子だ。

自分で自分に嫉妬している、という奇妙な状況に、ルチアは戸惑う。

「婚約者のことを考えているんですか？　そんなにあなたに想われているなんて、本当に羨ましい。……妬ましい」

心の中の声がだだ漏れである。

ルチアはそんなアーサーの勢いに押されながら、彼の様子を窺った。

怪我をしたと聞いていたが、顔色は悪くない。記憶を失い、それが戻らないこと以外は、すこぶる健康のようだ。

アーサーが生きて帰ってきてくれたことは嬉しい。でも初対面の人として接してくる彼に、どう話しかけたらいいのか分からない。

そうこうしているうちに突然強い眼差しで見つめられ、鋭い眼光に驚いたルチアが身体を引いた。その距離を詰めて、アーサーがルチアの手を握る。

「ルチア！」

「はい！」

「あなたに一目惚れをしました！　私の妃になっていただきたい！」

アーサーは真剣だった。力強い決意がその瞳には浮かんでいる。

まったく必要のない決意であり、空回ったやる気なのだが。

「えぇっと……」

困ったルチアは口ごもる。

「あなたに婚約者がいることは、分かっています。それでも諦められません。私にはあなたしかいません！　婚約者からあなたを奪ってみせます！」

アーサーからは、誰が相手でも絶対に奪ってみせる、という気概を感じられた。

婚約者はアーサーなので、奪ったところで婚約者はアーサーに戻るだけなのだが。それをどう説明すればいいのだろうか。

悩みすぎて、ルチアは視線をさ迷わせる。なかなか返事をしないルチアを見て、アーサーは歯嚙みする。

「俺の気持ちは迷惑ですか？　迷惑ですよね。でも諦められません。とりあえず婚約者のことを教えてください」

「婚約者？　聞いてどうするつもりですか？」

「それはもちろん脅して——真摯に説得します」

真剣な顔でこちらを見つめてくるが、漏れ出た本音が全てを台無しにした。

さて、どうしようか。ルチアは困った。——というか、少し腹が立った。

ルチアに一目惚れした！　結婚して欲しい！　と叫んでいるが、アーサーは一向に思い出す気配がないのだ。

完全にルチアを初対面の人だと思って口説いている。

——本当に私のことが好きなのだろうか。

アーサーが真面目に言っていることは分かるが、それなら少しくらい、思い出して欲しい。

初対面だと信じて一生懸命に口説くアーサーは、きっと本気なのだろう。

しかしそんなに好きだと思ってくれているならば、目が合った時に何かを思い出したりするのではないのだろうか。違和感とか既視感とかそういったものを感じることはなかったのだろうか。

そんな風に思ったら、アーサーに対して不満が募っていく。

ルチアはアーサーから少し身体を離した。

心の奥を探るように、真っすぐに彼を見つめる。なぜかアーサーは真っ赤になってもじもじした。

「殿下、私のこと、何も思い出しませんか？」

祈るような問いかけだった。アーサーは不思議そうに首を傾げ――そのままその角度は戻らない。

初対面だと疑っていないようだった。そのことにため息をこぼす。

「殿下はご自分が記憶喪失だと、ご存じですか？」

「そう聞いている。自分ではあまり、そう思っていないのだが……」

アーサーの困惑した表情からは、記憶喪失の実感がないことが窺えた。

アーサーは欠けた記憶が思い当たらないらしい。それはつまり完璧にルチアのことを忘れたということだ。

今度ははっきりと思った。――大変、面白くない。

ルチアは綺麗な――それでいて他人を寄せつけない鉄壁の笑顔をアーサーに向ける。

「殿下、婚約の話はまた今度にしましょう」

「うん？」

「今日お着きになったばかりですし、殿下もお疲れのはず」

「いや、全然疲れていないが……」

「今日はゆっくりお休みになって、また後日、お話ししましょう」

有無を言わせない笑顔に、アーサーは気圧されてつい頷いてしまった。

ルチアはソファから立ち上がり、華麗にカーテシーを披露する。その美しい所作に、アーサーも部屋にいた侍女たちも見惚れてしまった。

そのせいで、アーサーは颯爽と部屋を出ていくルチアを、ぼんやりと見送ったのだった。

第五章

ルチアは王都にあるハルモニー侯爵家の自室で優雅に紅茶を嗜《たしな》んでいた。

目の前のテーブルには王都一の菓子店だと評判の「パティスリー・クロンヌ」のケーキが並んでいる。王城にいるとある高貴なるお方からの贈り物だ。

ルチアはふわふわクリームのガトー・フレーズを手に取り、目の前の男性にも勧める。

「どうしたんです？　あのクロンヌのケーキですよ？　どうぞ召し上がって」

「食欲ない。それにこれ、殿下からの贈り物だろ？　お前と二人で食べた、なんて知られてみろ。……俺に明日はない」

細切れの未来だ、と嘆くダグラス。大袈裟ね、とルチアは笑うが、決してそんなことはないだろう。

ルチアはアーサーが帰還してから、彼と会うことを必要最低限に留めていた。アーサーとの接触を断ち、会話もほとんどしていない。

「アーサーが、発狂しそうなんだが……」

そう言うダグラスの方が発狂しそうだった。

ルチアとまったく接触することができなくなったアーサーは、ダグラス曰く、重度のルチア欠乏症に罹っているという。

執務をしていても、時々、夢遊病者のようにルチアの姿を探してさ迷うらしい。なかなかに重症だ。

ルチアはそうなることを予想して、意図的に接触を控えた。アーサーの行動パターンを知っていたので、回避することは想像以上に簡単だった。

「ルチア、なんでアーサーを避けるんだ……？」

「避けてはいません。たまたまです。婚約者でない異性との接触は、このくらいが常識の範囲だと思っていましたが、違いましたか？」

「それは違わないが……いや、違う。ルチアはアーサーの婚約者だろう」

——でも、本人は知らないじゃない。思い出してもくれないわ。

拗《す》ねたルチアが、胸の奥でこっそり呟く。どうしても、そこが気になってしまったのだ。

だからあの日、呆然とするアーサーを部屋に置いて、ルチアは一目散にイレーナの部屋に向かった。

◇　◇　◇

「ルチア！　どうしたの？　アーサーが何かやらかしたの？」

イレーナは正装から着替え、室内ドレスを纏っていた。それだけで、これからゆっくり休もうと考えていたことが窺えた。

「突然来てしまい、申し訳ありません」

イレーナはルチアの突然の訪問に驚いたようだったが、すぐに傍に招き寄せる。

「いいのよ。ルチアならいつでも大歓迎だわ。さてはアーサーが何かしたのね？」

ルチアが強張った顔をしながら正面の椅子に座ると、イレーナがおそるおそるといった様子で尋ねてくる。

ルチアは意を決して口を開く。

「私……怒っているんです」

「え？」

「先ほど、殿下から求婚を受けました」

「求婚？　ルチアに求婚したの？」

「そうです。私に一目惚れした、と言っていました」

「馬鹿な子ね……」

イレーナは呆れて小さくため息を漏らした。それから問うような視線をルチアに向けてくる。

おそらくなんて返事をしたのか、気になったのだろう。ルチアはそれには答えず、頰を膨らませながら、ソファに置いてあるクッションを握り締めた。

「婚約者に直接会って、説得するとも言っていました」

「それは、なんと言うか……」

イレーナは可哀想なものを見るような目をした。その眼差しは「間抜けねぇ」と雄弁に語っている。

ルチアの婚約者はもちろんアーサーだ。本人はすっかり忘れているが。

アーサーは自分自身を説得して婚約を解消させ、その上で婚約を結び直すと言っていることになる。

「それで、ルチアはなんて返事をしたの?」

「しませんでした。自分でも、驚くほど腹が立ちまして」

「あら。あなたが怒るなんて珍しいわね」

「……私もそう思います」

「何がそんなに嫌だったの?」

諭すように優しく聞かれ、ルチアは自分の心の強張りがゆっくりと解けるのを感じる。

そう、ルチアは嫌だったのだ。

あんなに好きだと声高に叫び、ねちっこく重苦しい愛をぶつけてくるにもかかわらず、ルチアのことを忘れてしまった。さらにルチアの記憶がまったくないのを疑問に思わないことにも腹が立った。

「殿下は……私のことを忘れてしまいました。思い出す気配が微塵もないのです」

「それは記憶のこと? アーサーの記憶は自然に戻るのを待つのが大事だと、侍医が言っていたわ」

「分かっています。……分かっているんです」

「それなら、何が……?」

「……あんなに、愛しているって言ったのに」

消えそうな声が、喉の奥から漏れた。あまりにも小さな嘆きだった。しかしイレーナにはそれがしっかりと聞こえていたようだ。

イレーナはハッと驚いた顔をした。

ルチアだって、本当は分かっている。アーサーは記憶をなくしていて、それを取り戻す方法はない。自然に戻ってくるのを待つしかない、ということは重々承知の上だ。

それでも考えてしまうのだ。アーサーが再び婚姻を言い出したからこそ、より一層考えてしまう。

――なぜ、思い出してくれないの？　好きだって言ったのに。もう一度求婚するくらいなら、思い出せるのではないの？

そんな思いが胸の内を駆け巡り、ほの暗い気持ちが充満していく。

一度考え始めたらそれは止まらなくなり、苛立ちが募った。

殿下は事故の後遺症で記憶喪失なのよ、と擁護する気持ちと――私のこと好きだって言ったのに、なんで何も思い出さないのよ！　という恋する少女のような腹立たしい気持ちがある。

「そうね。腹が立つわよね。あんなに調子のいいことを言っていたのに、忘れてしまって思い出す気配もないんだものね」

優しく同意され、ルチアもつられるように苦笑した。

アーサーの気持ちは揺らいではいない。記憶をなくしても、ルチアを好きになったということは、その気持ちは本物だろう。

しかしルチアからすれば、面白くないと思うのも無理はなかった。

五歳の時から「好きだ！　愛している！」と纏わりつかれ、常に一緒に行動してきたのだ。その十三年間ともに過ごしてきた日々を、あっさりと忘れられてしまったのだから。

「こんなこと言っても仕方ないって分かっているんです」

「こんなこと、なんて言わないで。アーサーが記憶喪失になって、一番傷ついているのはあなただわ。アーサーがあなたを見て惚れ直したみたいだから安心だわ、なんて安易に考えてしまってごめんなさい」

「謝らないでください！　私も殿下が好きだって言ってくださって、ホッとしたんです。それなのに我が儘ですよね……」

自分勝手なことを言っている自覚はある。アーサーが好きでいてくれたことを喜ぶべきなのだろう。そして思い出してくれるのを、気長に待つべきなのだ。分かってはいるが、素直に納得できない自分もいる。

「イレーナ様、お願いがあるんです。できることなら、記憶を取り戻した殿下と結婚式を迎えたいと思っています」

ルチアは、楽しそうに結婚式の準備をしていたアーサーを思い出す。

自惚《うぬぼ》れるわけではないが、アーサーはルチアとの結婚を本当に楽しみにしていた。結婚式準備も、誰よりも張り切っていたことを知っている。

そんなアーサーの姿を知っているだけに、このまま結婚式を行うことに少し抵抗を感じた。

――どうしても記憶のある、なしを基準に考えてしまうわ。殿下にはお変わりないのに。

アーサーが一生懸命準備したものを、横取りしたような気持ちになってしまうのだ。それに今のアーサーに実はあなたの婚約者です、と名乗ると、運命だ！　と騒いでルチアの気持ちも記憶のこともうやむやになってしまうような気もしている。

それが嫌だった。

「殿下には絶対、記憶を取り戻してもらいます」

思いがけない提案を受けたイレーナは目を丸くした。

ルチアにも、自分が無茶を言っている自覚はあった。それでも、記憶のないアーサーとこのまま結婚することは考えられない。

「もちろん無理やり思い出させることはしません。殿下が自力で記憶を取り戻すまで、私は殿下と会うのは控えることにします」

「記憶を取り戻すまで？」

「それまで殿下とは、普通の異性として適切な距離感を保って交流をします」

「それは……あの子、耐えられるかしら」

イレーナの呟きに、ルチアも困った顔をした。

記憶のあった頃のアーサーであれば、間違いなく耐えられないだろう。三時間以上離れていられないと公言し、何かとルチアを構い倒していたのだから。

しかし、ルチアはそれを狙っていた。

アーサーが焦燥感に駆られた結果、ルチアのことを思い出してくれるかもしれない。そう思ったのだ。

「殿下なら、発狂しそうになって思い出してくれるかもしれません」

「……その姿が目に浮かぶようだわ。でも、そうね。間抜けにも大事なことを全部忘れてしまったのだから、それくらいはしないとね」

イレーナはいたずらっ子のような笑みを浮かべて、ルチアの考えに賛成した。どこか楽しそうなイレーナとは違い、ルチアは真剣な面持ちだった。

「殿下には、何もかも、全部きちんと思い出してもらいたいです！」

ルチアは気合を込めて宣言する。それほどアーサーの記憶喪失はショックだったのだ。

こうしてルチアは、アーサーと適切な距離を保ちつつ、彼の記憶を刺激する生活を送ることになった。

◇　◇　◇

アーサーはイライラしていた。とてつもなくイライラしていた。

目の前の書類を片づけながら、ついつい乱暴にサインを書き殴ってしまう。

「くそっ！」

イライラの原因は分かっている。ルチアのことだ。

出会ってすぐに一目惚れしたルチアとは、適度な距離感を保って、健全な交流をしている。アーサーにとっては不満な距離感でも、婚約者でもない女性とは、密着することはできない。

——そう、婚約者だ。なぜこんなに探っているのに、相手が分からないのか。

考え出すと再び苛立ちが湧き起こり、乱暴に書類を放る。それを見て、ダグラスがため息をついた。

「陛下に提出する書類だから、大事に扱ってくれ」

「荒れもする。こんなに探っても、ルチアの婚約者の存在がさっぱり分からないんだ。俺が調べているのに、情報がまったく得られない」

ありとあらゆる手段を使って調べているにもかかわらず、その存在を掴むことができなかった。名前どころかこの国の人間なのかも分からない。

「大きな権力を感じる」

「……まさか」

アーサーの呟きを聞いたダグラスは、焦ったような表情をした後、視線を逸らした。

表情を取り繕うダグラスを見ながら、アーサーは報告書を机の中から引っ張り出した。

報告書には五歳の頃に婚約。ルチアが十八歳の年に結婚予定とだけ書かれている。

「俺の調査の手を逃れるとは、よほどの人物だと考えられる。まさか国外の男なのか？」

「お前が怖くて、必死に逃げ回っている可能性だってある。どんな目に遭うか、分からないし
……」

「俺を恐れて逃げ回るような男は、ルチアには相応しくない。そんな男は消す」

「怖いぞ、お前。……ルチアには婚約者のこと、聞いたのか？」

ダグラスがそう聞いた途端、アーサーが分かりやすくどよーんとした空気を纏った。

ダグラスは、顔を引きつらせたが、仕方ないといった様子で、恨めしげな目をしたアーサーを見た。

「聞いた。真っ先に聞いた。教えて欲しいって何度もお願いした」

「教えてくれたのか？」

「……教えてくれなかった。聞いても『知っているはずです。思い出してください』って言うんだ」

「だろうな……」

「その時の笑顔が本当に可愛くて――なんだって？」

「なんでもない。そっか。思い出してくれ、か」

アーサーはルチアからの言葉を思い返す。

――知っているはずと言っていた。そいつのことを俺がよく知っているような口ぶりだったな……。

王城に戻ってきた時に、交友関係を見直したが、親しい友人のことは覚えていた。そしてその友人たちは、ルチアの婚約者ではないことが調べで分かっている。

他に考えられる人物はアーサーの周りにはいないはずだが、目的の人物は見つかりそうもなかった。

イライラしながらも、落ち込むアーサーに、ダグラスが近づいて励ますように肩を叩く。

「ルチアが言わないってことは、アーサーには知られたくないんだろう」

「何もしないのに……」

「いや、絶対に何かするだろう。むしろする気満々だっただろう？」

はっきりと断言するダグラスに、アーサーは心外だ、という表情をした。

アーサーにだって王族としての立場があるし、ルチアの前でいい格好をしたいという気持ちもある。

――見つけたら、丁重にお願いするだけだ。力に物を言わせて強引に物事を進めるのは簡単だが、そんなことをすれば、おそらくルチアは俺を嫌うだろう。

「ルチアに嫌われたくないから、ひどいことはしない。俺は彼女に俺のことを好きになってもらいたいんだ」

「それは……ルチアの気持ち次第だし、婚約者のこともあるし……。ルチアも記憶を取り戻して欲しいって言っているんだろう？　思い出したら、何か良いことがあるんじゃないか？」

「全てを思い出したら、ルチアの婚約者に遠慮して、彼女に婚約を申し込めないかもしれないだろ」

「遠慮するアーサーなんか想像つかないな」

ダグラスが謙虚なアーサーを想像したのだろう。変な顔をして黙った。アーサーも、遠慮する自分なんて、まったく想像できないな、と思った。

――俺にとって替えることのできない大事な人物だったら、遠慮して辞退するかもしれないな。

アーサーはルチアの婚約者だったら、困る相手を考え始めた。

公私ともに自分を助け、叱咤する存在。過去も未来も託すことのできる相手を頭の中で探す。

「……それって」

思考の渦に沈んでいたアーサーは、鋭い視線でダグラスを振り返った。今にも刺し殺そうな目で、彼を睨みつける。

突然、鋭い視線を向けられたダグラスは、一歩後ろに下がって、アーサーから距離を取った。

「……なんでそんな目で見る？」

「まさかお前か？」

「何が？」

「ルチアの婚約者、お前なのか?」

想像もしていなかった言葉だったのだろう。ダグラスが口を開けて固まった。

アーサーの目は血走っていた。

本能的に危機を悟ったらしいダグラスは、急いで扉の方へと逃げる。

「落ち着け。どうしてそんな結論になった。俺は無実だ!」

「ルチアが教えてくれないなんて、自分の口から言いづらいんだと思った。俺に近しい人で、言えば関係が気まずくなるような相手……答えは出たも同然だろう?」

そんな人物、一人しかいない。アーサーは自分の結論に確信を持っていた。

「出てない! 全部憶測だろう!! 憶測で側近を殺す気か!?」

「イヤだなぁ。殺したりしないよ。ちょっと聞きたいことがあるだけさ。教えてくれなかったら、すこーし痛い目に遭うかもしれないけど、ね」

「何をする気だ! やめろ! 近づくな!」

アーサーはゆっくりと立ち上がり、ダグラスに一歩一歩近づいていく。距離が近づくにつれ、ダグラスの顔が恐怖で歪んでいくのが分かった。

やがてお互いに向かい合って、無言で対峙する。

冷や汗をかきながら、なんとか説得を試みようとするダグラスを見て、アーサーは内心でシロだな、と呟いた。

――本気で怯えている。何かを隠してはいるが、婚約者ではなさそうだ。

そう思った途端、ダグラスの背後の扉をノックする音が部屋に響いた。

「っ！」

「なんだ？」

突然の音にダグラスはびくりと跳ね上がったが、アーサーは冷静だった。

国王の書記官の入室を求める声を聞き、アーサーがそれを許可する。書記官は失礼します、と言って中に入り――広がっている異様な光景に目を丸くした。

書記官の目の前では、にこやかな笑顔の王太子と、顔色が悪く額にびっしりと汗をかいた宰相補佐が並んで立っていた。妙に緊張感が迸《ほとばし》る様子に、書記官は困った顔をする。

「出直した方がよろしいですか？」

「いや、いいよ。何か父上からの用事だろう？」

アーサーは先ほどまでの物騒な空気から打って変わって、書記官に王太子としての顔を向けた。

背後ではホッとした様子で大きく深呼吸を繰り返すダグラスの姿がある。

書記官はアーサーが椅子に座り、ダグラスが心を落ち着かせたのを見て、手に持っていた書類をアーサーに差し出した。

「お忙しいところお邪魔をして申し訳ありません。陛下から急ぎの書類をお持ちしました」

「見せてくれ」

「いくつかの書類には殿下のサインが必要です」

そう言って差し出された書類をめくり、見慣れない文字に手が止まる。胸の内に不快感が広がっていくのが分かった。

「……盗賊団だと？」

「なんだって？」

ダグラスもアーサーが持っている書類を覗き込む。

そこには国内外で暴れている盗賊団についての概要と摘発に関する指示が書かれていた。盗賊団という名前はついているが、悪事は多岐に亘っているようだ。

書類を読み進めていくうちに、アーサーの眉間に深いシワが刻まれていく。

「盗賊団っていうより、大きな闇の組織のようだな。盗品の売買だけではなく、人身売買、麻薬密売も行っている」

「元々は遠くの国で活動していた、ちんけな山賊紛《まが》いの盗賊団だったみたいです。それが近年、力をつけて活動範囲と活動内容を広げたようです。この国でも彼らのものと思われる取引が見受けられます」

「盗賊団『偉大な鴉《マグナ・コルウス》』ね。胡散《うさん》臭い名前だ」

書類を覗き込んでいたダグラスが、書類を見て眉を顰めた。

構成員も首領も分からない謎の集団。それが知らない間に国に入り込んでいたことがアーサーには不愉快だった。

最近の組織の収入源は主に人身売買のようだ。ラージア国は貧富の差が少ない国ではあるが、それでも孤児や浮浪児はいる。中には見目の良い庶民の子どもなども誘拐された例があるらしい。そのような子たちが攫《さら》われ、密かに競売にかけられているようだ。

「この国では浮浪者が少ないので、集めることを目的に入国したわけではなく、他国で集めた子たちをここで競売にかけるのではないのか、と陛下は考えています。我が国を中心とした交易路が多岐に亘っているので、商品を運び出すのも逃げるのも容易だと考えたのでしょう」

「下種《げす》だな」

書記官の言葉にアーサーが怒気を孕《はら》んだ声を吐き出す。その言葉にダグラスも頷いた。

この国に限らず、周辺諸国でも人身売買は禁止されている。しかし悲しいことに、こういった悪事は摘発してもすぐに次が現れるのだ。

「摘発捜査を行うのか？」

「王都は王都騎士団の第三部隊と第四部隊を捜査にあてます。それから各領では守護騎士団に見回りを強化してもらう予定です」

王都騎士団はその名前の通り、王都とその周辺を守護する騎士団であり。第一・第二部隊が交代で王都の治安維持活動を行うのに対して、第三・第四部隊は事件事故が発生した際の捜査機関となっている。

「なるほど。手が足りなくなるようなら、王城警備兵からも人手を出して構わない。報告はこまめに行ってくれ。どうせ指揮権は俺なんだろう」

「陛下からはそう伺っています。それぞれの部隊長と騎士団長には、私の方から連絡いたします」

「頼んだ」

書記官はアーサーのサインが入った書類を受け取ると、来た時と同様に静かに去っていった。

アーサーは難しい顔をして書類を眺めるダグラスを見て、首を傾げる。

「どうかしたか？」

「ん？　ちょっと気になることがあって」

「気になること？」

「ミレニア嬢に王都観光させる約束をしただろう？　だけどこの情勢だと、少し危ないかなって思って」

ダグラスの言葉を聞いて、アーサーも悩ましげにため息をついた。

怪我をして動けなくなっていた自分を助けてくれた少女。お礼がしたくて王城に連れてきたが、なかなか会うこともできていないのが現状だった。

先日はルチアと出会った衝撃のまま「一緒に行けないかもしれない」と言ってしまったが、せっかくここまでついてきてくれた友人を無下にはしたくない。

「怪我のせいで仕事が溜まっていて、まとまった時間が取れない。王都の治安も心配だが、一日休みを作るのは難しいか」

「それだけじゃあないだろう」

今後も控えている予定を思い出して、額を押さえるアーサーを、ダグラスがじとっと見る。

「何がだ？」

「ちょっとでも時間ができると、すぐにルチアに会いに行こうとするからだろう。その時間に仕事を進めればいいんじゃないか？」

ダグラスの指摘に、アーサーは目線を逸らした。

確かに休憩時間を切り詰めて働けば、観光の時期は確保できるだろう。しかしルチアが王城に来ていると聞けば、会いに行きたくなるのが恋心というものだった。

だいたい断られたり、母に妨害されたりして、会えないのだが。

それに恩人とはいえ、女性と出かけることをルチアに知られたくないという思いもあった。

「ルチアにミレニア嬢との仲を誤解されたくないし……それになんの関心も興味も持たれなかったら、つらくて倒れるかも……」

女々しく項垂れるアーサーに、ダグラスはため息をついた。

「そもそも、なんでミレニア嬢を連れてきたんだ？　正直、ルチアと会うまでは、彼女のことが好きだったんじゃないか？」

それはアーサーにとって思いがけない言葉だった。

「そんなこと、考えたこともなかった……」

「そうなのか？　馬車から降りた時は、親しそうに笑い合っていたから、そんな風に思った人も多いかもな」

言われて、王城に帰ってきた日のことを思い返す。確かにミレニアに対して、親しげだったかもしれない。しかしそれは、恩人に対する礼儀であったし、何より彼女を信頼できる友人と思っていたから、エスコートしたのだ。

いまいち実感の湧かないアーサーに、ダグラスは呆れた。

「アーサーにとってのミレニア嬢って、なんなんだ？」

「俺にとって彼女は……友人だ。ダグラスのような、気の許せる友人だよ」

それはアーサーの本心だった。

王族の、それも王太子という立場上、アーサーの周りに集まる人間は金と権力に目が眩《くら》んだ人間が集まっていた。

王太子の傍にいれば、甘い汁が吸えるかもしれない。そんな人間の醜い面を見ていたアーサーにとって、ダグラスだけが全幅の信頼を寄せる友人であり、有能な側近だった。それ以外の人間は、油断ならない相手だと考えていた。

だからなんの打算もなく、人助けをするミレニアが新鮮だった。礼節を守りつつ、意見はしっかりと述べるその姿に好感を持ったのも事実だった。

何よりアーサーが王族という立場にあると知っても態度を変えずにいつも通りに振る舞う姿を見て、信頼できる人物だと確信したのだ。

アーサーが知っている女性は、煌びやかに着飾り、夜会を舞う華やかな女性たち。自分の価値を知り、それを最大限に魅せることを知っている女性だったからこそ、ミレニアのような女性が真新しく思えた。

女性から親しい友人のように扱われ、それが嬉しかったのだ。

しかしミレニアに対して、恋愛感情はない。

「俺という個人を尊重する様子を見て、信頼できると思ったんだ」

「ふぅん。なるほどね。信頼できる友人か……」

「でも……」

アーサーの中にモヤモヤとした何かが渦巻く。言葉では表すことのできない、もどかしい気持ちになった。

「そんな存在が昔から傍にいたような気がしたんだ。懐かしいような切ないような、そんな気持ちが俺の中に溢れて、なぜかそれを手放したくはなくて……。ミレニア嬢と一緒にいたらこの気持ちの正体が分かるかなと思って。つい連れてきてしまった」

アーサーは右手で自分の左胸を押さえる。

――大切な何かが、俺の手をすり抜けていったような気持ちになるのはなんでだろう……。

胸を押さえて黙るアーサーを見て、ダグラスが小さく口を開く。

「……ルチアに会った時は？　そんな気持ちにならなかったのか？」

「ルチアにはただ『見つけた』と強く感じた」

「見つけた？」

「言い表すなら、生きていくうえで必要不可欠なものを見つけた！　みたいな気持ちかな……。これを手放したら死ぬかもしれない、というような焦りもあった」

ルチアに対するこの気持ちは、今まで他の誰にも抱いたことのないものだった。これをどう表現したらいいのかと唸っていると、ダグラスがなんだかホッとしたように明るい声で言う。

「ふーん……。やっぱりアーサーはルチアが好きなんだな。それが聞けてよかったよ。ミレニア嬢はそういうんじゃないなら、三人で行ったらいいんじゃないか？　城下を散策するついでに、さりげなく聞き取り調査をすれば、偉大な鴉《マグナ・コルウス》の調査もできる。……我ながらなかなか良い案を思いついてしまった」

――この男、話を聞いていたのか？　他の女性と行動するところをルチアに知られたくないと言っただろう！

ダグラスは見た目も良いし、三男とはいえ次代の宰相候補であり、女性に人気がある。しかし肝心のダグラス本人はなぜか恋愛となると朴念仁で、こういう情緒を無視したことを言ってきたりする。

——いや、待てよ。もしかして本当に良い案なんじゃないか？

アーサーはふと、ダグラスの提案を検討してみる。

アーサーがミレニアとの観光に行けないのは、ルチアを気にしているのもあるが、忙しさや護衛のスケジュールも理由にある。

国際的な犯罪組織が王都にいると分かった以上、そう気軽に出歩くわけにもいかないだろう。無理に行こうとすれば、宰相やらイレーナらから小言が飛んでくる。

観光を装って調査をする、と言えばそれを避けられる。

しばらく不在にしていた王子が自ら城下に出向いて調査をしているとなれば、王城内でのアーサーの評判も上がり、体調に対する不安も解消されるだろう。

何より、ルチアとデートができる！

「ダグラス、たまには良いことを言うじゃないか！」

満面の笑みを向けると、ダグラスは顔を引きつらせた。

「その顔、絶対に悪い予感しかしない……」

「褒めたのに失礼な奴《やつ》だな。まぁ、いい。さっそくルチアとミレニアを誘おう！　ダグラスは護衛が必要になると伝えてこい。二人がどこにいるかも知っているんだろう？」

「そういえば、二人はお茶会をしているみたいだぞ。イレーナ様と一緒に」

「場所はどこだ？」

ダグラスから場所を聞き出すと、アーサーはそそくさと執務室を出ていった。

後には「仕事が増えた……」と嘆くダグラスが残されたのだった。

◇　◇　◇

イレーナからお茶会に誘われていたルチアは、少し早めに王城に到着していた。それまで、王城に用意された自室で過ごそうかと思ったが、ふと思いついて、噴水のある薔薇園に行くことにした。

薔薇の垣根を越えた先に黄色の薔薇のアーチと噴水を見つけて、ルチアの頬が自然と緩む。

「ここは変わらないわね」

ルチアはゆっくりと薔薇園を進むと、噴水の縁に腰かけた。

噴水は今日も綺麗な水が太陽に反射してキラキラと輝いているが、ルチアの心は正反対に曇っている。

ルチアの心を曇らせているのは、もちろんアーサーのことだった。

「殿下、記憶を取り戻してくれるかしら……」

記憶のなくなったアーサーは、ルチアのことを知らない以外は、以前と同じだった。

有能でちょっと我が儘で、真っすぐな青年。ルチアのことを好きだと言ってくれるが、二人の思い出は何も覚えていない。

「殿下が違うと感じているのは私だけなのかもしれない」

アーサーの記憶から消えたのはルチアだけなので、以前と態度が違うのも自分に対してだけなのだろう。ルチアにはそれが悲しかった。

ルチアだけが取り残されているような気がして、自分が我慢すれば、全て丸く収まるのではないか、という考えがよぎる。

——でも笑顔や話しかける姿が一緒でも、以前の彼とは違う。私の知っている殿下ではない。

そう感じてしまう以上、今のアーサーを受け入れることはできないのだ。

アーサーが記憶を取り戻すのは明日かもしれないし、十年後かもしれない。

結婚には他国の賓客も招待しているから、ルチアの我が儘でスケジュールを変えることは難しい。

そう思うと焦燥感が押し寄せてきた。

そんなルチアの背後から足音が聞こえた。振り返ると、イレーナが立っていた。ルチアは慌てて立ち上がって挨拶をする。

「イレーナ様、本日はお招きいただきありがとうございます。申し訳ございません、もうお茶会の時間でしたか？」

「いいえ、まだよ。ルチアが早めに来てこちらで休んでいると聞いたから、ここでお茶会にしようと思って」

イレーナの視線の先には、あのガゼボがあった。今、侍女たちがお茶会の準備をしているのだろう。

イレーナは噴水をぐるりと回ってルチアの正面に立つと、彼女に手を差し出す。ルチアはその手を取って一緒にガゼボへと歩き出した。

今日はイレーナの提案で、ミレニアを交えて三人でお茶会をすることになっている。

アーサーの恩人にもかかわらず、あの時は彼を奪われるかもしれないという不安で、余裕のある振る舞いができなかった。しかもアーサーに流される形で彼女を玄関ホールに放置してしまったので、彼女に会うのはちょっと気まずかった。

二人がガゼボに到着すると、すでにティーパーティーの準備が済んでいた。お昼時なこともあり、軽食も少し用意されている。

テーブルの傍にはミレニアが立って待っていた。ルチアはイレーナから少し離れると、カーテシーをして挨拶をする。

「ルチア・ハルモニーです。この間はきちんとご挨拶ができなくて申し訳ございませんでした」

ルチアの礼を見て、ミレニアは慌てたように勢いよく頭を下げる。

「み、ミレニアです。こちらこそ、あの時は不躾《ぶしつけ》だったと反省しています」

そう言って頭を下げるミレニアは、本当に落ち込んでいるのか表情が暗かった。

目の前にいるのは、自分と変わらない年齢の、普通の少女である。ルチアは初めて会った時に感じたように、ミレニアがアーサーをたぶらかす悪女ではないのだと改めて思った。

「今日は一緒にお茶会ができて、嬉しいです」

ルチアがそう言って頬を緩めると、ミレニアも安心したように笑った。

二人がきちんと挨拶をするのを見届けたイレーナは、空気を入れ替えるようにパンっと大きな音を立てて手を叩いた。

「さぁ、座って。かたっ苦しいのはなしよ。疲れますからね」

相変わらずの物言いに、ルチアは苦笑する。ミレニアは気さくな王妃の様子に、驚いた顔をしていた。

ルチアが席に着くと、侍女たちがティーカップをテーブルに置く。イレーナが紅茶に手をつけるのを見て、ルチアとミレニアもそれぞれ飲み物を口にした。

「まずは改めてお礼を言わせてね。アーサーを助けてくれて、本当にありがとう」

「いえ、そんな。大したことはしてないですし、伯爵様のところの方が、きっといい看病を受けられたと思います」

謙遜するミレニアに、イレーナは優しく微笑む。

確かに、辺境伯の屋敷の方が治療の環境も整っていただろう。しかしミレニアが助けなければ、そもそもそれもできなかったのだ。

見ず知らずの男を助け、手当てをするというのは、なかなか勇気のいる行動だったはずだ。

「私からも言わせてください。殿下をお助けいただいて、本当にありがとうございます」

「そんな……私なんて……」

困ったように顔を伏せるミレニア。そんな様子を見て、イレーナとルチアはこれ以上お礼を言うことをやめた。

イレーナは紅茶を一口飲んだ後、ガゼボの周囲を見回した。そして目を細めて微笑む。

「懐かしいわね。ここでルチアとアーサーが出会ってから、もう十三年が経つのね」

そう言われて、ルチアも感慨深い気持ちになった。そんなに長い間、アーサーと過ごしてきたのだ。もちろん、イレーナとも。

懐かしそうに微笑み合う二人を、ミレニアが不思議そうに見る。それに気がついたイレーナが、彼女に優しく説明をした。

「アーサーとルチアは二人が五歳の時にこの中庭で出会ったのよ。まぁ、二人は会う予定ではなかったのだけど」

「殿下が垣根を越えて現れた時は、驚きました」

「それにも驚いたけど、もっと驚いたのはあの子がルチアに求婚していたことよ。絶対に結婚するって主張を曲げなくて……」

ルチアたちが帰った後も、今度はいつ会えるんだってしつこく聞いてきたのよ、と言われ、ルチアはくすぐったいような気持ちになった。

そんなルチアの姿を、ミレニアが遠慮がちに見る。視線が気になったルチアは彼女の方を見た。

「どうしました？」

「あっ！　すみません。じろじろ見たりして……」

「いいえ、構いません。何か気になることがありましたか？」

「えっと……」

「どうぞおっしゃってください。私で答えられることなら、なんでもお答えしますわ」

ルチアがそう言うと、ミレニアが迷うようなそぶりを見せる。

聞くべきか、やめるべきか。彼女の表情はそう言っているようだった。

「ルチア様とアーサー様はそんな子どもの頃から一緒にいたんですね。その、申し訳ございませんでした」

ミレニアが申し訳なさそうな顔をして謝るが、ルチアにはその意味が分からなかった。

「何も謝る必要はありませんわ。私は、ミレニア様に謝罪されるようなことは受けていません」

「でも、聞きました。婚約者のいる異性と、二人っきりになってはいけない、って。しかも馬車のような狭い密室はもってのほかだって」

「それは……。でもミレニア様は知らなかったんですし、それにきっと殿下が誘ったんですよね？　道中も案内できるところはするよ、とかなんとか言って」

返事に詰まるミレニアを見て、ルチアは確信した。おそらくアーサーが遠慮するミレニアを無理やり馬車に乗せたのだろう。

婚約者がいる身ならばあり得ない行動だが、その時は記憶をなくしていて、自分に婚約者がいるとは夢にも思わなかったはずだ。

それに物見窓を全開にすれば、人目もあるし、密室ではないからミレニアの名誉も保たれると考えたに違いない。

確かに未婚の男女が人目のない空間で二人きりになることはご法度だ。あらぬ噂を立てられても、文句は言えない。

ましてやアーサーは王太子だ。たとえ婚約者がいなかったとしても、迂闊《うかつ》に二人きりになるべきではなかった。

——それだけ、ミレニア様に心を許していたのかしら……。

二人が仲良く馬車から降りてきたところ思い出し、ルチアは少し落ち込んだ。

しかし、気遣わしげなミレニアの視線を感じたので、なんとか口角を持ち上げて微笑む。

「私は気にしていないので、大丈夫ですよ。他意がないって分かっていますから……」

ミレニアの肩が分かりやすく跳ねた。その反応にルチアもイレーナも目を瞠る。

その場の空気が凍って、ミレニアは慌てて首を横に振った。

「違います！　恋愛感情はありませんでした！　本当です！」

「そうよね、よかったわ」

「でも、期待はありました」

「期待？」

ミレニアが小さく頷く。

諦めたような後悔しているような、そんな思いが滲んだ笑顔で、ミレニアはルチアを見た。

「もしかしたら、物語の主人公みたいに、王子様に見初められて幸せになれるかも、って」

それはルチアも思ったことだった。もっともルチアは、物語のように婚約破棄されるかもしれない、という悲観的な予想だったが。

「王太子に婚約者がいる、っていうのは知らなかったんです。辺境にはあまり王都や王族の話を聞く機会はなくて。でも吟遊詩人や旅芸人が巡ってくるので、王都で流行りのラブロマンスはすぐに辺境でも人気になりました」

「そうだったの……」

「アーサー様が王子だって聞いた時は本当に驚きました。あまりにも状況が似ていたので。それで両親がすごく喜んだんです。お姫様になれる！　って」

ご両親は貴族に見初められたら、一生安泰に暮らしていける。もしかしたら社交界に呼ばれることもあるかもしれない！　と、大はしゃぎだったそうだ。

それは当人のミレニアも驚くほどの喜びようだった。ご両親はミレニアのために衣服や装飾具を一新しようともしたらしい。

「両親は本気で信じていたんです。私が王子様に見初められて、幸せになるって。自分たちも幸せな暮らしができるって。王都で夢見るような華やかな生活が待っているって……。私に何度も、殿下を繋ぎとめるのよ、と念押ししてきました」

「ご両親がそんなことを？」

「そうなんです。私の父方の遠縁に、すごく頭が良くて気立ての良い女の子がいたそうなんですけど、その人はある貴族様のお眼鏡に適《かな》って、妻として娶《めと》られることになったそうです。それを聞いた両親が、私にもそんな出会いが必ずあると思ったらしくて……。その子にも縁があったのだから、あなたならもっとすごい人との縁が繋がるわ、って。母はよくそう言っていました」

根拠のない自信だった。でもミレニアの両親はそれを信じていた。――そして本当に、王子と知り合う事態が起きた。

「最初はそんなこと、起こるはずがないって思っていました。でもアーサー様と話すうちに、どんどん両親の言う通り、気に入られているような気がしてきて……。辺境伯家に引き取られても、アーサー様に話し相手に呼ばれたり、王都に行ってみたいと口にしたら、彼は一緒に行こうと、言ってくれたりして……」

「――好きになったの？」

イレーナの言葉にミレニアは曖昧に笑い、小さく首を振る。

「好き、というよりは憧れていたんだと思います。物語の主人公のような自分に、少し酔っていたのかも。だからルチア様への求婚を見て、急に現実に引き戻されました」

ミレニアが苦笑する。しかしその目は少し、寂しそうだった。

アーサーの紳士的で、優しい一面に触れて、彼女の心はときめいたのかもしれない。ミレニアはエスコートされることに慣れていなかっただろうから、そんな扱いを受けて、勘違いしたのかもしれない、とルチアは思った。

「アーサー様がルチア様を熱心に口説く姿を見て、とても驚きましたが、王様からディエリング家の呪いの話を聞いて、納得しました。やっぱり私は物語の主人公ではないし、現実には庶民が見初められるなんてことはないんだな、って気づきました」

そう言って笑うミレニアの顔は晴れやかだった。

ミレニアは納得した、と言ったが、葛藤もたくさんあったのだろう。もしかしたらアーサーのことを好きになりかけていたのかもしれない。

それでも現実を受け入れ、自分なりの答えを見つけたのだ。

ルチアは彼女の話を聞いて、少なからず同情し、そして納得した。ミレニアの取り巻く環境は少し特殊である、と言えるだろう。

彼女の両親は、事あるごとに彼女に言って聞かせたのかもしれない。ミレニアの美貌ならば、かつて遠縁の子に起こった以上の奇跡がある、と。

そして現実に、それは起こったのだ。娘が助けたのは本物の王子様で、しかも彼女のことを慕っているように見える。きっと、ミレニアの両親は歓喜したことだろう。

そんな両親の期待も、ミレニアは背負っていた。だからきっと、アーサーとの結婚を夢見て、王都まで来たはずだ。

「ご両親はがっかりなさるかしら……」

「かもしれません。でもいいんです。アーサー様のルチア様への溺愛っぷりを語れば、諦めると思いますから！」

そう言って微笑むミレニアに、ルチアは引きつった笑みを返した。

ミレニアが辺境に戻って王都で見たことを話す、ということはあまり噂の広がっていない辺境でも、アーサーの暴走っぷりが広まるということだ。正直、嬉しくない。

「ミレニアさんは、王都観光のためにこっちにいらしたのよね？　もう観光には行ったの？」

イレーナが話題を変えるように、明るい声で言う。しかしミレニアは悲しそうな顔をした。

ルチアがどうしたのか聞くと、ミレニアは困ったように眉を寄せて教えてくれた。

「それがまだできていないんです。アーサー様の日程が調整できないそうで」

「殿下の？」

「どうやら忙しいみたいです。王太子様ですものね……。観光したいだけなので、一人で行けますともお伝えしたんですけど……」

それを聞いて、ルチアはハッとした。瞬時に自分のせいだと思った。

アーサーは今、この間ダグラスが言っていたようにルチア欠乏症で発狂寸前になっている。毎回断ってもしょっちゅう面会を申し込んでくるし、おそらく執務の合間を縫ってルチアの婚約者のことを調べ回っているに違いない。

ミレニアに代わりの者を遣わせたりしていないことを考えると、彼女との約束を守りたいという気持ちはあるようだが、彼のことだからルチアのことで頭がいっぱいで、ミレニアのことまで手が回っていないという状況なのではないだろうか。

イレーナの協力でアーサーの面会を断ったり、婚約者について周囲に口止めをしてもらっているが、それがこんなところで裏目に出るとは思っていなかった。

ルチアは気づかなかった自分を反省し、ミレニアに提案をした。

「もしよろしければ、私と一緒に王都を観光しませんか？」

「え？　ルチア様と？」

「私もそんなに詳しくはないのですが、みんなに色々と聞いてみます。私の侍女は王都に詳しいので一緒に連れていけば、きっと様々なところを回れると思うのですが」

「それは嬉しいですが、でも迷惑じゃあ……」

「そんなことないです！　私も長く王都にいますが、知らないところがたくさんあると思います。ぜひご一緒したいのです。ただ立場上、護衛などが複数つくので、大所帯になってしまうのですが……」

平民が観光で王都を巡るような気軽なものにはならないだろう。そう思って、ルチアは顔を伏せる。仰々しいのが嫌であれば、ミレニアは断ってしまうかもしれない。

しかし、意外にもミレニアは嬉しそうに笑った。

「人数が多くても大丈夫です。むしろ迷子にならなくて安心かも」

「それは、確かにちょっと目立つでしょうから、すぐに見つけられると思います」

「ふふっ。それじゃあルチア様が迷惑でなければ、一緒に王都観光していただけますか？」

ミレニアの照れたような声に、ルチアの顔も少し赤くなる。

思いきった提案をしたかも、と今になって恥ずかしくなった。それでもミレニアがそれを受け入れてくれたことに安堵し、にっこり笑う。

「もちろん！　今から楽しみだわ」

「――何が楽しみなんだい？」

突然響いた、低い声。

聞こえてきた声に、ミレニアとルチアは驚き、イレーナは鋭い目つきで侵入者を睨みつけた。

「あら、今日は女性だけの楽しいお茶会にしようと思っていたのだけど？」

「申し訳ありません。楽しそうな声が聞こえたので、つい足がこちらを向いてしまいました」

イレーナが棘のある声で注意をすれば、垣根の向こう側からアーサーが顔を出し、爽やかな笑顔で嘯《うそぶ》く。

アーサーは招かれてもいないのに、優雅な仕草で空いていた椅子に座る。そして自然な動作で用意された紅茶を飲んだ。

「招いていないわよ」

「堅いことおっしゃらずに」

睨みつけるイレーナを笑顔で迎え撃つアーサー。

緊張感が走り、ミレニアは身体を硬くしたが、ルチアはいつものこと、と気にしなかった。

「それで？　何が楽しみなんですか？」

「今度、ミレニア様と一緒に王都観光する約束をしたのです。私も長く王都に住んではいますが、観光は初めてなので、楽しみですねと話していたんですよ」

ルチアが微笑んでミレニアを見れば、彼女も照れながらも嬉しそうに頷いた。

アーサーが目を丸くして言う。

「先を越されてしまいました」

「え？」

「ちょうど、王都観光について相談をしたいと思っていたんです」

それを聞いて、ルチアは驚いた顔をした。まさかアーサー自ら、誘いに来るとは思わなかったのだ。

「そろそろ時間が取れそうなので、ぜひ王都観光をさせてください」

「お忙しいのではないですか？」

「大丈夫です。予定は調整できますから」

アーサーが笑顔でミレニアに提案する様子を見て、ルチアは内心で少しだけ、面白くないと感じてしまった。

――お礼とはいえ、殿下が誘ってお出かけというのは、なんだかつまらないわ。

嫌な気持ちになるが、ルチアはそれを顔に出さないようにする。二人のやり取りを黙って見守ろうとしていると、不意にアーサーがルチアを振り返った。

「ルチアも一緒に行きませんか？」

「私もですか？」

「今、ミレニア嬢を誘っていたことですし、いかがですか？　女性二人でお出かけというのも、不安ですしね」

そう言って微笑むアーサーにルチアは少し考える。

アーサーが恩人にするお礼と考えるのであれば、ミレニアと二人で観光に行ってもらうべきなのかもしれない。

しかし二人でお出かけされるのを嫌だな、と感じているのも事実である。

ちらりとミレニアを見れば、アーサーの陰で何度も首を縦に振っているのが見えた。

どうやらミレニアも、ルチアが同行することに賛成らしい。

「私もご一緒してよろしいんですか？」

「ぜひ。ミレニア嬢もその方が楽しいのではないですか？」

「はい！」

ミレニアが力強く頷いたのを見て、ルチアも観光に同行することに同意した。その様子にアーサーがホッとしたように安堵の笑みを漏らす。

「よかったですね。これからどこに行くか、考えないとですね」

「はい！　楽しみです。昔から行ってみたいと思っていたところもたくさんあるんです」

ミレニアが嬉しそうに王都の観光地について話し始め、ルチアの心も浮き立つ。

考えてみれば、同性の人とこんな風にお出かけの計画を立てて、どこかに行くなんて久しぶりのことだった。そう思うと、途端にワクワクした気持ちが湧き起こってくる。

二人で楽しそうに観光予定地を考えているのを見守っていたイレーナが何かを思いついたように声を上げた。

「あ！」

「え？」

「王都観光に行くなら、あそこに行ったらどうかしら？　えーと、なんて言ったかしら……『星の館《オブス・ステラ》』だったと思うんだけど」

「星の館《オブス・ステラ》ですか？」

「確か占い師の館だったと思うわ。なんでも、占う本人の一番知りたいことを教えてくれるらしいの！」

「一番知りたいこと、ですか」

「恋愛はもちろんだけど、学問とか商売のこととかなんでもよ。しかも的中率が高いって噂なの」

イレーナは誰に聞いたんだったかしら、なんて言いながら侍女を一人呼び寄せる。侍女は一礼してから占い師について話してくれた。

「今、王都で一番人気の占い師です。旅人らしく、しばらく王都で商売をした後、また旅に出ると話していました。王城の侍女たちも占いをしてもらいに行っているみたいです」

「まぁ！　旅人なの？　それならなおさら、いなくなる前に見てもらわなくては!!」

すぐに詳しい情報を調べてね、と言われた侍女がささっとその場を離れる。

——占いか。体験したことがないなぁ。

占いというものを見たこともないルチアは、少し興味を引かれた。行ってみたい気持ちが膨らんでくる。

「ミレニア様は占い、したことがありますか？」

「故郷のお祭りで見てもらったことがあります。でも、あの占いはインチキだったと思いますよ

「まぁ、どうしてですか？」

「一般的なカード占いだったんですけど、あなたは十六歳の時に音楽で大成功する、って言われたんです。現実はこの通りなので、見事に外れました」

「まぁ、音楽をされていたんですか？　楽器は何を？」

「マンドリンを少し……。本当に鳴らせる程度のものなんですけど……」

「意外な楽器ね……」

予想していなかった楽器の名前にルチアが驚く。

「元々、祖父が弾いていたんです。私が幼い頃に興味を持ったから、教えてくれたのが始まりです」

「そうなの。素敵なおじい様ね」

「ルチアは、何か楽器を習っているんですか？」

どうやらルチアと話す機会を窺っていたらしい。

ルチアとミレニアが和やかに会話していると、アーサーが存在を主張して割り込んできた。

「私はピアノを習っています。人にお聞かせするような腕前ではありませんが……」

「そうなんですか！　私はヴァイオリンが弾けるんです。いつか合奏したいですね」

爽やかに微笑んでいるアーサーに、合奏は何回もしています、と言ったらどんな顔をするだろう。

そんなことをルチアは思った。

記憶は未《いま》だ、戻る気配はないらしい。

アーサーと過ごした思い出はたくさんあって、会話をすれば話題は出てくる。ルチアはアーサーとの出来事を語っているのに、本人だけがそのことに気づかない。

——どんな話をしたら、殿下は思い出すのかしら。一緒に合奏したら、記憶を取り戻してくれる？

とりとめもないことを考えながら、いつか合奏しましょうね、とアーサーに笑いかけた。

そうしていると、先ほどの侍女が戻ってきて、イレーナにそっと耳打ちした。

「占い師はまだ王都にいるみたいよ。でもいつ出発するか分からないわ。なるべく早く行ってらっしゃい」

「そうですね。ミレニア様、他の観光地も決めてしまいましょ！」

「はい！」

ルチアとミレニアはきゃっきゃ言いながら、計画を立てた。

二人はまるで昔からの友人のようで、初めて会った日の緊迫感漂う雰囲気はもう感じられない。

こんなに仲良くなると思っていなかったイレーナは、二人の笑顔を見てホッと胸を撫で下ろした。

——この子たちはもう問題ないわね。問題があるとすれば……。

ちらりと、隣に座る息子に目をやる。

アーサーは楽しそうにはしゃぐルチアを見て、笑み崩れている。レイーナは深いため息をついた。

お願いだから、早く記憶を取り戻して欲しい。心からそう願った。

第六章

雲一つない晴天の下、一台の馬車が颯爽と王城から出発した。その馬車は王都の目抜き通りを抜け、高級住宅街へと入っていく。

やがて大きなお屋敷――ハルモニー侯爵邸の前で停まった。

窓から馬車が入ってくるのを見ていたルチアは、読んでいた本を閉じて書机の上に置いた。

「お嬢様、王城から馬車が到着しました」

「見ていました。出かける準備をします」

「今日は少しお寒いようですから、ストールを用意しますね」

アンナがルチアの衣装棚から深紅色のストールを用意してくれる。それを今日着ている紫がかった青色のドレスの上に着せかけてくれた。

つばが広い帽子を被り、手袋も装着する。準備は万端だ。

「さぁ行きましょう」

ルチアの声に、アンナが頭を下げた。

二人は連れ立って部屋を出る。玄関ホールの方へと向かうと、賑やかな声が聞こえてきた。

吹き抜けの玄関ホールの階下には、アーサーとミレニア、それにダグラスの姿があった。全員、普段の服装よりも少し控えめなものを着ている。

一般庶民には見えないが、お金持ちの商人か、下級貴族の家の者、というような出《い》で立ちだ。

ルチアは階段の上からこっそりアーサーの様子を窺った。

観光に行く約束をした後も、彼の訪問を断ったりしていたので、怒ったり機嫌を損ねていないか、少し心配だったのだ。しかしダグラスたちと談笑する姿は、普段通りのアーサーに見える。

――じらせる作戦だったけど、失敗だったかしら……。

怒っていないようで安心したが、普段と変わりなく、記憶を取り戻した様子もないアーサーにルチアは少しだけ落ち込んだ。

そんな気持ちを振り払うように大きく息を吸うと、階下の三人に声をかける。

「皆様、お待たせしました」

ルチアの声に、アーサーがすぐに反応した。顔を輝かせてこちらを振り返る。

「ルチア！」

満面の笑みを浮かべ、階段を下りてくるルチアに手を差し出した。

ルチアの方へと身を乗り出す姿が、在りし日のアーサーそのもので、ルチアの歩みが一瞬止まる。

「どうしました？　足が痛い？」

「……なんでもありませんわ」

階段を上がってルチアの顔を覗き込むアーサーに、笑って大丈夫だと告げる。

ルチアは差し出されたアーサーの手を取り、ゆっくりと階段を下りた。繋いだ手から、彼の手の温もりと、力強さを感じた。

ルチアは隣に立つアーサーの顔を盗み見しながら、自身を落ち着かせる。

――びっくりした。殿下が記憶を取り戻したのかと思ったわ。そんな笑顔だった……。

アーサーは昔からルチアを見ると、すぐに目を輝かせていた。

ルチアを見つけるたびに、満面の笑みを浮かべるので、侍女たちがよく「殿下の顔を見ていると、ルチア様がどちらにいるのか、すぐに分かるんですよ」とからかっていた。

大袈裟ね、なんて思っていたが、ルチアは改めて実感した。

――あんなに嬉しそうな顔で私のことを見ていたのね。

アーサーが辺境に行く前には気づかなかったこと。会えない日々を重ね、一時はもう会えないかもしれないと覚悟を決めたからこそ、アーサーのあの笑顔が胸に残った。

記憶が失われても同じ笑顔が向けられることに、少しだけホッとすると同時に、やはり記憶を取り戻していないことが悲しい。

階段を下りてきたルチアに、ミレニアが近寄ってくる。

「おはようございます」

「おはようございます、ミレニア様。素敵なドレスですね」

ミレニアが着ている若草色のお出かけ用のドレスは、彼女にとてもよく似合っていた。イレーナが用意したのだろうか。

そう思いながらルチアがドレスを褒めると、ミレニアは眉尻を下げながら、恥ずかしそうに笑った。

「実はその……ダグラス様が用意してくださったんです」

「え？　ダグラス様が？」

思いがけない言葉に、ルチアは背後に立つダグラスの顔を見る。

「ミレニア嬢の手持ちの服だと、俺たちとは釣り合いが取れなくてな。俺が用意したんだ」

「わざわざダグラス様が用意したんですか？」

「困っていたみたいだったから」

そう言ってダグラスは肩をすくめる。

——未婚の女性に服を贈る意味、分かっているのかしら。

ルチアのじとっとした視線に、愛想笑いを浮かべるダグラスを見て、ルチアは何も考えていないんだろうな、と思った。

ダグラスは、いつもはしっかりしているが、たまに無自覚な行動で女性に期待を持たせていると、侍女たちから聞いたことがある。

ルチアは恐縮したように縮こまっているミレニアに謝った。

「ごめんなさい。私が気づいていれば、服でもなんでも用意できたのに……」

「私の方こそ、お手間をおかけしてしまってすみません。それにこんな上等な服……汚さないか心配です」

そう言ってミレニアはさらに縮こまる。

ルチアたちにとっては、いつも着ている普段着よりも簡素で動きやすい服だが、ミレニアにとってはこの服も高級品に見えているようだ。

「汚しても破いても大丈夫ですよ。ダグラス様もあなたにあげたつもりでしょうし、もし何か言ってきたら、私が相手をします」

「ふふっ。頼もしいです」

胸を張って宣言をすると、ミレニアもようやく柔らかい笑みを浮かべた。その顔を見て、ルチアもホッとする。

――よかった。ミレニア様へのお礼なのに、彼女が楽しくなかったら意味がないわ。

ミレニアの肩の力が抜けたことに安堵し、ダグラスの方へと向き直った。

「ダグラス様も今回の観光に参加なさるんですか？」

「念のためにな。護衛もたくさんついているし、変なことは起こらないと思うが……」

そう言うダグラスの表情は暗かった。

「何か気になることでもあるんですか？」

黙り込んだダグラスに、ルチアが尋ねる。

「なんでもない。ただアーサーがこの後、どれだけ浮かれるのかって考えたら、面倒くさいな、って思ってさ。アーサーはルチアに夢中になってミレニア嬢を放置しかねないから、俺も一緒に行くことにした」

にっこりと笑うダグラスに、胡散臭さを感じる。

なんだかはぐらかされたような気がするが、ダグラスには何か別の目的があって、今回の観光に同行するのかもしれない。

アーサーやダグラスの仕事内容に関して、詳しいことを知らないルチアは、これ以上は、追及しないことにした。

「そろそろ出発しましょうか」

ルチアは張り切るようにパンっと両手を打ちつけて明るい声を出した。

「そうだな。護衛たちも配置についたようだし」

外で様子を確認していた執事が頷くのを見て、ルチアたちは玄関ホールに横付けされている馬車へと乗り込む。

全員が着席したのを確認すると、ゆっくりと動き出した。

馬車はハルモニー侯爵家を出て、王都の中心地へと進む。

ダグラスは一同を見回した後、向かい側に座るルチアの方に身を乗り出した。

「それで？　計画はどうなんだ？」

「まずはミレニアさんが行きたいとおっしゃっていた雑貨屋や宝飾品屋、文具屋に行きます。それからイレーナ様から聞いた『星の館《オブス・ステラ》』に行ってみようかと。最後に『パティスリー・クロンヌ』のカフェでお茶をしたいと思っていますわ」

「それじゃあ最初はルブラン広場だな。あそこなら商店や出店もたくさんあるし、次への移動もしやすい」

「私もそう思っていました。御者と警備隊長には伝えてありますわ」

ルチアの手際の良さに、ダグラスが苦笑する。

ミレニアは楽しそうに窓の外の景色を眺めた後、ルチアを振り返った。

「ルブラン広場はお店も色々あるんですよね？」

「広場を中心に六本の通りが放射線状に広がっているんです。そこに行けば、なんでも揃うと言われています。メイン通りを進むと、レストランやカフェなどが集まっているドルティス通りにも繋がっていいますし、ノヴァス劇場にも行きやすいですね。王都観光に来た人のほとんどが、ここを訪れるそうですよ」

「そうなんですね。そっかぁ。帰るまでにまた行けるかな……」

まだ見ぬ有名観光地を想像して、ミレニアの顔が輝く。

ラージア国は大陸でも有数の観光大国だ。建国から一度も大きな内乱や革命を経験していないこの国には、歴史的建造物や景勝地が数多くある。

大陸の交易の中心になることから、流行の発信地でもあり、様々な物・人が行き交う国なのだ。

王都ともなれば、見るべき建築物や品物、美術品や劇場などがたくさんある。一日だけで全てを見て回るのは不可能だ。

「もう一日くらい、お時間を作れるといいんですけど……」

ルチアがそう言うと、ミレニアが慌てて手を大きく振った。

「あっ、いいんです！　一日でも十分です。生きている間に王都に来られるなんて、思ってなかったので！」

「生きている間って大袈裟だな。行こうと思えばいつでも行けるんじゃないか？」

ミレニアの言葉にダグラスが肩をすくめる。

彼の言いたいことが分かったのか、ミレニアは苦笑した。

「行こうって思ってもなかなか行動に移せないんです。住んでいるところが遠いっていうのもありますが、娯楽で旅行なんて贅沢《ぜいたく》ですから」

貴族や大店《おおだな》の商人は、避暑などで旅行をすることが当たり前だ。しかし一般庶民にとって旅行は、かなりの贅沢である。

遠い場所に行くためには、それだけ仕事も休まなくてはならないし、費用もかかってくる。やはり多くの庶民には、なかなかハードルが高い。

「今回、旅行に来られて私は本当に幸運です。お土産をできるだけ買って帰って、王都でのことをたくさん話すつもりです」

そう言って健気《けなげ》に笑うミレニアに、ルチアは心打たれる。

改めてミレニアがこの観光をとても楽しみにしていたことを知って、ルチアにやる気がみなぎった。

──ミレニア様にとって、最高の思い出にしたいわ。いいえ、そうしなくては！

ルチアは決意した。

「ミレニア様！　なんでも言ってください！　どんな願いも叶えます！　なんでも叶えてみせます！」

「どうしたんですか、ルチア様。さすがになんでもは無理ですよ」

興奮気味にミレニアに詰め寄るルチアの様子に、ミレニアが笑う。

ルチアの言葉を冗談だと受け止めたミレニアに、ダグラスが微笑みかけた。

「大丈夫だ。俺たちにはアーサーがいる」

その言葉にミレニアが、アーサーの方を向く。アーサーは、急に話を振られて驚いたのか、目を丸くする。

「え？」

「アーサーがお礼をするために観光に来たんだ。ミレニア嬢のために、最大限の努力をしてくれるはず。——そうだよな？」

ダグラスはにやりと笑った。

アーサーはミレニアとルチアを見た後、にっこり笑って「もちろん」と返事をする。

ダグラスはアーサーの返事に満足すると、「そういえば」と言いながら一同を見回した。

「外では殿下呼びは禁止だからな。あっという間に身分が周囲に知られて大騒ぎになる」

「確かにそうですね……。なんてお呼びしましょうか」

ルチアはちらりとアーサーの顔を見た後、視線を外して考え込む。視界の端でアーサーがこちらを見ていることに気がついたが、目を合わせることができなかった。

しばらくの間、考えてみたものの、いい名前が思い浮かばない。

「それなら『アーサー』でいいんじゃないか」

唸ったまま悩んでいると、ダグラスが助け船を出してくれた。

「そのままですよ？」

「王太子の名前だからアーサーという名前は人気で、意外と市井《しせい》に溢れているんだよ。特に王太子と同じ年代の子どもはそう名づけられる傾向にあったから、アーサー呼びでも違和感はないと思う」

ダグラスの言葉に納得したルチアは、自分のことも「ルチアさん」と呼ぶようにお願いした。

それぞれの呼び方が決まったところで、ルチアはミレニアに向き直る。

「観光を楽しみましょうね」

ミレニアが嬉しそうに頷くのを見て、ルチアの心も自然と浮き立った。馬車は和やかな雰囲気のまま目的地へと軽快に進んでいくのだった。


ルブラン広場に到着して馬車を降りると、途端に賑やかな喧騒《けんそう》が、ルチアの鼓膜を震わせた。行き交う人々の楽しそうな声と出店の呼び声が響き渡る。

広場にはお肉を焼く屋台や、飴《あめ》菓子を売るお店があった。その周りを子どもたちが楽しそうに駆けていく。

買い物に来ている王都の住民や、ルチアたちと同じように観光に来た旅行者の姿もあった。

想像していたよりも盛況な様子に、ミレニアは目を丸くしていたが、ルチアも驚いた。

「思っていたよりも賑やかなんですね」

「本当にそうですね。馬車で通ることはあったんですが、降りたことはあまりなくて……。こんなに活気に溢れているとは思いませんでした」

目の前に広がる楽しげな雰囲気に、ミレニアの顔が嬉しそうに輝いた。ルチアもそれを見てホッと安心する。

――楽しそうでよかった。お店も気に入ってくれるといいんだけど。

ルチアはアンナや王城の侍女たちに聞いて回って、この日の計画を立てた。ルチアは王都に住んでいても、出歩くことはほとんどないのでお店に詳しくない。

少しの不安と大きな期待がルチアの胸の内に広がる。

浮き立つ心を宥めつつ、ルチアたちは宝飾品屋に入店した。

店内には髪飾りや耳飾り、指輪などが所狭しと置かれている。色ガラスを使った安価なものから宝石を使った豪華な商品まで幅広くある。

「うわぁ。たくさんありますね」

「そうですね。やっぱりこういうのを見ると、ワクワクしますね」

目を輝かせて店内を見回すミレニアに、ルチアも笑顔で同意する。

ルチアはミレニアと一緒に、髪飾りが並んでいる棚の方へといそいそと向かう。その背中を見て、ダグラスが首を傾げた。

「これを見て、ワクワクするか？　目がチカチカするだけだが……」

「そんなんだから、女の子が離れていくんだよ……」

顔を顰めながら棚を物色するダグラスを見ながら、アーサーが嘆息する。ダグラスは商品を手に取っては首を傾げていた。

ルチアとミレニアは髪飾りを手に取って眺めていた。

「これは蝶《ちょう》のモチーフなんですね。可愛い！」

「こっちは百合《ゆり》かしら？　乳白色の色ガラスなんて珍しいわ」

色ガラスが散りばめられた髪飾りは、光に反射してキラキラ輝いていた。ルチアは手に取った髪飾りをミレニアの髪に挿してみる。

それはダークブラウンの髪によく馴染んで、ミレニアの可憐さをより引き立たせていた。

「とっても似合っています」

「そうですか？　なんだか照れますね」

髪飾りに触れながらえへへ、と笑うミレニアに、ルチアもつられて頬が緩んだ。

そんなルチアの髪に何かがつけられる。

驚いて振り返ると、アーサーがルチアの頭に手を伸ばしていた。

「でん――」

「アーサー、ですよ」

「あっ。えっと……アーサー、どうしたんですか？」

顔を合わせてきちんと話すのは久しぶりで、思わずルチアは口ごもってしまう。妙に気恥ずかしくて、つい視線が泳いだ。

そんなルチアの様子に、アーサーが「可愛い」と悶《もだ》える。

「アーサー？」

「いや、すみません。ちょっとトキメキが溢れてしまって……」

小刻みに震えるアーサーを見て、どうしたのかとルチアは不安になって声をかけると、彼はすっと表情を取り繕って笑顔を向けた。

「こちらも似合うと思ったんです」

アーサーはそう言って、ルチアの頭に再び手を伸ばす。ルチアは近くにあった鏡で自分の頭を見てみた。そこにはマリーゴールドの花を模《かたど》った髪飾りがあった。

オレンジ色の花は光の加減によってはトパーズのようにも見える。

――この色は……。

既視感を覚えてアーサーを見れば、髪飾りと同じ色の瞳がルチアを見ていた。

アーサーの色だ、と思うとこれを手放すのが惜しい気持ちになる。買おうかと悩んでいると、アーサーの後ろからダグラスが顔を見せた。

「ルチア、手を出して」

「え？」

「ほら、こういうのが好きだろう？」

ダグラスはルチアが差し出した手に、アメジストの石がついた蝶がモチーフのネックレスを置いた。

「うわぁ。綺麗ですね！」

横から覗き込んだミレニアが弾んだ声を出して、ネックレスを見つめる。

アメジストと、ところどころ碧《あお》の色ガラスが使われていて、光に反射して碧や紫が溶け合うような色を放っていた。

小ぶりで主張しすぎないそれは普段使いしやすそうで、ルチアも思わずまじまじと眺めてしまう。

「可愛い」

「だろ。絶対好きだと思った――ひっ！」

得意げだったダグラスはなぜか急に黙ると、そそくさと店の奥へと消えていく。不思議に思ってアーサーを見れば、彼もダグラスを追いかけて店の奥へと消えていった。

――変なの……。

二人が消えていった方を見送って、ルチアは手元に残された髪飾りとネックレスを見る。

ダグラスが選んでくれたものは、間違いなくルチアの好みのものだった。自分で買うものを選ぶとしたら、この商品を手に取っていたかもしれない。

——でも……。

マリーゴールドの髪飾りをそっと握り締める。ベージュブラウンの自分の髪には、オレンジ色は派手かもしれない。

しかしアーサーが選んでくれたものだと思ったら、手放すことはできなかった。

「私、これを買ってきますね」

ルチアが掲げた髪飾りを見て、ミレニアが首を傾げる。

「髪飾りの方を買うんですか？」

「はい。……アーサーが選んでくれたので」

ルチアはそう言ってきょろきょろと辺りを見回した。そして店員を見つけると、深呼吸をして気合を入れる。

拳を握ってなかなか店員に声をかけられずにいるルチアを見て、ミレニアは首を傾げた。

「どうしました？」

「……実は、」

「実は？」

「お店で何かを買うのは初めてなんです」

「えっ」

ルチアの言葉にミレニアは驚く。

普段のお買い物は、商人が屋敷に来て品物を見せてくれる。その支払いも執事や侍女たちが行うので、ルチア自身は何かを買うという行為が初めてだった。

「いってきます」

ルチアは再度気合を入れて、店員のもとへと向かう。気になるのか、ミレニアの心配そうな視線を背中に感じた。

ルチアは店員と軽くやり取りをして、代金を支払い、無事に商品を手に入れた。受け取った後、思わずミレニアを振り返る。

ミレニアは小さく拍手をして、ルチアの頑張りを讃《たた》えてくれた。


それからルチアたちはミレニアの希望だった雑貨屋と文房具屋にも行った。

ルチアはそこでも一人で買い物をすることができ、密かにお店での買い物が楽しくなってきていた。

お店に入るたびに、アーサーはルチアの傍で色々と見て回ろうとしたが、記憶をなくしたアーサーときちんと話す時間を取っていなかったルチアはなんだか気まずくなり、つい彼を避けてしまう。

文房具店でもアーサーが何か話しかけようとしていたが、ミレニアを伴って店内の奥の方へと逃げてしまった。

しょんぼりしているアーサーの姿に気がつきながらも、ルチアは彼に近づくことができなかった。

――今まで殿下とどうやって話していたかしら……。

棚に並んでいるペンを眺めながらルチアはそんなことを考える。思い返してみれば、いつも話しかけてくるのはアーサーで、ルチアから話を振るのは、あまりなかったかもしれない。

アーサーから話しかけられないと、どうやって会話をすればいいのか分からなかった。

ミレニアはぼんやりしているルチアに、そっと優しく声をかける。

「それが気になったんですか？」

「え？」

「ずっとそのペンを持っていらっしゃったので」

言われて見てみれば、ルチアの手には万年筆が握られていた。考え事をしながら、無意識に手近にあった商品に手が伸びていたらしい。

慌ててそれを棚に戻す。

「いえ、つい手に取ってしまっただけで……」

「そうなんですか？　でも綺麗な万年筆ですね。持ち手の部分がガラスになっていて、キラキラしてます」

ミレニアに言われて、ルチアも改めて万年筆を見てみる。

それは胴軸が色ガラスになっている万年筆だった。色も豊富で、持ってみるとガラス製だからか少し重みがある。

「確かに、綺麗だわ……」

ルチアは自分の手持ちのペンを思い返してみる。

——確か一つ、ペン先が欠けてしまったものがあったような……。

壊れかけのペンを持っていたことを思い出したルチアは、どれか一つを買うことに決めた。

悩んでいると、隣で商品を見ていたミレニアの様子が目に入った。

ミレニアは一つ一つ手に取って眺めては、それを棚に戻していた。そしてある万年筆に羨望の眼差しを向け、小さくため息をついていた。

ルチアはそっと値札を見た。

それはミレニアが他のお店で買っていた商品のどれよりも高価だった。おそらく、予算の範囲外なのだろう。

——そうだわ！

どことなくしょぼんとしているミレニアを見て、ルチアは思いつく。

「ミレニアさん。お揃いのものを買いませんか？」

「お揃い、ですか？」

ルチアの申し出を聞いて、ミレニアが不思議そうにする。

「一緒に観光に行った記念のものが欲しいなって思いまして。……ダメですか？」

ルチアのお願いを聞いたミレニアは驚いた後、嬉しそうに笑ってくれた。

喜んでくれたことが分かったルチアは、ホッと胸を撫で下ろす。ミレニアと一緒にペンが並んでいる棚を見回した。

「どんなものにしましょうか？」

「普段使いできるものがいいかもしれないですね。ペンが重いと書きにくかったりもしますから」

ルチアの言葉を聞いて、ミレニアが隣の棚を覗き込む。そこには細身のペンが置いてあった。胴軸の色も黒だけではなく、赤や黄色のものも置いてある。

「これなんてどうですか？　軽くて持ちやすいですよ」

差し出されたペンは確かに軽かった。握りやすく、違和感はない。

「これにしましょう。色はどうしましょうか」

「せっかくだから四人でお揃いにしましょう！」

ミレニアが笑顔でそんな提案をする。ルチアは色違いのお揃いのペンを買うことに決めた。

棚の前で肩を並べて、二人一緒に色の相談をする。王都の大きな文房具店だからか、胴軸の色の種類も豊富である。

ミレニアは赤に濃い茶を混ぜたような胴軸のペンを手に取った。

「これはダグラスさんかな……」

聞こえた呟きに少し笑いがこぼれる。彼の髪色から連想したらしい。しかし意外と似合うかもしれないと思った。

「それを持って仕事をしているダグラスさんを想像したら、ぴったりだと思いました」

「そうですか？　じゃあダグラスさんはこれにしましょう」

少しだけ照れながら、ミレニアはそのペンをぎゅっと握った。

ルチアはミレニアが立っているすぐ傍の棚に、透けるような水色の胴軸のペンを見つける。それを手に取ってじっくりと眺めた。

まるでミレニアと初めて会った時に、彼女が着ていたワンピースのような色をしている。そう思った。

「……これはミレニアさんに」

ルチアは手に持っていた水色のペンを掲げる。ミレニアはきょとんとこちらを見ていた。

「水色、ですか？」

「初めて会った時のワンピースがとてもよく似合っていたので」

そう言ってペン越しにミレニアを見る。

――うん、可愛い。

ルチアは満足して、このペンを買うことにした。

残すはアーサーと自分の分だ。

商品を見ながらどれを買おうか、と悩んでいると何かが視界に入る。

驚いて隣を見れば、ミレニアがにっこり笑ってルチアにペンを差し出していた。

「ルチアさんに」

「私に……？」

それは金色にうっすら緑がかった胴軸のペンだった。まるで黄色みの強い金緑石のような色をしている。そんな風に思った。

差し出されるままペンを受け取り、じっくりと眺める。

「見つけた瞬間、これこそルチアさんの色だと思いました」

「私の色？」

「ルチアさんの瞳って太陽の光の下で見ると、たまに緑がかって見えるんです。綺麗だなって思ってて」

「知らなかったわ……」

ミレニアの言葉に驚く。手に持っているペンを見て、少し気恥ずかしくなった。

──こんな綺麗な色をしているって言ってくれて、なんだか恥ずかしいわ……。

ルチアは火照《ほて》る頬の熱を隠すように、ミレニアがいる方とは逆の棚を見る。そしてイエローアンバーの色をしたペンを見つけた。

思わず手に取ってそれをじっくりと眺める。

「……殿下の色……」

少しだけオレンジが滲んでいるそのペンはまさしくアーサーの瞳の色そっくりだった。そう思ったらこれ以外、目に入らなくなってしまう。

念のためぐるりと棚を見回したが、それ以上のものが見つからなかったので、ルチアはこれをアーサーに買うことにした。

二人は一緒に店員のもとへと行き、商品を包んでもらう。包みを渡された瞬間、言いようのない満足感がルチアの心を満たした。

さっそくアーサーとダグラスに渡すべく、ミレニアと一緒に店内を探索する。

入り口でポストカードを見ていたダグラスと、その横でちょっとしょんぼりしているアーサーを見つけて、二人にも包みを渡す。

商品を渡すと、二人はとても驚いた顔をした。中から出てきたペンを見て、二人揃ってルチアとミレニアを見返す。

「今回の記念にお揃いで買ってみました」

ルチアが照れながらもそう言えば、隣でミレニアが渡した包みと同じものを得意げに掲げる。

それを見て、アーサーとダグラスは嬉しそうに微笑んでお礼を言ってくれた。

ホッとすると同時に心の中が温かくなるのだった。


四人は文字通り観光を楽しみ、気がつけば両手いっぱいに購入した商品を抱えていた。抱えている荷物の多さに、ルチアはこんなに買っていたのか、と驚く。

「一度、荷物を置きに馬車に戻るか。星の館《オブス・ステラ》はここから歩いて行った方が近いだろう。それとも休憩するか？」

ダグラスの提案にルチアは少し悩む。

「ミレニアさんはどうしたいですか？　少し休憩していきますか？」

「私は大丈夫です。最後にカフェに行くんですよね？　そこでゆっくりと休憩しましょう」

ミレニアの提案にルチアは頷いた。一同は一度、馬車に買った荷物を置くために、中央広場へと戻る。

広場が近づくにつれ、中央のモニュメントがある開けた空間に、人だかりができていることに気がついた。

「何かしら……」

不思議に思って、ルチアが広場の方へと近づいていく。

人だかりの隙間から、敷物とその上に並ぶ品々が見えた。

そこにはお皿や花瓶、焼き人形といった陶器や、古書に絵画、古い刀剣や盾といった武具など様々なものが置いてあった。

「あれは骨董市《こっとう》市ですね」

「骨董市？」

広場を覗くルチアについてきたアーサーが、広場の様子を見て教えてくれる。

「行ってみますか？」

「でも……」

今日はミレニアのための観光だからと思い、彼女を振り返ると、彼女も興味津々といった様子で骨董市を見ていた。

「見てみませんか？　私も気になります。あ、でも時間が決まっているんでしたっけ……？」

「時間にはまだ余裕がありますが……」

「それなら行ってみませんか？　こういうところには、意外と掘り出し物が眠っているんですよ」

ワクワクといった様子のミレニアに誘われて、ルチアも骨董市を覗いてみることにした。ダグラスが荷物を馬車に置いてくるのを待って、四人は広場へと足を踏み入れる。

そこには所狭しと敷物が敷かれ、その上に様々な商品が並んでいた。売主らしき人は並べられた商品の奥に座り、足を止めた観光客に売り込んでいる。

それぞれ好きに回ろうと決めて、買い物を終えたら広場のベンチに集合することにした。

ルチアはキョロキョロと辺りを見回しながら、足を進める。違う方向に歩いていったダグラスを見れば、誰かと話しているのが見えた。

やけに体格の良い風貌の男だったのが気になったが、熱心に話しているところを見ると、骨董市に店を出している店主なのかもしれない。

ルチアはなんとなく、優しそうな顔をした人がお店を構えている方へと足を踏み出した。

「色々なものがあるのね……」

敷物の上には絵画や書物といった娯楽品から、果物や穀物といった食品など、種類問わずたくさんのものがあった。

あちこちに目を走らせながら、ふらふらと通路を歩くルチアを、アーサーが後ろから見守りながらついてくる。

「骨董市に来るのは初めてですか?」

「初めてです。話には聞いていたのですが、本当に種類が豊富ですね」

「今日は売り物が限定されていないんだと思います。日によっては古本市などもやっていると聞いたことがあります」

――古本市! それは行ってみたいわ。

ルチアはたくさんの書物が並ぶ様子を想像して、うっとりした。何か面白い本や珍しい本が見つかるかもしれない。そう想像するだけで、心が弾んだ。

アーサーは楽しそうに商品を見て回るルチアを、意外そうに見つめた。

「ルチアは、買い物が好きなんですね」

「え？」

「とても楽しそうな……いえ、幸せそうな顔をしていたので」

「幸せそうな顔？」

そんな風に言われても、なかなかピンとはこなかった。

自分で頬を触ってみるが、どんな顔をしているのか、さっぱり分からない。

頬を押さえたまま固まるルチアの手を、アーサーが引っ張って歩き出した。

「気になったものがあるのなら、見てみましょうか」

促されるまま、ルチアは商品を見比べる。

近くの敷物の上には武器が、その隣には絵画が並んでいる。気になる方へ足を進めていくと、茶器が置かれた敷物の前に辿《たど》り着いた。

青磁や白磁のカップやお皿が敷きつめられている。無地のものもあれば、動物や花などの絵が描かれているものもあった。ルチアはその場にしゃがみ、品物をじっくりと眺める。

「いらっしゃい」

商品を挟んで奥に座っていた白髪の店主がしゃがれた声で挨拶をする。

ルチアは店主の探るような鋭い視線を受け止めると、見ていた茶器を指さす。

「手に取って見てもいいですか？」

「いいよ。好きに見ておくれ」

不愛想な店主から許可を得て、ルチアは気になったティーカップを取った。

白磁に淡い水色の線と碧の珠が描かれている。水色の線はカップをぐるりと巡るように柔らかく波打っていた。

「綺麗……」

「それは若い作家の作品だ。こっちも同じ作家の作品だよ」

そう言って差し出されたのは、青磁の平皿だった。こちらには縁に緩く波打つ線が描かれていた。さざ波のようなモチーフを描く作家のようだ。

「この作家は若いが、腕がいい。いずれ技量がつけば、大作も作るようになると思っておる」

「波を描くのが特徴なんですね？　色彩もすごく柔らかくて、この青磁なんて白色に溶けてしまいそう……」

「それがこの作品の特徴だ。作家は海に近い街の出身で、波や海を作品に取り入れることにしているらしい」

ルチアはそれを聞いて納得した。

白磁の線や珠は海の波や水飛沫《みずしぶき》を描いているのだろう。平皿の縁の波も、海岸に打ち寄せる白波を見せようとしたのかもしれない。

最初に手に取った白磁のカップと、店主が差し出した平皿を見比べて、ルチアはため息をついた。商品を眺めながら、悩ましげに眉を寄せるルチアの隣に、アーサーがしゃがむ。

「どうしたんですか？」

「どっちを買おうか悩んでしまって……」

白磁のカップはソーサーと一対になっているものが二つ、売られている。平皿は同じ形で大きさの違うものが一緒に売られていた。

両方とも魅力的で、どちらを買うべきか、悩んでしまう。

二つを交互に見ては唸っているルチアを見て、アーサーが不思議そうな顔をした。

「ルチアはどちらも気に入ったんですよね？」

「そうなんです。どちらも捨てがたくて……」

「では両方とも買いましょう」

あっさりとそう言って、アーサーは店主に二つとも購入することを告げた。商品が一気に売れたことを喜んだ店主が「まいど！」と大きく返事をして、いそいそと商品を包む。

アーサーの答えにびっくりしている間に勝手に物事が進んでしまい、ルチアは慌てた。

「アーサー、私はどちらかを買うつもりで……」

「でもどちらも気に入ったんでしょう？」

――そうだけど、そうじゃなくて……。

アーサーは他にも、敷物に並んでいる商品を見てはルチアが購入したものと似たような商品を一緒に購入しようとする。

ルチアはそんなアーサーの腕を摑んで引き留めた。

「やめてください」

「ルチア？」

「そういう買い方は……あまり好きではありません」

きっぱりと言い切ったルチアに、アーサーは驚いた顔をした。そんな彼を放って、ルチアは店主に、白磁のカップを一揃い購入することを告げる。

「平皿はいいのかい？　次に来た時にはないかもしれないよ」

「それなら私にはご縁がなかったんだと思います。他に気に入った方が買ってくださるのなら、作品にとっても、作家にとっても幸せなことだと思いますから」

ルチアの言葉に店主は納得した様子で頷くと、代金を請求してくる。お金を渡して商品を受け取る。

手にある重みに嬉しさを滲ませながら、ルチアはそこから離れる。歩き出したルチアの後ろをアーサーが無言でついてきた。

他にも気になった品物を見つつ、俯きがちにゆっくりと歩くアーサーを振り返る。

彼の落ち込んだ様子に、ルチアの心も沈んだ。立ち止まって、頭を下げる。

「ごめんなさい」

「ルチア？　なんで謝っているんですか？」

「アーサーが買おうとしてくれたのに、私が断ったから……。嫌な気持ちにさせましたよね」

アーサーは首を横に振って否定するが、ルチアにはアーサーが落胆していることが手に取るように分かった。

ルチアを見るアーサーは眉尻が下がり、いかにも悲しそうな顔をしている。

アーサーも自分の笑顔が引きつっていることが分かったのか、頬をかいた後、意を決したように拳を握った。

「……どうして」

「え？」

「どうして二つ買わなかったんですか？　買うのは私だったのですから、ルチアが困ることは何もなかったと思います」

アーサーは不満とまでは言わないが、明らかに納得していない、という様子だった。

「私はルチアに喜んで欲しかった。ルチアを怒らせるつもりなんてなかったのに……」

「怒っているわけでは……」

「でも……」

べそっとしているアーサーを見て、ルチアは不思議な気持ちになった。

こんな風に弱気になっている彼を見たのは、初めて出会った時以来かもしれない。あの時はルチアと婚約しようとして、それが上手くいかないとめそめそした顔をしていた。

——殿下はいつも自信満々に、自分の決めた道を突き進んでいたのに。

ルチアのことを考えて悩んでいるアーサーの姿が新鮮だった。

以前のアーサーは「ルチアのことなら誰よりも、ルチアよりも知っている」と豪語していた。

彼はルチアの好みを完璧に把握していた。ルチアの好きなものや喜ぶものはもちろん、趣味ではないもの、苦手なものも全て。

だから彼はルチアが選びそうなものを先に用意し、それをルチアに贈ってきた。ルチアが何か欲しいと軽く口にすれば、すぐにルチアが想像した以上のモノを渡された。

もちろん、嬉しくはあった。しかし、いつの間にかそれが当たり前になっていて、何かを選ぶということを、もうずっとちゃんとしていなかった気がする。

――でも今日、自分で選んで、すごく楽しかった。目で見て、手で触れて。使っているところを想像して、本当に嬉しかった。

自分の好きなものを、自分で選ぶことがこんなに嬉しいことだと、ルチアは気がついた。いや、思い出したのだ。

昔、アーサーと出会ったばかりの頃、ルチアに贈り物をしようとするアーサーは目の前にたくさんのモノを差し出した。

その中からルチアはお気に入りを選んでいた。実物を見て選んで、自分の部屋に飾るところや、実際に使う場面を想像するのは楽しかった。

しかしアーサーはどんどんルチアの好みを把握し、いつの間にか「ルチアならこれを選ぶだろう」というモノを贈るようになった。事実、ルチアが選ぶ機会もなくなっていった。

――殿下が選ぶものなら、間違いないと思ったから……。

彼は自分に似合うものを知っている。そう思ったから、ルチアは考えることをやめた。アーサーが示すものをただ受け入れていた。

「私は、自分が欲しいと思ったものを買いたかったんです」

「あの平皿はいらなかった？」

「そうではなくて……」

どう言えば、伝わるのだろう。ルチアは一生懸命、言葉を探した。

「あれも素敵でした。でもこのカップを見て、これでお茶をしたら素敵だな、って思ったんです」

「お茶？」

「はい。天気の良い日に庭でお茶をしたら、この白磁が太陽に煌めいて輝くとは思いませんか？この波打つ模様も、涼しげで目で見ても楽しいお茶会になりそうでしょう？」

アーサーはまだ納得していないような顔をしている。

彼は「与えたい人」だから、ルチアの言葉は難しいのかもしれない。そんなことを思った。

アーサーは何事にも全力だ。持てるものを全て与えて、愛したいと考える人。

「私は、欲しいと思ったものを全て手に入れたい、とは思いません。本当に気に入ったものを手元に置いて使いたいと思っています」

「気に入ったもの？」

「悩んで迷って、一生懸命に選んだらそれだけ愛着も湧くでしょう？　大事にしようとも思います。手に入れたもので、何をしようか、と想像するのも楽しいです」

ルチアは茶器が入った袋を抱き締めながら微笑んだ。

「……そうやって選んだものの方が、好きですか？　高価なものではなかったとしても……？」

アーサーは神妙な面持ちで、聞いてきた。ルチアはアーサーが買い物をしている姿を想像してみた。

あれもこれも片っ端から、ルチアが好きそうなものを買い込むアーサーと、たくさんのルチア好みの贈り物の中から、一番を探そうとするアーサー。

「そうですね。一生懸命選んでくれたのなら、それがどんなに的外れなものだとしても、私は嬉しいと思います」

そう言ってルチアは慈愛に満ちた顔で微笑んだ。するとアーサーははっとした様子で目を見開く。

それからくしゃっと少年のような笑みを返してきた。

「あなたの好きなものを教えてください。どんなものでも、どんなことでも知りたいです」

「好きなもの、ですか？」

「はい。手始めに、この絵画ならどちらが好きですか？」

アーサーが指さしたのは、牧歌的な風景画と赤子を抱いた聖女の絵だった。ルチアは悩みながらも、風景画を指さす。

その後も、アーサーは質問をしたり、商品を見比べて意見を求めたりしてくる。

アーサーと色々と話をしながら買い物をするのは、すごく新鮮で——とても楽しかった。

——これからもこんな風に、二人で話し合って、時には喧嘩もしながら……そうやって歩んでいきたいな。

隣を歩くアーサーの横顔を見て、ルチアは強くそう思った。


一通りぐるりと市を巡った後、ルチアたちは待ち合わせ場所へと向かう。そこにはすでにダグラスとミレニアが待っていた。

「すみません！　お待たせしました」

「全然待ってないです。ダグラスさんが色々とお話を聞かせてくれましたから」

ミレニアの言葉に驚いてダグラスを見る。彼はいたずらっ子のようにニヤリと笑って肩をすくめた。

――変な話をしていないといいのだけど……。

ダグラスが話した内容が気になったが、追及するのはやめておいた。一同はもう一度馬車に戻り、買ったものを預ける。

そしていよいよ星の館《オブス・ステラ》に向かうことにした。

四人は護衛を引き連れながら、目的地に向かって並んで歩き出した。

「骨董市では何を買ったんですか？」

「白磁の茶器を。今度、我が家に招待するので、これでお茶会をしましょう」

ルチアの言葉にミレニアが顔を輝かせる。彼女にも何か買ったのか聞いたら、残念そうに肩をすくめた。

「私の方は収穫がありませんでした。今回はご縁がなかったです」

「そうでしたか……」

「でも十分買い物できたので、満足しています」

そう言って笑うミレニアは本当に楽しそうで、彼女をおもてなしするという当初の目的は、無事達成されているようだ。

弾むように歩くミレニアを見て、ルチアはホッと安堵の息をこぼした。

「星の館《オブス・ステラ》は近いんですか？」

「えぇ。ルブラン広場から少し離れたところに、店舗を借りて営業しているみたいです。侯爵家の侍女にも聞いてみましたが、王都で一番人気の占い師のようです」

ルチアの言葉にミレニアも大きく頷く。

「王城の侍女さんたちも同じことを言っていました。占いに行くと言ったら羨ましがられました」

どうやらイレーナの言っていた占い師は、考えていたよりも人気があるらしい。混んでいるかもしれないと思いながら歩いていると、そのお店が見えてきた。

外観はカフェのようだった。どうやら潰れた店舗をそのまま借りているらしい。テラス席のようなところには椅子が並べられ、占いを待つ人々の待ち椅子になっているようだ。

「確かに混んでいるみたいですね」

ミレニアは賑やかなお店の雰囲気を見て、感心したように呟く。

お店の前では複数の女の子が楽しそうに話していた。お互いに占いの結果を教え合っているようだ。

ルチアたちはその女の子たちの横をすり抜けると、店舗の中へと入った。すぐに屈強な男がルチアたちに近づく。

「占いをご希望の方はこちらに名前を書いてお待ちください」

見かけ通りの野太い声で、手に持っていた紙を差し出してきた。占いの館には似つかわしくない男だった。

覆い被さるように上から話しかけられ、ルチアが息を呑む。威圧感のようなものを感じながらも、男に返事をした。

「その、アンナ・スミッソンという名前でお話がいっていると思うのですが……」

予約していたアンナの名前を告げると、男はしばらく考え込んだ。それから予約を思い出したらしい。こちらへどうぞ、と案内される。

案内された場所はゆったりとしたソファが置かれていた。こちらで少々お待ちください、と言って男が離れていく。

離れる瞬間、値踏みするような視線を男から感じて、ルチアは不快感を覚えた。なんとなくアーサーに身を寄せる。

するとアーサーは緊張した面持ちになったが、どことなく嬉しそうだった。

「どんな占いでしょうね？　カード占いでしょうか？」

「水晶を使ったやつかもな。いかにもな感じだろう？」

「星の館《オブス・ステラ》なんて名前なので、星に関係した占いかもしれませんね」

ミレニアとダグラスとルチアで、占いについて想像してみる。

当たると評判なので、どんな占いが行われているのか興味津々だった。みんなで盛り上がっていると、奥のカーテンから女性が一人出てきた。

「お待たせしました。ご案内いたします」

ストンとしたフォルムのワンピースを着た女性だった。黒髪に、少し色の濃い肌を持つ彼女は一目で異国出身だと分かる。その女性はカーテンを持ち上げ、中へ入るように促す。

言われるままソファを立ち上がり、ルチアたちはそのカーテンの向こうへ入った。

そこはいくつも蠟燭《ろうそく》が灯《とも》り、お香が焚《た》かれているのか、少し甘い香りが漂っている。仄《ほの》かに薔薇の匂いを感じた。

中央にテーブルが設置され、奥に一人の女性が座っている。

その女性は身体の線が見えないような大きな異国風のドレスを纏い、顔にはヴェールを目深に被っていた。

「ようこそ、お越しくださいました。わたくしが占い師のステラです」

そう言って女性――ステラが立ち上がりルチアたちに向かって丁寧にお辞儀をした。腰まである結われていない長い白髪が、彼女の表情を隠す。

ルチアはステラの髪色に驚いた。彼女の年齢はルチアたちとそう変わらないように見える。まだ白髪になるような歳《とし》ではないはずだ。

ルチアがまじまじと髪を見ていることに気がついたのか、ステラがクスリと笑う。

「わたくしの髪は生まれつきです。見た目に反してものすごくおばあさんというわけではありませんよ」

「え！　すみません。私ったら失礼なことを……」

「構いません。大抵の方はわたくしの髪を見て驚きます。もう慣れました」

そう答えるステラは、本当に気にした様子はない。それでもルチアは自分の行動を恥じた。いくら驚いたとはいえ、人を見た目で判断してはいけない。ましてそれを相手に悟らせるなんて、もってのほかだ。

ルチアは深く反省し、姿勢を正して気を引き締めた。

ステラは部屋にいる全員を見渡すと、自分の前にある椅子を指し示す。

「本日は占いをご希望ですね？　それでは一人ずつお席にお座りください」

そう言われて、四人はお互いを見合った。

男性陣は女性に先に行くように促してくる。そこでルチアはミレニアに占いを受けるように勧めた。

「今日はミレニアさんのための観光ですわ。お先にどうぞ」

「そうですか？　それじゃあ私からお願いします」

ミレニアは緊張した面持ちで、ステラの前に座る。ルチアたちは二人から少し離れた壁際に用意された椅子に座って順番を待つことにした。

ステラも椅子に着席すると、両手のひらを上にして差し出した。

「手を、お貸しください」

「手？」

「はい。あなたの両手です」

ミレニアは戸惑いながらも、両手を差し出す。ステラはミレニアの手を取ると、優しく包み込むように握った。そして目を閉じる。

しばしの沈黙が部屋に満ちた。

――何をしているのだろう。手を、握っているようにしか見えないけど……。

ステラは手を握ったまま、微動だにしない。カードを出す気配もなければ、水晶を用意する様子もない。

ただ、静かな時間だけが過ぎた。

どれくらいの時が経っただろうか。ステラは閉じていた目を開け、ミレニアを見つめる。ミレニアも、何が起こっているのか分からない様子で、ステラを見つめ返した。

彼女は囁くような声でミレニアに何かを告げる。話す声は小さくてよく聞こえなかった。

しかしミレニアは最初に驚いたような顔をした後、神妙な顔つきになり、熱心にステラの話を聞いている。

ステラの言葉に何度も頷き、少しだけ顔色が悪くなっていく。最後には励まされるように肩を撫でられ、ミレニアは席を立った。

会話がまったく聞けなかったルチアは、表情が暗いミレニアを覗き込んだ。

「ミレニアさん、大丈夫ですか？」

「大丈夫です。少し、驚いてしまって……」

「何か良くない結果だったんですか？」

そう言うとミレニアが首を大きく横に振った。

「いいえ。私が本当に知りたいことを、教えてくれました」

ミレニアの顔は占いを信じているようだった。彼女はこの結果に納得しているらしい。

ルチアがステラの方を見ると、彼女がスッと座席を指し示す。どうぞ、と誘われているようだ。

少し不安に思いながらルチアは席に座り、ミレニアと同じように両手を差し出す。ステラの細くて長い指が、ルチアの手を包み込んだ。

「え……」

手を取られた瞬間、冷たいと感じた。それなのに握り込まれてから、ステラの手はどんどん温かくなっていく。まるでルチアの体温を移し取るように。

ステラは先ほどと同じように動かない。ただ、ルチアの手を握って目を閉じている。それなのに不思議と読まれている、と感じた。

しばらくそうした後、ステラがゆっくりと目を開ける。薄い紫の瞳がヴェール越しにルチアの顔を見た。

「あなたの願いは叶います。近いうちに必ず」

「私の願い？」

「あなたは大切なものを失いました。……いえ、正確には手が届かないところにあるんですね？」

反射的に、アーサーのことだと感じた。

ステラはアーサーの記憶喪失に関して、助言をしている。彼が記憶喪失になったことは王城の人間しか知らないはずだ。ステラが知るはずはない。そもそも、ルチアが誰であるかも知らないはずだ。

——占いで、読み取ったというの？

ルチアは自分でも馬鹿げていると思ったが、そうとしか考えられなかった。

驚きに固まるルチアをよそに、なおもステラは話を続ける。

「困難があなたを襲うでしょう。残念ながらそれを避ける手立てはありません。しかし救いの手はあります。あなたが信じていれば」

「救いの手、ですか？」

「そうです。あなたにはいつも強力な守護がありますから」

それだけ告げると、ステラはルチアに席を立つように促した。ルチアは操り人形のように、それに従う。

思いがけない内容だった。こんなことを言われるとは、想像もしていなかった。

放心状態で歩くルチアを、アーサーが心配そうに見つめる。

「ルチア？　大丈夫ですか？　何か不快なことでも言われましたか？　教えてください。すぐに対処します」

「何をする気だ、何を」

物騒な物言いのアーサーを、ダグラスが窘《たしな》める。

ルチアは呆然とアーサーを見上げて、なんでもないです、とだけ答えた。

——私の願いは叶うと言っていた。願いは殿下の記憶が戻ること。殿下は記憶を取り戻すの？

でも困難っていったいなんのこと？

様々な情報が一気にもたらされ、ルチアは混乱した。アーサーの記憶が戻るという結果は嬉しいが、襲ってくる困難がなんなのか分からず不安になる。

——でも救いの手があるって言っていたわ。それは悪い結果ではない、ということよね？

自分が信じていれば、願いが叶うと言われ、ルチアは少しだけ未来に希望が持てた。

ルチアが悶々《もんもん》としている間に、アーサーとダグラスの占いはあっさり終わったようだった。

二人とも神妙な面持ちで、ルチアたちのところへと戻ってくる。

「占いは以上で終わりですわ。他に何か聞きたいことはありますか？」

ステラがそう言って微笑む。ルチアたちはお互いに顔を見合わせてから、首を横に振った。

「占いに来てくださった方には、サシェをプレゼントしているんです。どうぞお好きなものを受け取ってください」

ステラが大きな籠を差し出した。そこには手のひらほどの大きさの小袋がたくさんあり、ピンク、紫、黄色のリボンで結ばれている。ルチアたちはそれぞれ気に入ったものを取った。

この部屋に案内してくれた女性がカーテンを開け、部屋から出るように促した。ルチアたちはそのままお店を出ていく。

お店に入った時に見た大柄な男の人の姿はなく、ルチアは少し安心した。あの人を見た時、言いようのない威圧感を感じた。

占いの館に似つかわしくない人だった。

――用心棒だったのかしら……。それにしても人相が怖かったわ。

女の人ばかり来る、女の人がやっている占いの館。考えてみれば、これほど安全面が不安なお店はなかった。

用心棒だとしたら、優秀そうな見た目だ。あの見た目だけで大抵の人は何もせずに立ち去るだろう。

「占い、凄かったですね。想像もしていなかった占い方法でした！」

お店から出た瞬間、ミレニアが興奮したように感想を述べる。

「本当に驚きました。手を握って占うなんて、あの人以外にきっといないでしょうね」

「あれは占いっていうより、予言みたいだったな」

ダグラスの言葉に、ルチアもミレニアも頷く。

ステラは不思議な雰囲気の女性だった。お店の空気といい、占いという職業から見た目まで神秘的だった。あそこは、何もかもが異質な空間だったような気がする。

彼女の占いは当たると言っていた。それを信じさせる何かが、あそこにはあった。

「さて、次はパティスリー・クロンヌですね。行きましょう」

アーサーに促されて歩き出す。パティスリー・クロンヌの言葉を聞いて、ミレニアの頬は上気した。

「実はこのパティスリーが一番楽しみだったんです。王都で一番のお菓子屋さんだと、辺境でも評判なんですよ！」

「そうなんですね。確かにクロンヌのケーキは絶品です。カフェで飲む紅茶やコーヒーもこだわっていて、何を頼んでも外れがないんですよ」

「あぁ、辺境に持ち帰れないのが残念です。家族や友人にも食べてもらいたかったです」

ミレニアが残念そうにため息をつく。

――ケーキは日持ちしないし、持って帰れないわね。焼き菓子なら長持ちするし、お土産にちょうどいいかもしれないわ。お店に着いたら、お願いしてみましょう。

きっとミレニアは驚きながらも喜んでくれるだろう。そう想像したら、ルチアも嬉しい気持ちになった。

四人はおしゃべりをしつつ、ドルティス通りへと歩いていく。

通りへと入ると、途端に食欲を刺激するいい匂いが漂ってきた。

スパイシーな香りやお肉の焼ける匂い、甘いお菓子の匂いなどが、店の前を通るたびにルチアたちの鼻を刺激する。

「お腹が空く匂いですねぇ」

ミレニアがそう言うと、アーサーが振り向く。

「そうだな。せっかくだし、ちょっと覗いていこうか」

アーサーの言葉にダグラスも頷き、チキンのローストが置いてある店先で足を止めた。

そこはレンガ造りの大きなお店だった。通りに面した窓からは豪快にチキンが焼かれているのが見える。

ここではパンに好きな野菜とローストチキンを挟んだサンドウィッチを販売しているらしい。肉汁滴るチキンがとても美味しそうだ。

通りに面したカウンターで販売をしていて、ここで商品を購入した人が近くのベンチに座って、サンドウィッチを頬張っていた。

「チキンだけじゃなくて、カップケーキやクッキーも売っているんですね」

カウンターの横に併設されている商品の棚を覗き込んだミレニアが驚く。

「変わった品揃えだな」

並んだ商品を見たダグラスが不思議そうな顔をした。

「最近は若い女の子が増えたから、こういうものも出してみたんだ。お嬢ちゃんもどうだい？」

恰幅の良い店主がカウンター越しにミレニアに勧めてくる。カップケーキを見てどうしようかなあ、と悩む彼女を微笑ましく思いながら、ルチアはミレニアの肩を叩いた。

「これからクロンヌに行くんですよ？」

「そうですよね。ケーキもありますよね」

ミレニアはルチアの言葉に頷くと、ケーキから視線を外す。今度はその隣に並ぶクッキーを眺め始めた。

クッキーはプレーンクッキーの他に、チョコやアーモンドが入ったものが小分けの袋に入れられて棚に陳列されている。

アーサーは店の周囲を観察しながら、店主を振り返った。

「若い女の子が増えたって言ってたけど、もしかして星の館《オブス・ステラ》の影響か？」

「そうそう。ひと月くらい前にできて、すぐに評判になったんだよ。ここら辺は食べ物屋ばかりだし、夜になると酒場も開くから男の客も多くてね。でもあのお店ができてからはすっかり変わっちまった。今じゃあ、どのお店も女性客を意識しているよ」

店主は商品棚に並ぶサンドウィッチを指さしなら「うちのサンドウィッチも女性客を意識して、野菜とか彩りを加えたんだ」と言って胸を張る。

一つどうだい？　とでも言うように身を乗り出す店主に、アーサーは苦笑する。

「なるほど。俺たちもさっき占いに行ってきたんだ」

「今日も盛況だったぞ。街が賑やかになるのはいいことだな」

楽しそうに通りを歩く人々を見て、ダグラスは何度も頷く。しかしそれを聞いた店主は顔を顰めた。

「だけどあの店は夜遅くまでやっているから、夜になっても通りを歩いているお嬢さんがいて心配なんだよ。用心棒みたいな男が立っているが、どうも柄が悪い」

「あぁ、確かに……」

アーサーも店先や店内にいた男たちの様子を思い出したのか、わずかに顔を顰めた。

お菓子を眺めるミレニアの隣で、ルチアはアーサーの横顔を見ていた。店主と話す彼は、以前同行した城下の視察の時と同じように気さくに振る舞っている。

婚約者としてルチアが一緒に出かける時には、いつもアーサーは上機嫌で「今日はデートだな！」とはしゃいでいて、ルチアは「お仕事ですよ」と窘めながらも、内心で嬉しく思っていた。

ルチアは国民と分け隔てなく接しているアーサーが誇らしかった。彼は記憶喪失になってからも、人に対する接し方は変わっていないのだ。

ただ一人、ルチアを除いて。

——ステラさんは殿下の記憶が戻るようなことを言っていたけれど、本当なのかしら……。

ルチアの胸に暗い気持ちが漂い始める。すると隣にいたミレニアが、急に明るい声を出した。

「決めました。このクッキーを明日のおやつにします！」

ミレニアはいそいそとカウンターに近づき、店主にチョコチップのクッキーが欲しいと告げる。

店主は微笑んでクッキーの袋を取ると、ミレニアに手渡した。

「このキャンディーはおまけ。美味しかったらまた来てね」

店主はそう言って包み紙に入ったキャンディーを、ミレニアの手に四つ渡した。ミレニアはお礼を言ってお会計を済ませると、四人は店を後にした。

ミレニアは貰ったキャンディーをルチアたちに配る。

「良い人でした。また行きたいなぁ」

「そうだな。サンドウィッチも気になるし」

ダグラスは手を振る店主に片手を上げて応えると、今度買いに行こう、と小さく呟いていた。

再び通りに戻って歩けば、やがてテラスに赤い日よけがせり出しているカフェが見えてきた。パティスリー・クロンヌだ。

やはり王都一の人気店であるため、カフェコーナーもケーキ売り場も人で溢れている。

「ここもすごい混んでいるな。入るまでに時間がかかりそうだ」

「アンナを先に行かせてあります。四人分の席は確保できていると思いますよ」

「本当に優秀だな……」

ダグラスの感心した様子に微笑んで答え、ルチアたちはお店に入る。

お店の店員は先に来ていたアンナから話を聞いていたのだろう。ルチアたちが姿を見せると、すぐに奥の席へと案内してくれた。

席を確保していたアンナは頭を下げてその場を離れようとする。

護衛たちのために用意された少し離れた場所に行こうとするアンナを引き留め、ルチアは彼女の耳に唇を寄せた。

「ありがとう。あちらでアンナも何か食べてね」

「しかし……」

「私からのお礼です。絶対に頼むのですよ」

仕事中だから、と断ろうとするアンナに念押しをする。彼女は遠慮しつつも、嬉しそうに頷いた。

それを確認して、席に着こうとアーサーたちのもとへと戻る。

アーサーとダグラスは、席に座らず待っていた。レディーファーストを守ったらしい。しかしルチアは少し困った顔で、二人に近づく。

「その……私、ちょっとお花を摘んでまいります。先にお座りになってくださいJ
席に座らず待っていた二人に、申し訳ない気持ちになりながら、ルチアは店内の奥へと行こうとする。

小さな声で告げた言葉を受けて、アーサーが護衛を呼ぼうとした。しかしそれをルチアは引き留める。

「店内ですし、大丈夫です。すぐに戻りますから」

「しかし、目の届かないところに行かれると不安です」

「男の人が近くにいると、私が嫌です。離れたところに立っているなら、ここと同じではないですか？」

「それならアンナを呼ぼう」

アーサーに呼ばれて、アンナがすぐにルチアのもとに戻ってくる。せっかく座ったのに、また立たせることになって申し訳ない気持ちになった。

二人でお手洗いへ向かおうとしたところ、ミレニアも行きたい、とこっそり言ってきたので、三人連れ立って店内の奥へと向かう。

「ルチアさん、先にどうぞ」

扉の前でミレニアにそう言われ、ルチアが先に個室の中へと入った。用を済ませ、手早く身支度を整える。

ドレスの裾を直していると、壁からドンっという何かがぶつかる音が聞こえた。

「ミレニアさん？　どうしたのかしら」

音は大きくはなかったが、個室の外からだったように思える。

ルチアは手を洗った後、個室の扉を開け――目の前に広がる光景に目を丸くした。

「え――？」

そこには床に倒れ伏すアンナとミレニアの姿があった。二人は意識がないのか、ぐったりとしている。

「ミレニアさん？　大丈夫ですか！　アンナもいったいどうして……」

二人が倒れている理由が分からず、慌てて傍に駆け寄り膝をつく。顔色を見る限り、眠っているだけのようだ。

――でもなんで急に……。そうだ！　助けを呼ばないと。

倒れた理由は分からないが、このままにはしておけない。そう思ったルチアは客席に戻ろうとして――背後から誰かに羽交い絞めにされた。

突然のことに驚き、悲鳴を上げようとしたが、すぐに口元を布で覆われる。

――誰⁉

身をよじって離れようとするも、相手はビクともしなかった。必死に視線を動かせば、傍にもう一人男が立っていることに気がつく。

体格の良い、威圧感漂う風貌の男。ルチアは彼を見たことがあった。ついさっき、星の館《オブス・ステラ》の入り口近くで。

――星の館《オブス・ステラ》にいた用心棒？　彼がなんで……。

ルチアは状況が読めないでいた。自分を拘束している男たちは、店には聞こえないような小さな声で口論を始める。

「おい、女が三人いるなんて聞いてないぞ！　全員は連れていけない。どうすんだ！」

「落ち着け。当初の予定通り、星の館《オブス・ステラ》に来ていた二人を連れていく。滅多にいない上玉だ。高値で売れるぞ」

「くそっ。もう一人の女はどうする？　殺すか？」

「そんなことをしたら血の臭いですぐに周囲に気づかれる。どこかに押し込んでおけ。攫われたことに気づかれても、どうせ足跡は辿れないだろう。急げ、時間がないぞ！」

男たちの話が見えないルチアは、ただ恐怖した。何が起こっているのだろう。分からないが、最悪の事態が起こっていることだけは理解できた。

どうしようと焦る気持ちとは反対に、意識が混濁し始める。どうやら口元に当てられている布に、眠り薬が仕込まれていたらしい。身体から力が抜けていく。

最後に見たのは、星の館《オブス・ステラ》の用心棒が、ミレニアを肩に担ぎ上げているところだった。

第七章

──遅い。あまりにも遅い。遅すぎないか？

アーサーはルチアたちが向かった店の奥を睨みつけながら、イライラしていた。

「そんな顔をするな。他のお客さんが怯えるだろう」

「ルチアの姿を見るまで安心できない」

「そのルチアも、今のお前の顔を見たら怯えると思うが……」

ダグラスの言葉に、アーサーは深呼吸をして心を落ち着かせることにした。

何気なく店内を見回し、違和感を覚える。

──今、何かが通ったような……。

違和感の正体を摑むためにもう一度店内を見回すと、ケーキのショーケース前でお会計している女性が目に入った。

フードを目深に被っていて顔は分からないが、商品を受け取るために差し出した腕が見える。

「あれは……」

少し色の濃い肌。この辺りでは見ない肌色だ。遠くの砂漠地帯の多民族国家に、彼女のような肌を持つ人々が暮らしていると聞いたことがある。

ラージア国では旅芸人一座などで見かけることがあった。そして、アーサーたちは彼女と同じ肌を持つ女性に会っている。

「星の館《オブス・ステラ》にいた子か？　お使いで来たのか」

女性は商品を受け取ると、すぐにお店を出た。そのまま星の館《オブス・ステラ》がある方とは逆方向へと歩き出し、店の裏手の方へと姿を消したのが窓越しに見えた。

――他にもお使いがあるのか。

何気ない行動だ。怪しいところなど何もない。だがアーサーはなぜか、彼女のことが妙に気になった。

「それにしてもルチアたち、少し遅いな」

ダグラスの言葉に、アーサーの意識が再びルチアたちへと引き戻される。

窓から視線を外す瞬間、消えた彼女が大きな布袋を持った男たちと店を離れるのが見えた気がした。

アーサーは居ても立ってもいられなくなり、護衛に確認してくるように指示を出す。

しばらくすると護衛が焦った様子でアーサーとダグラスを呼んだ。

「どうした！」

「それが……」

護衛は困惑した顔で二人を見る。

「何かあったのか？　ルチアたちは？」

「分からないんです。お姿が見えなくて……。扉を叩いてお声がけをしたのですが、返事がないのです」

アーサーはすぐに女性用お手洗いの扉を叩く。反応は返ってこない。

「ルチア、いるのか？　アンナ？」

待っても応答はなかった。中の様子を窺うが、物音一つしない。というよりも、人の気配が感じられなかった。

さすがにアーサーたちが中に踏み込むわけにはいかないので、護衛に店員を連れてくるように指示を出す。

店員はアーサーの突き刺さりそうな視線に怯えながら、扉の向こう側へと消えた。しかしすぐに困ったような表情で、戻ってくる。

「あの、誰もいないです」

「え？　誰も？　ふわふわのベージュブラウンの髪にヘーゼルの瞳を持つ、美しく聡明《そうめい》で照れたように笑う姿がとても素敵な女性がいるはずなんだが」

「怖いぞ。聡明って、見た目では分からないだろう。中を確認しても構わないかな？」

「あ、どうぞ」

店員の許可を貰い、二人は中へと入る。隅々まで確認したが、ルチアもミレニアもアンナの姿もなかった。

アーサーはルチアたちがいないと確認した瞬間、護衛たちに店舗内の捜索を指示した。鬼気迫る様子に、彼らは全力で探し始める。

「殿下！　こちらに来てください！」

お手洗いがある場所よりさらに奥の廊下から、護衛が呼ぶ声が聞こえた。角を曲がると、手前と突き当たりの奥に扉がある。

護衛はその手前の扉を開けた状態でアーサーのことを待っていた。彼らに促されるまま、その部屋を覗く。

そこはいわゆる備品用の物置部屋だった。扉近くには掃除道具やタオルや石鹸《せっけん》などの消耗品が置いてあり、部屋の奥には予備と思われる机や椅子などが積んである。その部屋の床にアンナは両手を縛られて転がされていた。

物置部屋の扉を開けた途端、独特な匂いが鼻をかすめる。

ダグラスがすぐに縄を解き、アンナの肩を軽く叩いて呼びかける。

「アンナ、しっかりしろ。アンナ！」

「……うっ」

何回か軽く肩を叩くと、アンナの顔が苦しそうに歪む。それからゆっくりと目を開けた。

状況が読めないのか、ぼんやりとダグラスを見つめ、隣で顔を覗き込んでいるアーサーのことも見返す。

「アンナ、何があった。ルチアたちはどうしたんだ？」

「ルチア様……？」

ぼんやりとアンナが呟く。

やがて意識がはっきりしてきたようで「お嬢様！」と叫んで立ち上がろうとした。しかし急に動こうとしたため、立ち眩みがしたのか、頭を押さえて再び膝をつく。

「無茶をするな。誰か、水を持ってきてくれ」

ダグラスの言葉に、一人の護衛が水を貰ってくる。アンナはそれを飲むと深呼吸をした。

「落ち着いたか？　何があったんだ？」

「それが急に眠気に襲われて……。お嬢様はどこですか？　無事ですよね？」

取り乱したアンナがアーサーの周辺を確認する。そこにルチアの姿はなく、アーサーが苦痛に満ちた顔をしているのを見て、顔色を青ざめさせた。

「そんな……」

「何があったか、詳しく話してくれ」

「えっと、あの時お嬢様が個室に入って、私とミレニア様は外で待っていたんです。そこにふらふらとこちらに歩いてくる女性がいまして、その人が私たちの前で膝をついたので、私たちは慌てて女性の傍に駆け寄って具合を見ていたら、急に背後から何かを口元に押し当てられて……」

薄れゆく意識の中で、目の前で具合が悪そうにしていた女性が立ち上がったのが見えた。彼女は嘘をついていたのだ。

隣にいたミレニアは脱力した様子でぐったりと項垂れていた。アンナは必死に拘束から逃れようとするが、暴漢から逃れることができなかった。

膝をつくと同時に、アンナの意識は遠のいた。次に目が覚めたのは、ダグラスに肩を叩かれた今だ。

「殿下、お嬢様はご無事ですよね……？」

縋るように言うアンナに、アーサーは答えることができなかった。険しい顔つきのまま、すぐに護衛を呼び、伝令として第三部隊と第四部隊の部隊長のもとへと走らせる。

「すぐに王都を封鎖しろ。身元確認なしに、ネズミ一匹出すな。俺の執務室に近衛隊長を呼び寄せておけ」

護衛たちが矢のように店から飛び出した。アーサーは手がかりがないか、物置部屋の中を隅々まで観察する。

しかし掃除用具や備品が雑然と置かれているだけで、痕跡と呼べるようなものは何もなかった。諦められなくて、部屋の中をしぶとく歩き回った。

――何もないか。しかしこの香り……。

微かに嗅いだ覚えのある匂いだった。しかし記憶の奥底に沈んだそれを、アーサーは思い出すことができない。

ルチアを失った焦りと思い出せない苛立ちから、思わず壁を思いっきり殴った。痛みを感じて冷静さを取り戻すが、すぐにまた焦燥感が全身を襲う。

「落ち着け。とにかく落ち着け。とりあえず城に戻ろう。情報も執務室に届くようにする。冷静になって考えれば対策が立てられるはず。そうすれば、すぐに取り戻す手立てが……」

肩に手を置いてきたダグラスを見れば、顔が青白くなっていた。幼馴染みの情けない姿に、つい気が抜けると同時に落ち着きを取り戻す。

「お前が落ち着け。そうだな。城に戻ろう。それまでには……俺の頭も冷えているだろう」

アーサーはそう言ってさっさと店から出た。ダグラスは未だふらつくアンナを支えながら、店の前まで来るように伝えていた馬車に乗り込む。

出せる最大速度で城へと戻った。凄まじい勢いで走り抜けていく馬車に、道行く誰もが驚いていた。

城に戻ったアーサーは目撃者であるアンナを連れて、そのまま自分の執務室に向かう。ダグラスは各部署に報告してから行く、と言って別れた。

執務室に入ると、すぐに書記官たちが書類を持って入室してくる。それはここ最近、王都に入国した商人や旅人などのリストだ。また同様の誘拐被害がないか、調べた結果の報告も上がってきている。

護衛から話を聞いて、すぐにこれだけの量をまとめてくれたのだろう。王太子付きの書記官たちは優秀だ。

「やはり誘拐の件数が増えているな。偉大な鴉《マグナ・コルウス》関連か。しかし狙われたのは年齢も性別も様々だな。さすがに子どもが多いみたいだが……」

アーサーは報告書を読んで、唇を噛んだ。

書記官がまとめた報告書には、ここ数カ月の誘拐と思われる事件や、失踪件数が載っている。子どもは性別や階級問わずいなくなっているが、十代後半になると女性ばかりが失踪していた。

「もしや偉大な鴉《マグナ・コルウス》は、考えていたよりも前から王都に潜伏していたのか？」

偉大な鴉《マグナ・コルウス》の主な活動は人身売買だ。ラージア国では、集めた商品を捌《さば》くために入国したのだと思っていたが、ここでもしっかりと仕事をしていたらしい。

――もし、ルチアたちがこの組織に誘拐されているとしたら、急がないと。これだけ多く誘拐されていれば、売買に必要な人数がもう揃っていてもおかしくないだろう。そろそろ取引を終えて、移動されてしまうかもしれない。

アーサーは彼らが国外逃亡することを危惧していた。

偉大な鴉《マグナ・コルウス》は今まで、実態を掴ませないように慎重に行動していた。何カ国も渡り歩いている割に情報が少ないのは、組織の指令系統がしっかりとしており、人員の教育も徹底されているからだろう。

しかし今回、誘拐犯はアンナという目撃者を残していった。これまでまったく痕跡を残さなかった手際の良さを考えると、彼らが犯した初めての失態と言えた。

彼らはこの失態を、放置したりしない。アーサーには確信があった。

たとえどんな小さな失敗でも、彼らは最悪の事態を想定して動くはずだ。そうでなければ、今まで組織が生き延びることも大きく成長することもないからだ。

アーサーは書類に目を通しながら、憔悴《しょうすい》した表情で佇《たたず》むアンナに問いかける。

「アンナ、どんなことでもいい。何か気になったことはないか？　ほんの些細《ささい》なことでも、聞いた言葉とか」

アーサーに言い募られ、アンナも必死に記憶を辿る。

「言葉は何も……。腕を掴まれた力と、背中に感じる大きさは男性のものでした。体格の良い大人の男の人です」

「体格か。騎士みたいな？」

「そうですね……近衛兵の方々よりもっとがっしりしていたと思います」

「他には？　匂いとか」

「匂い……」

アンナは目をつぶって考え込み始めたが、すぐに何かに思い当たったようにパッと目を開けた。

「そういえば、しゃがんだ女の人から匂いを感じたんです。甘いムスクとほんのりと薔薇の香りが。

……どこかで嗅いだ匂いだったんですけど……」

「薔薇……」

アンナの言葉に、アーサーもあの店の物置部屋で感じた匂いを思い出す。確かに薔薇のような香りだった。もっとも本当に微かだったので、アーサーがそう思っただけで、違う匂いだったのかもしれない。

「女の特徴は？　そいつも仲間だろう？」

「私が意識を失う直前、立ち上がったのが見えたので、仲間だったと思います。特徴といっても、上着を着て、フードも被っていましたし……」

顔はよく見えなかった、と肩を落として呟くアンナの肩を叩き、アーサーは彼女を労る。

あの状況でよくそれだけのことを覚えていた、と感心するくらいだ。本当だったら、大事な主人を見失い、泣き叫びたいほど取り乱すところだろう。

しかしアンナはルチア捜索のため、自分の感情を抑えて、気丈に振る舞っているのだ。

「ありがとう。もう座って休んでくれ」

アーサーはアンナに窓辺のソファを勧める。アンナは遠慮していたが、顔色が悪いことを指摘すると大人しく座ってくれた。

とにかく何か手がかりがないか、とアーサーが思考を巡らせた時、執務室の扉が大きな音を立てて開いた。向こう側からダグラスが飛び込んでくる。

「何か進展は？」

「王都の検問には、怪しい奴は引っかかっていない。検問を敷いた時間を考えると、そんな遠くへは逃げていないと思うが……」

「ダグラス、俺はこの事件、あの組織が関わっていると思う」

アーサーの言葉にダグラスも大きく頷いた。それから手に持っている書類を机の上に広げた。

そこには名前が書いてあり、ところどころ赤い丸で囲まれている。

「これはここ最近、王都で失踪したと思われる者たちのリストだな。この丸はなんだ？」

アーサーはリストをパラパラとめくり、怪訝な表情でダグラスを見る。

「今日、王都を巡回させていた第三、第四部隊には、ついでに失踪者の家族からの事情聴取や消えた場所での聞き込みをさせていたんだ。それで今、その成果を聞いてきた」

「報告はなんだったんだ？」

「共通点を見つけた。この赤い丸がそうだ」

ダグラスに言われて、アーサーはもう一度、用紙を確認する。

リストの赤丸は主に女性についていた。王都在住の下級貴族の娘や、一般人と思われる名前が並んでいる。アーサーには共通点が見えなかった。

「……もったいぶらずに教えろ」

「星の館《オブス・ステラ》なんだ、共通点は！」

「は？」

「彼女たちは、占いに行った後に失踪しているんだ。占いからの帰り道や、その翌日に」

「まさか……」

思いがけない言葉に、アーサーは驚く。

偉大な鴉《マグナ・コルウス》は、星の館《オプス・ステラ》に来店した客の中から商品になりそうな人間を物色していたのだろうか。

突拍子もない発言だったが、偶然として片づけるには、失踪した数が多すぎた。あの店の近くで活動をしているかもしれないことを視野に入れて動くべきだろう。

「それなら、星の館《オプス・ステラ》周辺を優先的に探索してくれ。何か手がかりがあるかも――」

「あっ！」

アーサーが執務室に来ていた近衛隊長に指示を飛ばそうとした瞬間、ソファで休んでいたアンナが大きな声を上げた。その声の大きさに一同がビクッとして固まる。

アンナは興奮したように立ち上がり、アーサーの方へと近寄ってきた。その勢いに、アーサーは少し圧される。

「アンナ？　どうした？」

「女の人で思い出したのですが」

「うん？　女？」

「助けようとした時、肌が見えました。少し浅黒い、日に焼けたような肌色でした。この辺りでは見ない色だったので、印象に残っていました」

「浅黒い、日焼けしたような肌……」

アーサーはそれを聞いて、深く考え込む。

――どこかで見たような……。

記憶の糸を手繰り寄せ、アーサーは天啓のように閃《ひらめ》いた。

「そうか！　星の館《オブス・ステラ》の女だ‼」

突然の大声に、アンナとダグラスがビクッとなる。

興奮したように叫ぶアーサーに、ダグラスはおずおずと歩み寄る。

「アーサー？　星の館《オブス・ステラ》の女ってなんのことだ？」

「カフェでその女を見たんだ！　フードを目深に被っていたが、袖口から見えた肌の色は濃かった。

アンナが見たのは、俺が見た女ときっと同じだ」

「それはつまり……」

「女とルチアを誘拐した男たちは共犯ということだろう。おそらく女が気を引いて、男がその場から連れ出したんだと思う」

アーサーはアンナに女の服装や仕草などを確認する。そしてやはり同一人物だと確信した。さらにアーサーはあの女性を、他の場所でも見ていることに気づいていた。

「あの女、星の館《オブス・ステラ》にもいたんだ。奥の部屋に案内する時に、カーテンを持ち上げていた奴だ」

アーサーの言葉に、ダグラスも黙って考え込んでいるようだが、記憶にないらしく、肩をすくめて首を横に振った。

「ダメだ。俺はさっぱり覚えていない。しかしアーサーがそう言うのなら、間違いなくいたのだろう」

ダグラスの言葉には、彼に対する絶対の信頼があった。

実際、アーサーの記憶力はずば抜けていて、一度聞いたもの、見たものは忘れないのだ。

ダグラスは考えを整理するように、ぶつぶつ呟きながら部屋の中を歩き回る。

「アーサーが見た女が、アンナの見た女で？　その女が星の館《オブス・ステラ》にいて……星の館《オブス・ステラ》に来たお客が誘拐されていて……」

呟きながら、ダグラスの顔が歪んでいく。一つの恐ろしい仮説が成り立つことに気がついた。

「アーサー、これはまさか……」

「おそらくお前が考えている通りだろう。偉大な鴉《マグナ・コルウス》は星の館《オブス・ステラ》の周辺で活動しているんじゃない。星の館《オブス・ステラ》こそが活動拠点なんだ」

アーサーの言葉に、部屋にいる全員が息を呑んだ。

王都に堂々と出していたお店が、犯罪組織の一つだったということは驚くべき事実だ。知らない間にラージア国は、敵を身の内に抱き込んでいたことになる。

「すぐに星の館《オブス・ステラ》に突入しろ！　お店の中にいる人間、全て捕らえて店舗内をくまなく探すんだ！」

ダグラスの怒号に、近衛隊長が部屋を飛び出した。途中で市中にいる他の部隊と合流し、店へと突入することになるはずだ。

アーサーは椅子に深く座り込み、思考の海へと潜っていく。おそらく店にはもう、誰もいないだろう。

「星の館《オブス・ステラ》は偉大な鴉《マグナ・コルウス》のアジトってことか？」

「ただの出先機関だろう。攫う人間の品定めをしていたんだと思う。もしくは買い手との商談場所とかだな」

「なるほど。あの占いの部屋に入ってしまえば、外に話は漏れないもんな。ということは占い師も仲間か？　占いは適当だったってことか？」

「占いが適当だったと思うか？」

アーサーの言葉にダグラスが返事に詰まる。それが答えだった。

占い師のステラは、占い方法こそ胡散臭かったが、内容はまともだった。話を聞いた全員が、心当たりがある、という顔をしていたのがその証だ。

「占いは本物だと思う。評判は良かったし、そもそも評判にならなくては意味がないんだよ」

「どういうことだ？」

「反響が大きくなれば、様々な人間が占いを受けに来るだろう？　効率よく物色するには最適な環境だ。街をうろついて人ばかり見ていると、どう考えても目立つからな。それがよそから来た人間ならなおさらだ」

「確かに。一定数以上の人間を観察するには、ちょうどいい場所だな。人相が悪いのがいると感じたが、用心棒だと思っていた。あれが組織の人間だったってことか」

「星の館《オブス・ステラ》を運営していた人間は、全員組織の人間だろうな」

店舗は非常に広かった。占いという業務内容から考えると、大きすぎるくらいだった。

おそらくあの店舗は様々なものを置いておくのに便利な場所だったのだろう。見えなかったバックヤードには盗品や誘拐した人間を隠していたのかもしれない。

店舗というのは都合の良い存在だ。人の出入りが激しくても目立たないし、物の搬入出が多くても誰も注目しない。さらにあの場所はメイン通りへも近く、物流に適していた。

「賢いな。嫌になるくらい、賢い」

「他の国でも似たような手口で潜伏していたんだよな。なんで噂にならなかったんだ？　期間限定の占い師がいて、誘拐が頻発していたら、さすがに関連性を疑いはしないか？」

「国ごとに手口を変えているんだと思う。その国に合わせた形で潜入するんだろうな。ラージア国は人の流入が激しい。周辺諸国の交通の要である以上、商隊がこの国に入って再び出ていくまでに、期間限定の店を開くのは当然のことだし、それが急になくなっても誰も気にしない。上手いこと考えたな」

「感心してどうする……」

アーサーはため息をこぼしつつ、嘲笑する。そんなアーサーを見て、ダグラスががっくりと項垂れた。

次々と上がってくる報告を聞きながら、アーサーは着ていた上着を脱いだ。傍で控えていた侍従にそれを手渡そうとした時、何かが手に触れる。

上着のポケットを探れば、ピンクのリボンがついたサシェが出てきた。星の館《オブス・ステラ》で貰ったサシェだった。

なんとなく手の中で弄び、その匂いを感じる。懐かしい匂いがした。

「薔薇の香り……」

不思議だと思った。なぜかこの香りに惹かれるのだ。香りであれ意匠であれ、薔薇が用いられたものを見つけると、つい手に取ってしまう。

アーサーにはその理由が分からなかった。しかしこの香りを嗅ぐと、温かくて大切な何かを思い出しそうになる。

「アーサーはローズウッドの香りを選んだのか。ま、そんな気がしていたが」

「え？　なんでだ？」

「だってルチアが好きな香りだろう？　ルチアも選んでいたから、お前もそれにしたんだと思った」

その言葉にアーサーは驚いた。

ルチアがこの香りのサシェを選んでいたとは知らなかった。籠を渡されてみんなすぐに選んでいたから、アーサーもなんとなく手に取ったのだ。ルチアとお揃いにしようとまでは考えなかった。

——本当に？　本当にそうか？　それならなぜ、俺はこの香りを選んだ？　別に薔薇が特別好きだというわけではない。それなのになぜ……。

薔薇の香りを嗅ぐたびに、何かが記憶の蓋をこじ開けようとする。辺り一面に咲く薔薇と温かな日差し、煌めく水面と傍に立っている女の子。そんな景色が思い浮かんだ。

「俺、子どもの頃にルチアに会ってた？」

そう呟くとダグラスが目を見開く。

頭に浮かんだ景色に立っていた少女は、笑った顔がルチアに似ている気がした。

「アーサー、もしかして記憶が——」

ダグラスがアーサーに問いかけた瞬間、執務室の扉が外側から慌ただしく叩かれる。部屋に入ってきたのは、伝令係だった。

「殿下！　星の館《オブス・ステラ》に突入しましたが、もぬけの殻でした！　人も荷物も何もありませんでした。というより、人がいた痕跡もなく……」

「なんだと！　場所を間違えたんじゃないのか！」

ダグラスは伝令係からの報告に苛立っていたがアーサーは納得した。

やはり賢い。危険を犯す真似《まね》はせず、とっとと店を引き払ったようだ。もちろんどんなに探しても証拠や痕跡は見つからないだろう。

「どうする？　手がかりがなかったら見つけられないぞ」

ダグラスが早口で聞いてくる。

「店で見かけた女を探す。手引きしていたことを考えると、定期的に外に出て行動しているはずだ」

「そんなこと言ったって、そんなのいつ見つかるか分からないじゃないか。そもそも見つかるのか……」

「異国の女だから、人の印象には残っているだろう。いつも目深にフードを被っているっていうのも昼間じゃ目立つしな」

「そんな簡単に見つかるのか？」

胡乱《うろん》げなダグラスに、アーサーはニヤリと笑う。

「今日の護衛は特別編成なんだ」

「……まさか」

ダグラスが執務机の上に置いてある護衛リストを確認すると、隠密《おんみつ》部隊として、第四部隊が総動員されていた。

アーサーは扉近くに控える伝令係に指示を飛ばす。

「当初の予定通りに動け。奴らのアジトを見つけても勝手に動くなよ。俺が行くまで見張っておけ。誰か一人でも逃がしたら……」

そう言ってアーサーは綺麗な笑みを浮かべた。

伝令係は無言の圧力を感じ取ったのだろう。ビシッと敬礼をすると、凄まじい勢いで部屋を飛び出していった。

アーサーは手に持っていたサシェを見下ろす。

「ルチアに傷一つでもつけてみろ。……生きてこの国から出ることはないと思え」

凄むアーサーの手の中で、サシェがくしゃりと潰れた。

◇　◇　◇

身体の痛みを感じて、ルチアは目を覚ました。右半身がすごく痛い。それに動きにくかった。

どうやら床に転がされていたらしい。痛む頭に顔を顰めながら、身を起こした。

「ここは……」

見回した部屋は広かった。置いてある明かりは一つだけで、部屋の隅までは届いていない。薄暗い闇が辺りを不気味に支配していた。

「よかった。目が覚めたんですね」

「ミレニア様！」

背後から安堵したようなミレニアの声が聞こえて、ルチアが慌てて振り返る。そこには弱々しく微笑むミレニアがいた。

「怪我はしてないですか？」

素早くミレニアの全身を確認するが、大きな怪我はしていないようだ。手足を縛られている様子もない。

「私は特に怪我していないです。少し頭が痛むくらいで」

「薬のせいですね。眠り薬を嗅がされたみたいですから」

目覚めた時から頭に鈍痛を感じた。薬の副作用だろう。

ルチアは自分の身に何が起こったのか思い返す。ミレニアたちとお手洗いに行って、出てきたら二人が倒れていた。その光景に驚いているうちに、後ろから羽交い絞めにされて――。

「誘拐されたのね」

「そうみたいです」

「いったい誰が……」

ルチアは捕まった時のことを思い出そうとしたが、頭がぼんやりしてそれ以上のことは分からない。

ふと、アンナが見当たらないことに気づいた。

「アンナは一緒ではなかったのですか？」

ルチアの言葉を、ミレニアは力なく否定した。彼女が目を覚ました時、アンナの姿はなかったらしい。

――アンナ、倒れていたけど大丈夫かしら。無事だといいんだけど……。

脳裏に昏倒《こんとう》していたアンナの様子が浮かぶ。ピクリとも動かなかった姿に、嫌な想像が脳内を駆け巡った。

それを振り払うように心を落ち着かせ、大きく深呼吸をする。

「気をつけていたのに……浮かれていたってことかしら……」

ルチアはまんまと誘拐された自分を恥じた。

自分がこの国で最重要人物の一人である自覚はある。ルチアの周りには様々な警備が用意され、日夜彼らが危険から守ってくれていた。

それを理解しているからこそ、普段は軽率な行動は控え、周囲への警戒は怠らないようにしていた。

――今日は気が緩んでいたわ。王都観光を楽しむのに夢中だった。殿下が一緒だったから、何も起こらないと思っていた。

アーサーはルチアの前では暴走しがちだが、剣術の腕前は騎士たちと比べても遜色はない。呑気《のんき》に構えているようで、常に警戒を怠らず、問題が発生する前に排除できる男だ。

そんなアーサーがべったり張りついているので、ルチアは自分でも気づかないうちに安心していたのだろう。

「私を誘拐するなんて、王家に叛意《はんい》があるということかしら。この国にそんな家があるとは思えないんだけど……」

「それなんですけど、犯人はルチア様が王家関係者だとは知らないと思います」

「え？　どういうこと？」

それならなぜ自分が誘拐されたのか、不思議に思ってミレニアを見れば、彼女はルチアの背後を指さした。

ルチアは後ろを振り返って見て、そこに広がる光景に驚いた。

部屋の隅の暗がりに身を潜《ひそ》めるように女の人や子どもがいた。服装や年齢は様々だが、みな身体を縮こまらせて怯えている。

「これはまさか……」

「他に誘拐された人たちみたいです。私が目を覚ました時には、もうここにいました」

誘拐という言葉に、ルチアの心臓が嫌な音を立てる。

まさかラージア国でそんなことが起こっていたなんて、という思いが湧き起こるが、目の前の事実は弥《いや》が上にも真実を告げてくる。

ルチアは立ち上がり、ゆっくりと座っている女の子へと近づいた。彼女は怯えた表情になり、奥へと身体を引きずって逃げようとする。

「ごめんなさい、驚かせるつもりはなかったの。あなたが嫌なら、ここから先へは近づかないわ」

ルチアは歩みを止める。その場に膝をついて、安心させるように微笑んだ。

すると彼女も逃げるのをやめ、ルチアの方を窺い見る。

「ありがとう。お名前を聞いてもいいかしら」

「…………ハンナ」

「ハンナというのね。私はルチアよ。よろしくね。一つ、聞いてもいいかしら」

「……何?」

「あなたはいつ、ここに来たの？」

「三日前。捕まったのは一週間前くらい。ずっと馬車に乗せられて移動してた。ここに閉じ込められてからは、移動してない……」

それだけ言うと、ハンナは泣きそうな顔をした。大人びた表情をしているが、話をする様子から、ルチアより年下なのだろう。

――ハンナは捕まった、と表現した。やっぱり誘拐されたのね。でも目的は何？　身代金のためというわけでもないみたい……。

ハンナが身に纏っている服は、一般庶民が着ているものだった。他の子も上等な服を着ている子は少ない。綺麗な服の女の子もいるが、ごく少数だ。

どの子も怯えた顔をしている。よほど怖い目に遭ったようだ。それに顔立ちが整っている子が多いような気がする。

ルチアは嫌な予感がした。

「ハンナ、あなたはどこに住んでいるの？」

「モーリス領のレニスって街」

それはラージア国の南部に位置する領の名前だった。王都までは馬車で四日ほどの位置にある。

ハンナが捕まってからここに来た日数とほぼ同じだ。ルチアの体感的には誘拐されてから一日も経っていない。

――どうやら私たちは王都を出たわけではないみたい。それでもどこに連れてこられたのかは分からないけど。

犯人の目星もついていない今、遠くに連れ出されたわけではないという事実は朗報だった。

「連れてこられた子たちはここにいる子たちで全部？　他にもいるのかしら」

「たぶん……。でも何日かに一回、数人が連れ出されるみたい」

「なんですって？」

「よく分かんないけど、男の人が来て、私たちの中から何人か選んで、どこかに連れていくって。連れていかれた子は……戻ってこなかった」

そう言ってハンナは自分を抱き締めるようにして今度こそ泣いた。恐怖が押し寄せてきたのだろう。

ルチアがハンナの手を取ると、彼女は涙を止める術を忘れたかのように、声を殺して泣いた。

ミレニアもルチアの傍に膝をつき、怯える子どもたちを見る。

「ルチア様、これって……」

「ここではダメ。向こうで話しましょう」

ルチアはミレニアを制止すると、ハンナを他の子に任せ、子どもたちから離れた。二人はお互いの顔を近づけ合って小さな声で会話をする。

「ルチア様、あくまで仮説なんですけど……。これって人身売買だと思います。集められているのは子どもや女の人ばかり。見た目も良いですし、大人しそうな子たちです」

「悔しいですが、私も同意見です。この国で人身売買が行われていたなんて……！」

気づけなかった自分が腹立たしい、とルチアは思った。

ラージア国は治安が比較的良いことで有名だった。国民も国家もそのことを誇りに感じていた。

そんな国で、人身売買やそれを目的とした誘拐が行われているなんて、思ってもみなかった。

——なんとかここを脱出して、みんなを逃がさないと。

ルチアはもう一度、捕らわれている人々を確認する。子どもたちの中には、ラージア国民ではない子たちもちらほらいるみたいだ。

「まさか他国で誘拐された子もいるの？」

「え？　他国ですか？　わざわざラージア国まで連れてきたってことですか？」

「……ここが初めてではないのかも」

ルチアはそう呟いて、顔を青ざめさせる。

他国でも誘拐や人身売買をしているとしたら、相手は手練《てだ》れだ。競売から逃亡まで、素早く済ませる可能性がある。

見たところ、捕らえられているのは、ルチアたちを含めて八人だ。ルチアはもちろん人身売買で取り扱われる人数なんて知らないが、この人数が少ない、という可能性は低いだろう。

ルチアはもう一度、ハンナのもとへと向かった。

「ハンナ、教えて欲しいことがあるの」

「何？」

「何日に一回か、男の人が来るって言っていたわよね？　それってどれくらいの頻度か分かる？」

「ここに閉じ込められてから、日付の感覚が分からなくて」

「それでもいいの。だいたいでいいから、教えて」

「たぶん、三日くらいだと思う。他の子もそう言ってた」

「前にいつ来たか、覚えている？」

「私がここに入れられた時だよ。私を放り込むと同時に、四人連れて出ていった」

その言葉に真っ青になった。

ハンナがここに来たのは三日前だと言っていた。つまり今日か明日には次に競売にかけられる子が連れ出されてしまうのだ。

ルチアは必死に思考を巡らす。しかし考えが空回りするばかりで、何も思い浮かばなかった。

部屋は地下にあるのか窓もなく、場所どころか今が昼なのか夜なのか、それすらも分からない状況だ。

誘拐した人間がどんな人たちなのか、人数も規模も分からない。

焦りと苛立ちを抱えたままルチアは部屋を歩き回り、ふと何かを感じた。

「この匂い……」

嗅いだことのある匂いを感じて、ルチアは子どもたちがいるところとは反対の部屋の隅へと歩を進める。進むたびに匂いはどんどん強くなっていく。

部屋の隅には大きな木箱が積み上げられていた。匂いはその中からする。

ルチアが木箱を睨みつけていると、ハンナが遠慮がちに声をかけてきた。

「その箱、お姉さんたちと一緒に運ばれてきたんだ」

「え？　私たちと一緒に？」

「うん。怖い顔の男の人たちが次々と運んで、積み上げてた」

ルチアは再び木箱に向き直る。漂う香りを嗅いで、星の館《オブス・ステラ》だ、と呟いた。

木箱から香る匂いは、占いの時に感じたものと同じだ。

甘いムスクと、微かな薔薇の香り。好きな匂いだったので、ルチアは覚えていた。

――これが一緒に運ばれた、ということはあの星の館《オブス・ステラ》と何か関係あるの？

ルチアは星の館《オブス・ステラ》で見聞きしたことを思い出そうとしたが、手がかりになりそうなことはなかった。

ミレニアにも聞いてみるが、彼女は小さく首を横に振る。

「特に変に思ったことはありませんでした。でもルチア様の言う通りなら、ここは星の館《オブス・ステラ》の地下室なんでしょうか」

「違うと思うわ。この部屋が地下だとしたら、こんなに広い空間を持つ建物を、王都内には造れないはずなの」

「そうなんですか？」

「王都内の商業施設は王国建築法で地下空間の大きさが制限されているのよ。こんなに広い空間を王都で造ろうと思ったら、貴族街の大邸宅か、王都郊外の土地くらいね」

「貴族街の大邸宅ですか。それはもちろん高位貴族ですよね？」

「そうね。でもまさか高位貴族が自宅でこんなことをしているとは思えないわ。人の出入りは見られるし、頻繁に荷物の運搬があれば、目立つと思うもの」

「確かに。それじゃあ王都郊外ってことですか？」

ミレニアの言葉にルチアは頷いた。

しかし移動時間を考えると、王都からはるか遠くに移動した可能性は低い。荷物とともに移動したなら、なおさら長距離は無理だろう。

それに王都のすぐ近くの郊外には使われていない屋敷も数多くある。朽ちていない空き家なら、少し手を加えれば、十分隠れ家として住むことができる。

「いったい誰がこんなことを……」

「それは分からない。でもまともな人たちではないでしょうね」

ハンナの話を聞く限り、犯人たちは手際が良く、仕事が正確であることが窺えた。このような悪事に手を染めることにためらいがないのだろう。

——とにかく、ここから脱出しないと。殿下たちも探してくれていると思うけれど、手がかりがあるとは思えない。

攫われた時、あっという間に身体を拘束された。意識がなくなるまでの少しの間も、まったく身動きができなかった。背後から拘束してきた男は、的確に押さえ込んでいたのだ。

あの手際から考えると、何か痕跡を残しているとは思えなかった。

「なんとか脱出したいけれど、ここがどこかも分からないし、敵の人数も分からないわ。下手に飛び出して、大人数に囲まれたら何もできないし、そもそもみんなを連れて安全に移動する手段が——」

「——ルチア様っ」

思考の海に沈み込み、ぶつぶつ呟きながら歩き回っていたルチアの手を掴み、ミレニアが口元に人差し指を当てる。

「何か聞こえます」

「え？」

「人の声と、足音みたいです」

ルチアも考えることを一旦止めて、静かに耳を澄ます。

確かにこの部屋の上を何人もの人が歩く音と、話し声のようなざわめきが聞こえる。残念ながら、何を話しているのかまでは分からなかった。

響いてくる足音の多さに、ルチアは顔を顰める。

——想像していたよりも多くの人がここにいるみたいね。

戦う術のないルチアたちが、なんとかこの部屋を脱出できたとしても、この屋敷から誰にも見つからずに逃げることは至難の業だろう。そう思ってルチアは唇を噛んだ。

「あの……」

囁くような遠慮がちな声が聞こえてきて、ルチアとミレニアは暗がりで集まっている子どもたちの方を見る。ハンナよりも幼そうな女の子がおずおずと口を開いた。

「こんな風に上が騒がしくなると、男の人が誰かを迎えに来てた。たぶん今日もこの後すぐに来ると思う」

「本当に？」

驚いて尋ねるルチアに、少女は頷く。

このままではまた誰かが連れていかれてしまう。ルチアはそう思ったが、良案は何も思い浮かばなかった。

そうこうしているうちに、部屋の外から誰かが階段を下りてくる音が聞こえてきた。子どもたちが怯えて、身体を寄せ合う。

ルチアとミレニアもみんなのもとに戻り、扉の方を睨みつけた。

部屋にある唯一の扉がゆっくりと開く。部屋の外はこの部屋よりも明るく、逆光で扉を開けた人物の姿はよく見えない。

その人物は無言で一歩を踏み出し、部屋の中へと入ってきた。その姿を見てルチアは目を見開く。

――思い出した！

入ってきた人物はルチアが意識を失う直前に見た、星の館《オブス・ステラ》の用心棒だったのだ。

星の館《オブス・ステラ》が人身売買に関係しているかもしれないという疑念が確信に変わる。

――王都の中心で白昼堂々と犯罪をしていたのね。度胸があるというか、怖いもの知らずというか。

男は全員の顔を確認すると、一歩後ろに下がった。

「出ろ。全員だ。動けない奴はいるか？」

無機質な男の言葉に、攫われた子どもたちが縮こまる。ハンナも不安そうな顔をしてルチアの手に縋りついてきた。

ルチアはその手を握り返しながら、いぶかしく思う。

今までは少人数を連れていったのに、今回に限って全員連れていくのはなぜなのか。

誘拐された子の中には、ハンナのようによそから馬車で連れてこられた子どももいる。

――ここから移動するつもりなのかしら。

子どもたちもそう思ったのか、びくびくしながらも立ち上がり、所在なさげにその場に立ち尽くす。

男は全員が歩けることを確認すると、ルチアたちに背を向けて歩き出した。

「ついてこい。変な真似はするなよ」

鋭い眼光で釘を刺されたルチアたちは、大人しく男に続いて歩き出す。

狭い地下階段を上がると、狭い通路に出た。おそらく、使用人たちが住むスペースだろう。男はそこを進むと小さな潜り戸を開ける。戸を通り抜けると、広い廊下へと出た。

ルチアは素早く周囲に目を配り、ここが貴族の屋敷であることを確信する。

——寂れているし、壁紙もくすんでいる。やっぱり捨て置かれた貴族の屋敷を使っているんだわ。

男に言われるまま歩く間、ルチアは必死に居場所を確認しようと視線を巡らす。しかし窓には鎧《よろい》戸《ど》がつけられ、それがないところは分厚いカーテンが引かれていた。

この誘拐犯たちはずいぶんと用心深いらしい。ルチアはそう思って、手がかりが得られないことにがっかりした。

男は廊下を進み、突き当たると階段があるのとは反対の左に曲がった。

「え……」

思いがけない進路に、ルチアは思わず声を漏らす。男が背後を振り返ったのを見て、慌てて俯いて顔を隠した。

ルチアは屋敷から移動させるために、部屋から出したのではない、と気がついた。

突き当たりの右側には階段が見えていた。おそらく玄関ホールだろう。

そちらと反対側に進んだ、ということは屋敷の奥へと案内されているということだ。

——一般的な屋敷の奥に造られるもの……ダンスホール？

多くの場合、屋敷の端に大きな舞踏会場を造るのが一般的である。大貴族や道楽者は屋敷とは別に舞踏会館を建築する者もいるが、それは土地とお金が有り余っている者がやることだ。

廊下の狭さからして、下級貴族の屋敷だと思われるので、進む先にはダンスホールがあるはずだ。

果たしてルチアの予想は当たった。

男は大きな扉の前まで来ると、立ち止まる。ルチアたちもそれに倣って止まった。あの大扉がダンスホールの入り口だろう。

男は扉の前にいた男と何かを確認すると、また歩き出した。壁に目立たぬように造られた潜り戸を抜けて、裏へと入る。

ここは屋敷の主人や招待客が社交を楽しむ間、使用人たちが料理や飲み物を用意し、給仕するためのスペースだろう。そこを抜け奥へと進んでいくと、男は立ち止まった。

「静かにしてろ。合図があったら、ここからあっちへ歩いていけ」

男の指さす方にはビロードのカーテンが閉められている。そこから人のざわめきが聞こえてきた。

隣のダンスホールには多くの人々が集まっているようだ。やがて控えめな拍手がホールから聞こえてくると、男はカーテンを持ち上げた。

男は行け、というように先頭の女の子に顎をしゃくってみせる。しかし女の子は恐怖からか、足を動かすことができないようだ。

女の子の様子に、男が舌打ちする。そして彼女の腕を摑むと無理やり歩かせた。

女の子はダンスホールの方へと押し出される。男は次の女の子のことも睨みつけた。

「ひっ」

女の子は慌ててダンスホールへと走り出る。それを見て、残りの子も前の子に続いて出た。ルチアとミレニアもそれに続く。

ホールに出ると、眩しさに目が眩んだ。

吊《つ》り下げられているシャンデリアには煌々《こうこう》とした炎が揺らめている。なぜかダンスホールにはテーブルと椅子が並んでいた。

その向かい側には少し高くなった舞台がある。ルチアは後ろからせかされるように押され、舞台へと駆け上がった。

舞台上から周囲を見下ろすと、そこには仮面をつけた紳士淑女が座っている。さながら仮面舞踏会のようだ。

——いや、これは仮面舞踏会というよりも、オークション会場？

ルチアたちが立っている場所が明るく、椅子が並べられている側は明かりが抑えられている。大窓には分厚いカーテンが引かれ、外の景色どころか明かりも漏らさないようになっていた。

仮面をつけた人々は顔の表情も分からず、身分や素性を探ることなど不可能だ。

ルチアたちは彼らの前に並ばされ、不躾な視線に晒される。

「お待たせいたしました。これよりオークションを開始いたします」

状況を呑み込めないでいると、左側から陽気な声が聞こえた。声がした方を見ると、白い仮面をつけた鳶《とび》色の髪の男が立っている。

彼の手にはハンマーが握られており、このオークションのオークショニアであることは明白だった。

「こちらにいますのは、健康で従順な女や子どもばかりです。もちろん足がつくようなしがらみはありません。必要であれば、搬送にも手をお貸ししましょう。もちろん別料金ですがね！　さぁ、お楽しみの相手にするも良し、労働力にするも良し。我々は提供したものには関知しません。守秘義務もお守りいたしましょう」

芝居がかったオークショニアの言葉に、ルチアは戦慄する。ここはまさしく人身売買の取引会場なのだ。

人身売買はどこの国でも禁止されている。それ故に、もっとひっそりと取引は行われていると思っていた。

しかし現実には目の前にたくさんの買い手が座り、ルチアたちを商品として品定めしているではないか。

「さて、オークションはまもなく開催されます。どうぞ、商品をじっくりと見てください」

オークショニアの言葉に会場はざわつく。わざわざ席を立って、ルチアたちを見ようとする人もいた。

「商品は競り落とすまでお手を触れないでくださいね」

ルチアの周りにも仮面をつけた人が近づいてくる。男が一人、ルチアの正面に立つと、ジロジロと顔と身体をじっくりと眺めてきた。

恰幅の良いその男はルチアを見ながらニヤニヤしていた。男のつけている仮面は口元部分が露出しているため、下卑た笑みがしっかりと見えていた。

——この男はラージア国民なのかしら。貴族か商人か……。どちらにしても、こんなオークションに参加しているなんて、信じがたいわ。人のことをなんだと思っているのかしら……。

男はルチアを舐め回すように見ると、隣に立つミレニアの方へと向かう。そこでもニヤニヤした笑みを浮かべながら彼女を見ていた。

ミレニアの顔には、はっきりと「気持ち悪い」と書いてある。嫌そうな表情を隠しもしないミレニアを見て、男はますます嬉しそうに笑った。

「こういう女を従順になるように調教するのが楽しいんだ」

男がグフグフ言いながら呟く声を聞いて、二人は固まった。同時に吐き気を覚えて男から顔を背ける。

他にも熱心に子どもたちを見ている人たちがいて、人でなしの姿にルチアは怒りがふつふつと湧き起こった。

やがてハンマーを軽く鳴らす音が会場に響いた。それを合図に参加者たちが席に戻る。

「さて、ではこれよりオークションを開始いたします」

オークショニアの言葉に、静かな興奮が会場に広がった。ルチアたちは黒服を着た男たちに端へと寄せられた。

これからどうなるのかと、みんなが不安そうに周りを見ている。黒服の男がハンナの手を取って、集団から引き離そうとした。

「きゃっ！」

急に手を引っ張られたハンナはたたらを踏む。しかし男はお構いなしにハンナを引っ張って舞台の中央へと連れていった。

ハンナは舞台の中央に立たされ、参加者の方へと身体を向ける。混乱しきった様子のハンナはもう泣きそうだった。

「まずはこちらの女の子から。歳は十三歳。健康状態は良好で、働かせるのも他に使うのも良しです」

オークショニアの言葉に、ルチアは怒りで震えた。

――人のことをなんだと思っているの！　こんなことを言うなんて……!!

ハンナは泣きそうを通り越して泣いていた。嗚咽を噛み殺し、不安そうにルチアを振り返った。

縋るような視線を送ってくるハンナに走り寄ってあげたくなる。しかし傍でルチアたちの動きを監視している男がいて、迂闊に動くことができなかった。

会場を見渡せば、屈強な身体の男たちが各扉を見張っている。その腰には剣が下がっていた。見かけ倒しかもしれないが、丸腰のルチアたちが戦って勝てる相手ではない。ここにいる人間以外にも、屋敷中に敵はいるはずだ。その全てをかわして逃げることは不可能だ。

会場には値を告げる声が響き渡る。金額が取引として高いのか、それはルチアには分からない。しかし値段が叫ばれる光景に、これが現実だと突きつけられる。

「こんなことが……許されるはずがないわ」

「ルチア様……」

「なんとか逃げないと！　でも手立てが何も思い浮かばないわ」

「私もです。このままだとハンナちゃんが……」

ハンナを競り落とす声は少なくなっている。もたもたしているうちに彼女の競りが終わってしまう。

競り落とされた人は、オークションが終わってすぐに連れ出されるのだろうか。しばらくこの屋敷にいるとしても、会場からは出されてしまうだろう。

――万事休すだわ。

良案が何も思い浮かばないルチアが唇を噛んだ時――会場の明かりが一斉に消えた。

驚いている間にどこからか破壊音と、人々の悲鳴が聞こえる。

ルチアは咄嗟に隣にいるはずのミレニアを探そうと手を伸ばし――誰かに正面から抱きとめられた。

◇　◇　◇

アーサーはダグラスとともに執務室で報告を待っていた。騎士団は執務室を出たり入ったりを繰り返しているが、アーサーが望む結果はまだきていなかった。

そんな中、黒い軍服を着た男が執務室に滑り込んでくる。その男を見た瞬間、アーサーは椅子から立ち上がった。

「見つけたか」

「はい、殿下。見つけました。王都のすぐ近くの郊外、旧マニエ邸に監禁されているようです」

「すぐに第四部隊を中心に、捕縛要員を手配しろ。監視はつけているな?」

「もちろんです。それに気になることもあります。夜陰に乗じて、馬車が何台も屋敷に入っていました。屋敷の中も騒がしく、何かしらの催しがあるものと思われます」

「催し、ね。考えられることはただ一つだが」

報告を聞きながらアーサーは軍服へと装いを変え、剣を腰に差す。執務室を出て、厩舎《きゅうしゃ》へと向かった。報告をしていた男は先に馬装を整えています、と走っていく。

廊下を早足で歩くアーサーの後ろをダグラスがついて歩く。

「第四部隊がしっかりと今日の護衛について、誘拐された後もルチアたちを追っていたんだな」

ダグラスの感心したような言葉に、アーサーも深く頷いた。

「あぁ。彼らが護衛についていなかったら、ルチアたちの行方を掴むことはできなかっただろう」

アーサーの声には安堵が滲んでいた。

第四部隊は王都騎士団の中で唯一、潜入や諜報《ちょうほう》活動を行う部隊である。観光に行くと決まった時、アーサーは偉大な鴉《マグナ・コルウス》を捜査している第四部隊に、ルチアたちを隠密に警護する人間を出すよう指示していた。実態の掴めない組織が王都にいるのだから念には念を、と考えてそうしたのだが、まさか本当にルチアが危険に晒されるとは思わなかった。しかしそのおかげで誘拐犯の足取りを速やかに追って彼らのアジトを知ることができた。

二人は城を出て、真っすぐに厩舎へと向かう。ダグラスはアーサーの愛馬が引き出されるのを見て、忠告をした。

「第四部隊の話によると、今夜にでも目的を果たしてこの国を出てしまうだろうな」

「その前になんとしても食い止める。ルチアも必ず取り戻す」

アーサーは愛馬の用意が整っていることを確認すると、颯爽とそれに跨《また が》る。

同じように軍馬に跨った側近が、アーサーの横に馬を並べた。

「第四部隊はすでに屋敷への潜入を済ませています。第三部隊は屋敷周辺を包囲し、殿下の到着を待っている状態です」

「よし。行くか」

側近の言葉にアーサーは手綱を引き寄せて、姿勢を正す。そしてダグラスを見下ろした。

「すぐに戻る。ルチアのために温かい紅茶を用意しておいてくれ」

それだけ言って、アーサーは馬の腹を蹴った。すぐに側近の男もそれに続く。

ダグラスはその姿が見えなくなるまで見送った。


太陽はすっかり姿を消し、夜の闇と家々の暖かい明かりが王都を包んでいる。アーサーはその中を駆け抜け、中心街から外れて郊外へと走っていく。

郊外にも下級貴族の屋敷や上級貴族の別邸、豪商の屋敷などが並んでいる。アーサーは郊外の外れの地区へ向かい、寂れた屋敷がポツンポツンと建っている通りに入る。

やがて目的の屋敷が見えてくる。ぼうぼうに雑草が生い茂り、手入れのされていない庭は森のようになっていた。

しかし木々や雑草に埋もれて隠れている屋敷からは、小さな明かりが漏れている。

アーサーは少し離れたところで馬を下りると、そっと雑草をかき分けて庭へと入った。そこには

第三・第四部隊の隊長が夜陰に紛れるように待機している。

「殿下、お待ちしておりました」

「全隊員、所定位置に待機済みです」

「中の様子はどうだ？」

「組織関係者と思《おぼ》しき人間はそんなに多くないようです。しかし他の人間がダンスホールに集まっています」

「思った通りだ。今日中に組織を移動させると思っていたが、オークションまで開催したか。思ったよりも彼らに誘拐された人物は多かったようだな」

アーサーは自分の考えが当たったことを知り、内心で笑う。

敵は今日中に行動を起こすと思っていたが、オークションまで開催してくれるとは嬉しい誤算だった。

これでまとめて捕らえることができる。

国内での行方不明者、他国での活動実績から考えて、偉大な鴉《マグナ・コルウス》は多くの商品を抱えていることだろう。今日中に国外逃亡をするならば、それらははっきり言って邪魔だ。

しかし捨てて逃げるには、あまりにも惜しいだろう。金になるのは間違いないし、かけた手間と資金を考えると、少しでも取り戻したいと考えるはず。

短時間でもオークションを開催し、できるだけ売り捌くことにしたのだろう。

「しかし急な開催にもかかわらず、これだけの人数が集まったのか。……下種が」

「まったくです。子どもたちはすっかり怯えてしまっているようです。可哀想に……」

第三部隊隊長が部下の報告を思い出したのか、悲痛そうな表情で俯いた。

――ルチアも怯えているかもしれない。くそっ。早く傍に行って抱き締めてあげたい！

ルチアが震えている姿を想像し、アーサーは闘志を漲《みなぎ》らせる。

怖い思いや悲しい思いをさせない、と自分に誓ったのだ。そのために子どもの頃から学問も武術も命がけで取り組み、片時もルチアから目を離さず、べったりと張りついていたのだ。

そこまでアーサーは考えてある違和感に気がつく。

「……ん？　小さい頃から一緒にいたか？」

アーサーの記憶の中に、ルチアとの思い出は少ない。小さい頃に会っていた記憶はないはずだ。それなのに、子どもの頃のルチアの笑顔が思い浮かぶ。

一つ思い出すと、何かが少しずつ溢れるように、アーサーの記憶の蓋をこじ開けようとした。

「殿下、明かりを消して、突入させます」

「っ！」

アーサーはその何かを掴もうとしたところで、背後にいる第四部隊隊長に声をかけられてしまう。掴もうとしたものはどこかへ霧散した。

――なんだ？　大事なことを俺は忘れている気がする……。

考えようとしたが、状況がそれを許さない。とりあえず後回しにして、アーサーは屋敷へと潜り込むことにした。自分も潜入すると言うと、当然、両隊長は却下した。

「俺は中に入ってルチアの無事を確認する。俺が助ける。他の誰にもその役は譲れん！」

「お気持ちは分かりますが、御身の安全を最優先に考えてください。あなたに何かがあっては遅い

うするがどうする？」

「俺に勝てる奴はそうそういないと思っていたが？　止めるというならば、無理やり突破するがど

んですよ」

飄々としたアーサーの言葉に、両隊長は押し黙る。

二人の「賛成しかねる」と言いたげな表情には気がついていたが、アーサーはそれを無視した。

たとえ反対されても、ルチアはこの手で助ける。そう心に決めていたからだ。

両隊長もアーサーの固い意志を理解したのか、これ以上反対することはしなかった。

アーサーは屋敷に潜入している隊員の手引きでダンスホールの傍の控室に潜り込む。そして隙間からルチアの姿を探した。

「――いた」

ルチアはホールの端で気丈に顔を上げて、状況を見極めているようだった。その顔は決して諦めて嘆いている顔ではなく、なんとかこの状況を打破しようとしている顔だった。

ルチアのその表情にアーサーは胸を打たれる。

――あぁ。あの顔に、何度惚れ直すのだろう。笑った顔、怒った顔、呆れた顔、悲しそうな顔。でも一番可愛いと思うのは、俺を見て照れたように微笑む顔だ。

不思議と、アーサーの脳裏には見たことのないルチアの顔が思い浮かんだ。

幼いルチア、十歳の誕生日をお祝いするルチア、社交界デビューをするルチア。様々なルチアを思い出すたび、色々な思い出がアーサーの中に帰ってくる。

ずっと傍にいた。ルチアのあらゆるものを見つめてきた。ともに歩んできた。これからも歩んで

いく。その思いがアーサーの胸を駆け巡る。

アーサーの背後にいる隊員が、合図を送る。全員が所定の位置についていることを確認して、邸内の明かりを全て消した。

暗くなったと同時に、屋敷の外で待機していた突入班が中へと押し入る。破壊音と人々の悲鳴が響いた。

アーサーは一目散にルチアのもとへと走った。夜目が利くのでルチアを見失ったりはしない。

アーサーは突然の出来事に狼狽えるルチアを強く抱き締めた。


やっと本当に取り戻した、と感じた。

ルチアを腕に抱き締めた瞬間、固く閉ざされていた記憶の扉が大きく開く。

アーサーはようやく、懐かしくも愛おしい――かけがえのない記憶を取り戻した。

第八章

ルチアは急に正面から抱き締められたことに驚いた。相手の拘束から逃れようと身をよじる。しかし相手は馬鹿力でルチアを締め上げてくる。

――苦しい。いったい誰⁉

じたばたと暴れても相手の力はまったく緩まない。力強さと抱きつかれている感覚から、男だと思うが、それならばなおさら恐怖だ。

――はやく逃げないと！　ぐっ。本当に力が強いわ。

身動きをしながら、ルチアは不思議な既視感を覚えていた。昔、アーサーがこんな風に締め上げてきたことがあった。あの時も苦しくて、さらに結婚してくれと言われて混乱したことを思い出す。苦しみのあまり現実逃避をしていたルチアは、ふと気がついた。目の前の人物から微かに感じる薔薇の香りと汗のにおいを知っていることに。

「…………殿下、ですか？」

こっそりと聞けば、相手の肩がピクッと反応した。それを見てルチアは確信する。

「殿下ですよね？　助けに来てくださったんですか？　とにかく離してください。今、いったいどういう状況なんですか？」

「まだ動かないで」

アーサーはルチアの頭を抱え込むようにしながら、耳元で囁いた。

「え？　動いたら危険なんですか？」

「ルチアが足りてない。まだ補充が十分じゃない」

アーサーはどこまでいってもアーサーだった。

思いがけない――ある意味でアーサーらしい言葉に気が抜けて、ルチアの思考は固まる。そうしているうちに、騒ぎはほとんど収まっていた。

再び会場内に明かりが灯された時、ホール内にいたオークションの参加者は隊員たちに囲まれて退路を断たれており、見張りについていた男たちも縄で縛られていた。

鮮やかな手際にルチアは驚く。

「あっという間ですね……」

「準備は入念にしていたからね。人質に怪我がないように細心の注意を払ったよ」

アーサーの言葉通り、端にいた子どもたちは怪我なく保護されている。ハンナも隊員に抱えられているのを見て、ルチアはホッとした。

騎士が駆け寄ってきて、報告を始める。駆け寄ってきたのは王都騎士団の第三部隊と第四部隊の隊長だった。

「犯人たちはこれで全部か？」

アーサーはルチアを抱き締めたまま、隊長に問いかける。ルチアはいたたまれず、離れようとしたが、アーサーの腕の力が緩まなかったので、大人しくしていることにした。

「邸内を確認しましたが、こちらに転がっている者たちで全てのようです」

アーサーとともにルチアは、縄で縛られて転がされている者たちを見る。そして違和感に首を傾げた。

「あら？」

「どうした？」

アーサーの視線を感じながら、ルチアは何度も捕まっている男たちに目を走らせる。

「見当たらない人がいます。私たちをここまで連れてきた男の人と、オークショニアがいません」

「それは本当か？」

途端にアーサーの表情が険しくなる。すぐに再度の捜索を命じた。

隊員が屋敷内に散らばるが、見つかる可能性は低そうだった。そもそも屋敷の部屋という部屋は確認した、と先ほどの報告でも言っていた。

どこから逃げたんだ、と唸るアーサーを見て、ルチアが思いつく。

「私たちが監禁されていた部屋も確認しましたか？　地下の隠し部屋だと思うのですが……」

「地下に隠し部屋があったという報告は聞いていないな。案内してくれるか？」

ルチアの言葉を聞いて、アーサーは顔を顰める。ルチアは彼らを捕まっていた部屋まで案内するために、ホールを出た。

先ほどとは逆を辿るように、閉じ込められていた部屋を目指す。ルチアが屋敷の奥にある階段下の扉に手をかけたのを見て、アーサーはルチアの肩を摑んで止めた。

「そこは使用人たちの居住区だろう？　そこもしっかり調べたぞ」

ルチアはアーサーの手を取ると、扉を開けて廊下の奥を指し示す。

「使用人たちの部屋は調べたと思いますが、廊下の突き当たりの右側にある飾り扉には気がつきましたか？　その向こうは地下室に繋がっていて、私たちはそこにいたんです」

ルチアの説明に、アーサーの顔色が変わる。背後に控えていた隊員たちにも確認したが、彼らも一様に首を横に振った。

「申し訳ございません。そこは確認していませんでした」

貴族の屋敷の階段下や屋根裏はいわゆる、使用人たちの生活スペースだ。広い屋敷になればなるほど、入り組んでいて分かりにくくなるが、アーサーたちは全てをきちんと捜査したのだろう。

しかし廊下の奥に造られた秘密の扉までは見抜けなかったようだ。

隙間なく閉じられた飾り扉は、一見すると壁の装飾にしか見えない。おそらく隊員も、ただの壁だと思って気づかなかったのだろう。

アーサーは腰元の剣を確認して、扉を潜る。そして背後の隊員とルチアを振り返った。

「ここで待っていてくれ。君はルチアを命がけで守るように。傷をつけたら、たとえ犯人の凶刃から逃れたとしても、俺が斬り捨てる」

「承知いたしました！」

アーサーからの鋭い眼光を受けて、隊員がビシッと敬礼をする。そのまま奥へと姿を消そうとするアーサーを、ルチアは慌てて呼び止めた。

「お待ちください！　殿下も行くのですか？」

「そのつもりだ。確認だけだし、ルチアを一人にはできない」

「でもわざわざ殿下が行かなくてもよいのではないですか？　別の人を呼んで、その人に行ってもらえば……」

「時間がかかると逃げられてしまう。この場で一番戦闘力があるのは俺だ。万が一、敵と鉢合わせしても、俺なら切り抜けられる自信がある」

言外に戦力外通告をされた隊員が、しょっぱい顔をする。事実だからなのか、彼は反論せず沈黙を守った。

ルチアはそれでも心配だ、とアーサーを見つめる。ルチアの顔を見たアーサーは安心させるように柔らかく微笑んだ。

「大丈夫。必ず無事に戻ってくる。ルチアの隣は誰にも譲らない」

そう言って今度こそ、アーサーは部屋の奥へと消えていった。

ルチアは祈るように、その背中を見つめることしかできなかった。


アーサーはいつでも剣を抜ける状態で廊下を突き進む。突き当たりまで来ると、右側の壁を何度か叩いた。

すると音の違うところを見つける。

そのまま壁の装飾をいじくると、窪《くぼ》みを発見した。それに手をかけて引っ張れば、ゆっくりと壁が動く。

「開いた……」

アーサーは壁の向こうに現れた階段を暗がりの中、慎重に下りる。その先には廊下が続いており、すぐ左には、一つだけ扉があった。

扉を開けるとそこは広い空間で、奥には荷物が積まれている。

「ここが、ルチアたちが閉じ込められていた部屋か」

アーサーは周囲をぐるりと見回すが、人の気配はない。外に抜けられそうな場所もなく、部屋を出ることにした。

そのまま階段とは逆方向へと歩き出す。しかし扉も何もないまま、突き当たりに来てしまった。

「やはり何もないのか？　それにしては造りが変な気がする」

何もないのに、どうして奥に繋がる廊下を造ったのだろうか。感覚的に、先ほどの廊下よりも長い距離だ。

——何かある。

アーサーは確信して、左右の壁を確かめる。あちこち触って、左側の床と壁の接している部分に窪みを発見した。

その中には出っ張りのような何かがあり、それを押すとカチッという音を立てて引っ込んだ。そのまま窪みに手を突っ込んで引っ張ってみるが、予想に反して壁はまったく動かない。

しばらく頑張ったが、壁はビクともしなかった。

「違うのか？」

引っ張るのでなければ押すのか？　と単純に考えた結果、アーサーは力任せに押してみた。すると壁が鈍い音を立てて動き始めた。

限界まで押すと、向こう側に石造りのトンネルが現れた。

「隠し通路か。だからこの屋敷を選んだのか」

先に誰かが通ったのだろう。隠し通路にはランタンが等間隔に置かれ、炎が灯っている。明かりに照らされた石の廊下には、誰かの足音があった。

敵の賢さにイライラとしながら、アーサーはひんやりとしたトンネルを突き進む。やがて階段が現れたので、アーサーはそれを上り、出口を塞ぐように閉められている木の扉を押し開けると、森の中に出た。


「——まさか、ここまで追ってくる人がいるとは思いませんでしたよ」


涼やかな声が響いた。その瞬間、強烈な殺気を感じてアーサーはその場を飛び離れる。

アーサーが先ほど立っていた場所には、暗器が突き刺さっていた。

見れば男の右腕がこちらへと伸びている。隠し持っていた暗器を鋭く放ったようだ。

「物騒だな」

「追われている自覚があるので」

声のする方を見れば、白い仮面をつけたタキシードの男——オークショニアが立っていた。

オークショニアは見えている口元を、楽しそうに歪ませる。

「おやおや……。この国の王太子自らがお出ましですか。私も偉くなったものですね」

芝居がかった口調と仕草で立っているオークショニアは、まるでサーカスの道化のようだった。この状況を楽しんでいるようにも見える。

追い詰められているはずなのに、彼から焦りのようなものは感じられなかった。

「観念しろ。周囲は包囲しているし、逃げられないぞ。それにお前たちの正体は分かっている」

「我々の正体？」

「偉大な鴉《マグナ・コルウス》という闇組織だろう。いつの間に我が国に入り込んだのかは知らないが、これ以上好きにはさせない。この国で裁きを受けてもらう」

「裁き、ですか」

アーサーの強気の言葉にもオークショニアの態度は変わらなかった。それどころかますます楽しそうに、唇が弧を描く。

「他の仲間はすでに捕らえている。逃げたとしても、仲間が全てを吐いて、いずれ捕まることになるぞ」

「仲間ですか。屋敷に残してきたのは、末端中の末端です。この国で雇ったごろつきたちですよ。自分たちが誰に雇われているか、把握している人間がいるんですかね？」

「……それならお前を捕まえれば、万事解決だな」

そう言うや否や、アーサーは腰の剣を抜き放ち、オークショニアに肉薄する。

――獲《と》った!!!

アーサーは確信した。しかしその剣がオークショニアに届く直前に、二人の間に屈強な男が割り込む。

その男はアーサーに向かって勢いよく剣を振り下ろしてきた。咄嗟にアーサーは伸ばしていた腕を引き戻し、剣を横に構えて受け止める。

——くそっ。

息つく暇もなく、剣を打ち込んでくる。アーサーはそれを凌《しの》ぎながら、一歩後ろに下がって相手と距離を取った。

アーサーが引いたのを見て、男も打ち込んでくるのをやめる。しかし隙なく立ち、こちらの出方を窺っているのが分かった。

男はアーサーを見据えながら、背後に庇《かば》うオークショニアに声をかける。

「お怪我は?」

「ないよ。準備は?」

「問題ありません。あとは我々だけです」

「そっか」

男とオークショニアは短いやり取りをすると、アーサーの方へと向き直った。

オークショニアからはへらへらした空気が消え、口元は笑っているのに鋭い殺気を感じた。

「ごめんね。もう行かなくちゃ」

「どこにも行かせない。お前たちはここで捕まえる」

「ふふっ。君には私たちを捕まえることはできないよ」

オークショニアが楽しそうな声を出した瞬間、男が剣を振り上げて襲いかかってきた。アーサーはそれを冷静に受け止める。

斬りつける剣筋を冷静に見極め、それを捌きながら反撃を模索する。男の一撃は重たいが、その分大振りになるので、隙をついてアーサーは懐に入り込もうとした。

「っ！」

踏み出そうとした足元に暗器が突き刺さる。一歩退くと、再び男が上段から剣を振りかぶった。

――なるほど。男が力押しの攻撃をして、オークショニアができた隙を潰すというわけか。見事だが、埒《らち》が明かないぞ。

二人の連携によって、アーサーは防戦一方となり、二人を捕らえるどころか攻撃を凌ぐので精一杯になっていた。しかしそれは相手も同じで、攻撃を繰り出し続けないと、アーサーに形勢を逆転されてしまうのだ。

逃げるために攻撃しているのに、攻撃し続けなくては、逃げることもできないという悪循環。

――というより、俺を殺さないようにしているのか？

アーサーは男の攻撃を捌きながら、確信していた。手加減されている、と。

男とアーサーの力はほぼ互角だろう。だからこそ、ここまで打ち合いが続いているのだ。しかし相手にはオークショニアがいる。打ち合っている最中に生まれた隙を暗器でつけば、アーサーなど一瞬で死ぬだろう。

それをしない、ということは殺す気がないのだ。

「うぉぉぉぉ！」

「っ⁉　しまった‼」

アーサーが思考の渦に呑み込まれそうになった時、一瞬の隙をついて男がアーサーを剣で弾き飛ばす。思いがけない攻撃に踏ん張ることができず、アーサーは無様に尻もちをついた。

——殺られる!!

男が上段に剣を構えるのを見て、アーサーは死を覚悟した。

脳裏にルチアの笑顔が思い浮かぶ。

——あの時も、ルチアの顔が浮かんだんだ。死を覚悟した時、ルチアのことだけが頭に浮かんで……会いたいって思いながら、意識が遠のいたんだった。

辺境で濁流に呑まれる瞬間、アーサーは間違いなく死を感じた。ルチアのことが気がかりで、彼女のことしか考えられなかった。

剣が振り下ろされようとしている今も同じだった。心配そうな顔をしたルチアを想像して笑顔が見たいな、と場違いなことまで考えていた。

アーサーは間に合わない、と知りながらも剣を引き寄せる。なんとか持ち上げて受け止めようとした時、突然の破裂音と白い煙が、辺り一帯を包んだ。

「なに⁉」

破裂音はしばらく続き、煙の量も増えてくる。アーサーの視界は一気に真っ白になった。

どこから敵が来るのかまったく分からない。アーサーは素早く立ち上がり、剣を構えて気配を探る。

しかしどこからも攻撃が襲いかかってくることはなかった。

やがて煙が晴れる。そこには男もオークショニアもいなかった。

「逃げられた……」

どうやら先ほどの煙は、逃げるための煙幕だったようだ。

男とオークショニアが立っていたところを確認するが、何も手がかりは残っていない。

まるで何事もなかったかのように、痕跡は何も残っていなかった。――否。

オークショニアが立っていた場所に、鴉《からす》の尾羽が一つ、落ちていた。

「偉大な鴉《マグナ・コルウス》か……」

アーサーは尾羽を拾い、苦々しく呟いた。

◇　◇　◇

ラージア国で起こった人身売買事件は速やかに終息を迎えた。

参加者は国内外の貴族・豪商であり、現在は城の司法局で余罪を調べているらしい。主催側の人間も捕らえたが、ほとんどが今回のオークションのために雇われた人間で、組織に関係する情報を持っている者はいなかった。

アーサーはまんまと偉大な鴉《マグナ・コルウス》を取り逃がしたのだ。

ダグラスが報告書を読みながら、深いため息をつく。

「オークショニアを捕まえられなかったのが痛手だな」

「だったらお前が相手してみろ。瞬殺だぞ」

アーサーはムッとして、ダグラスを睨みつけた。

ダグラスは文官らしく、護身術くらいしか使えない。あの場にいたら、真っ先に殺されていただろう。

アーサーは手に持っていた鴉の尾羽を弄ぶ。結局、残されたものはこれだけだった。

「組織の全容も目的も、何も分からなかった。ラージア国に入ったのも、本当に人身売買のオークションが目的だったのか」

「何もかもが謎な組織か。でも組織の人間に接触することができたんだろう？　他の国では活動していることすら、把握できてない。それに比べれば僥倖《ぎょうこう》だと思うぞ」

ダグラスの言葉にアーサーはため息をつく。

「接触できても、何も情報が得られないんじゃあ意味がない」

今のところ、アーサーたちが分かっていることは、オークショニアと星の館《オブス・ステラ》にいた人間たちはおそらく組織に属しているだろう、ということだけだ。

アーサーは占いをしていたステラのことを思い返す。

色素のない白色の髪に薄い紫の瞳。感情の読めない微笑みを常に浮かべていた。

――悪いことなどしたことがない、という表情をしていた。とんだ食わせ者だ。

鴉の尾羽を机に置き、書類に紛れて雑に置かれていたサシェを手に取る。

ふと、ステラから言われた言葉を思い返してみる。

「望む答えは、あなたの手のひらの中、か……」

「なんだ、それ？」

「なんでもない。報告書はそれで全部か？　サインはしたから、父上のもとへ持っていってくれ」

ダグラスが聞きたそうな顔をしていたが、部屋から追い出した。

手のひらのサシェを鼻に寄せる。この間握り潰してしまったせいでくしゃくしゃになってしまったが、薔薇の香りはしっかりと残っていた。

薔薇が全ての答えだったのだ。

大切な思い出には全て薔薇があった。なぜならばルチアが好きな花だから。

彼女が好きだから、自分も薔薇が好きなのだ。

「そんな大切なことを忘れていたなんて、婚約者失格だ」

深い悔恨が、アーサーの心に広がる。ほんの数日でもルチアを忘れていたなんて万死に値する！と何度も落ち込んだ。

ルチアは内心では怒っていたのだろう。それにきっと、失望もしたのだと思う。

だからアーサーが二度目の婚約を申し込んだ時、すぐに真実を教えようとはしなかったのだ。ルチアのことだけ忘れていたアーサーに呆れていたのかもしれない。

——婚約解消にならなくて、本当によかった。

婚約者が自分のことを忘れてしまう。他のことは全て覚えているのに、自分だけが忘れられてしまったのだ。

ルチアは驚き、悲しみ、苦しんだことだろう。

当時のルチアの気持ちを想像して、アーサーは気分が悪くなってくる。もし、ルチアが自分のことを忘れたらどうするだろう、と考えて気絶しそうになった。

——間違いなく発狂する。ルチアが俺を見て、初対面のように挨拶して、他人行儀な会話をする？想像しただけで震える。でもルチアが俺に好きですって告白してきたら、それはそれで……。

起こるはずのない想像をしていると、扉をノックする音が聞こえて、現実に戻ってくる。

誰に取り繕うわけでもなく、居住まいを正すと入室を促した。そこには用事を言いつけていた侍女が立っていた。

アーサーは分かりやすく顔を輝かせる。

「準備が整ったか！」

「はい、つつがなく」

「よし。では行くか！」

アーサーは颯爽と立ち上がると、そのままの勢いで部屋を出る。その後ろを、侍女がゆっくりとついていった。


麗《うら》らかな陽気の中、王妃主催のお茶会は始まった。

ルチアとミレニアは庭園に用意されたテーブルセットに着いてイレーナを待っていた。彼女はすぐに現れた。

イレーナは椅子には座らずに、口元をきゅっと引き結んで二人を見つめると、そのまま華麗な仕草で大きく頭を下げた。

勢いがよすぎて、ティーテーブルに額を思いっきりぶつけていた。

「イレーナ様！」

「大丈夫ですか!!!　大変！　何か冷やすものを!!!」

イレーナの突然の奇行に、ルチアとミレニアは飛び上がって驚く。慌てて椅子から立ち上がり、彼女の隣に並んだ。

ルチアは何度もイレーナに顔を上げるよう、お願いをする。そうしてやっと、ゆっくりと顔を上げてくれたが、打ちつけた額は真っ赤になってしまっている。

侍女から冷やしたタオルを受け取り、ルチアはそっと赤くなった部分に押し当てた。

するとイレーナの目にみるみる涙が滲む。

今度はポロポロと涙をこぼすイレーナに、またもやミレニアがぎょっとする。

「イレーナ様、いったいどうしたんですか？　体調が悪いのですか？　お部屋に戻った方が……」

「違うの。私、ルチアとミレニアさんに申し訳なくて……」

イレーナは泣きながらまた頭を下げる。

とりあえずルチアは、イレーナを椅子に座らせた。彼女が落ち着くのを待って、事情を尋ねた。

「私が勧めた占い師のところに行ったから、危険な目に遭ったって聞いたわ。私、本当に申し訳なくて……」

イレーナの言葉に驚く。

誘拐事件に星の館《オブス・ステラ》が関係していると聞いた時から、イレーナにはそのことを伏せておこうということになったのだ。

このことを知ったら、イレーナが気に病んで悲しむだろう、と全員が思ったからだ。

「イレーナ様、その話をどこで……」

「この城で、私の知らないことはありません」

「…………陛下ですね？」

イレーナは返事をしなかった。おそらく何度も聞いてくるイレーナを邪険にできず、国王がうっかりポロリと情報を漏らしたのだろう。

落ち込むイレーナの手を取り、ルチアは柔らかい笑みを浮かべて慰めた。

「イレーナ様が罪悪感を覚えることはありません。今回の事件に、何も関係がないんですから」

同意を求めるようにミレニアを見れば、彼女も大きく頷いていた。

「そうです。イレーナ様が落ち込むことはないです！」

「でも私が提案しなかったら、行こうとは思わなかったでしょう？」

萎れたまま呟くイレーナに、ルチアは「うーん」と唸りながら首を傾げた。

「イレーナ様が提案しなくても、誰かから聞いたと思います。本当に評判の占い師でしたから。それに占い自体は本物でしたもの。受けられてよかったです」

実際、星の館《オブス・ステラ》の話題は城内のあちこちから聞こえてきていた。侍女と接する時間の長いルチアがそのことを知るのは時間の問題だっただろう。

記念に行ってみようという話になるのは、自然な流れだったのだ。

「イレーナ様が気に病む必要はありません。それに無事だったんですから、何も問題ありませんわ」

そう言って微笑みかけると、イレーナもようやく笑みを返してくれた。今度こそ落ち着いてお茶会を再開する。

しばらくは観光した時の王都の様子や、広場で偶然開かれていた骨董市の話をしていたのだが、ついつい話題は、この間ルチアたちが巻き込まれた人身売買のオークションになってしまった。

「それにしても我が国の貴族も関係していたとは。まったく情けないわ。ぜひとも厳罰を与えるべきね。他国の貴族や豪商もいたのでしょう？」

「えぇ。そちらに関してはラージア国に賠償金を納めた後、自国で厳罰に処されるはずです」

「きちんと処罰されるかしら？」

イレーナは不満そうだったが、ルチアはその部分は心配していなかった。

他国の人間もラージア国の人間と同様、牢屋《ろうや》で法の下に公正な厳しい尋問を受けているだろう。さらに彼らは自国に帰っても、かなり厳しい罰が待っている。経済的・軍事的に大きな影響を持つラージア国の顔色を周辺諸国は非常に気にするからだ。

「余罪もたくさんあるようですし、生きている間に牢獄から出てくることはないでしょう」

ルチアの言葉に、イレーナも大きく頷く。ミレニアは物騒な会話に、少し震えていた。

オークションに参加していた人間は盗品売買にも関わっていたらしく、彼らの家から入手経路が不明のものが多数出てきた。他国の人間の中には早々に商品を売り捌いた者もいたらしい。それも確認するよう、ラージア国は諸国に圧力をかけている。

「誘拐された子たちは無事、親御さんのもとに戻れたんですよね？」

ルチアの心配そうな声を聞いて、イレーナが安心させるように微笑む。

「この国の子も他国の子も親御さんを見つけて送り届けたわ。中には孤児もいたから、その子は孤児院に保護される予定よ」

ルチアはハンナを思い出す。

悲しそうな顔をしていたハンナは、すぐにご両親が見つかって迎えが来たらしい。

他の子どもたちから話を聞いて、すでに売り飛ばされてしまった子どもたちも探していると、ダグラスが言っていた。

――どうか無事に、見つかってくれるといいんだけど。

ルチアには祈ることしかできなかった。

落ち着かないのか、縮こまったままミレニアは無心で紅茶とクッキーを頬張っている。イレーナはそんな彼女を見て、眉を下げた。

「ミレニアさんも怖い思いをさせて、本当にごめんなさいね。怪我とかはなかった？」

「あ、いえ……怪我なんてしなかったです。というより、あっという間に他の人たちが捕まってて、私には何が起こったのかよく分かりませんでした」

「暗くなってから、一瞬の出来事でしたもんね。私も気がついたら殿下が傍にいて、驚きました」

暗闇で急に抱き締められた時は、ルチアは本当に心臓が止まるかと思った。あと少しで、アーサーから教わっていた男の人に襲われた時に繰り出す必殺技を、本人にお見舞いするところだった。

「アーサーは前から王都中に騎士を解き放っていたみたいね。ルチアたちの誘拐と、警戒していた人身売買が同一だとは思っていなかったようだけど」

「殿下が対策を取っていてくださったから、早期解決できました。主犯と対峙したと聞いた時は驚きましたが」

「あの子と対等に戦ったらしいわね。相当な手練れね。下手に騎士が追いかけていたら、殺されていたかもしれないって聞いたわ」

あの日、アーサーは悔しそうな顔をしながら、ルチアのもとに帰ってきた。取り逃がした、とそれだけ呟いて。

すぐに現場指揮に戻ってしまい、ルチアは詳しい話を聞くことができなかった。

読ませてもらった報告書には、取り逃がした男とオークショニアが組織の中でも中核に位置するのではないか、と書いてあった。

——きっと捕らえられたら、組織の全容を知ることができたのに、と思ったんでしょうね。でも殿下が無茶をしなくて、本当によかったわ。

万が一、アーサーが命を落としていたら、ルチアの絶望はどれほどだっただろう。記憶を失った時よりもはるかに深い悲しみに支配されたに違いない。

あの時、アーサーが自力で歩いて戻ってくる姿を見て、本当に心から安堵した。

「それにしてもミレニアさんに申し訳ないわ。憧れの王都観光だったのに、こんなことになってしまって」

そう言って項垂れるイレーナに、慌ててミレニアが反応する。

「いいんです。十分に楽しめましたし、ある意味で滅多にできない経験をしました！」

「確かに、なかなかないわよね。誘拐される経験って……」

明るく話すミレニアに、イレーナがしみじみと納得する。

誘拐されたものの、王都観光をきっちりと楽しめたと笑うミレニアの顔は、ルチアから見ても満足そうだった。しかしミレニアは少しだけ考え込んだ後、悔しそうな顔をした。

「そうですね……。しいて言うなら、パティスリー・クロンヌのケーキを食べられなかったことが心残りです」

しょんぼりと笑うミレニアを見て、ルチアはハッとする。

確かにケーキを食べる前に誘拐されてしまった。密かにケーキを楽しみにしていたので、ルチアもミレニアと同じくしょんぼりした。

そんな二人とは反対に、イレーナの目が輝く。

「そう言うと思って、準備したの!! こちらに用意して！」

イレーナが高らかに叫ぶ。すると侍女が二人、大きなお皿を持って登場した。

その上には大小様々なケーキが所狭しと並んでいる。皿がテーブルに置かれると、イレーナは得意げに胸を張った。

「パティスリー・クロンヌのケーキよ。今回は特別にお店にも置いていない新作も用意してもらったわ!!」

「え！ これ、パティスリー・クロンヌのケーキなんですか!?」

「そうよ!! さぁ、思う存分食べてね！」

ミレニアの顔に喜びが広がる。さっそく艶やかに輝くザッハトルテを取り分けてもらった。

ミレニアはフォークで慎重に切り分け、ゆっくりと口に運ぶ。味わうように目を閉じて咀嚼《そしゃく》すると、蕩《とろ》けるような笑みを浮かべた。

「～～～～～！ 美味しいです。想像していたどんなものよりも美味しいです!!」

その言葉にイレーナは満足そうに頷く。そしてどんどん食べろ、とミレニアに勧めた。ミレニアも嬉しそうに他のケーキを食べていく。

ケーキを一口食べるたびにうっとりとした表情を浮かべるミレニアを見ながら、ルチアも満足した気持ちになり、手元の紅茶を飲んだ。すると、背後に誰かが立つ気配がする。振り返ると、アンナがそこにいた。

「どうしたの？」

「殿下付きの侍従から伝言です。殿下が、会いたいから来て欲しいとおっしゃっているようで」

「殿下が？　今から？」

思いがけない言葉に、ルチアは驚いた。

ルチアが城にいると聞いてアーサーが会いたがるのは、珍しいことではない。

しかしいつもアーサーが望むままにお茶会を抜けようとすると、イレーナが不機嫌になり、アーサーと親子喧嘩をするのだ。

その苛烈さと、親子喧嘩によって削られる時間の多さを知ったアーサーは、それ以降、お茶会が終わってから来るように、と伝言するようになった。

ちなみにこの親子喧嘩は記憶をなくした後もしているので、アーサーはしっかりと覚えているはずである。

「どうしたの？　急用かしら？」

アンナとこそこそ話すルチアを見て、イレーナが首を傾げる。こうなってはイレーナに隠すことはできないので、ルチアは観念して、アーサーから伝言があったことを伝えた。

イレーナはしばらく考えた後、ルチアにいってらっしゃい、と声をかけた。

「え？　よろしいんですか？」

「いいわよ？　なんだか行った方がいいような気がするから。今度、埋め合わせはしてもらうわ」

思いがけない言葉に驚きながらも、ルチアは席を立つ。そしてアンナに続いて、イレーナたちがいる庭園から離れた。

◇　◇　◇

アンナについていくと、一度王城の中へと入り、ぐるりと反対側に回った後、また庭へと出る。

中庭を突っ切り、王族しか入れない奥中庭へと入った。

道順と景色に、ルチアは懐かしい思いが込み上げてくる。

「イレーナ様お気に入りの、薔薇園に向かっているのね」

「そうです。殿下とルチア様が初めて会った場所だと聞いております」

全てが始まった場所だ。ルチアはアーサーと出会ったあの日を思い返す。

不思議と、そんなに昔のような気がしなかった。アーサーと出会って十三年も経っているのに、とそんな風に思う自分が少しおかしかった。

——殿下が記憶をなくして、初めて会った人のように過ごしていたからかしら……。

そう思ったら、急に感慨深い気持ちになった。

辿り着いた中庭には誰もおらず、ガゼボには侍従が一人立っていた。彼はルチアを見ると、恭しく頭を下げる。

「申し訳ありません。アーサー様は少々、遅れております。ルチア様はこちらでお待ちいただけますか？」

「構いませんわ」

侍従の言葉に頷くと、ルチアはガゼボの中へと入ろうとする。そこでふと思い立って、噴水の方へと足を向けた。

「あちらにいるから、殿下がいらっしゃったら呼んでくださる？」

「かしこまりました」

薔薇のアーチを潜り抜けると、噴水に辿り着く。女神像の抱えた甕から勢いよく水が噴き出し、水飛沫がキラキラしている。

噴水の縁に腰かけて、深呼吸をする。薔薇の豊潤な香りが胸いっぱいに広がった。

——思い返してみると、ここでの出来事が薔薇を特別に好きになったきっかけかもしれないわ。

幼いルチアの中で薔薇は憧れだった。

子どもの頃に本で読んだ王子様は、薔薇の花束を持って求婚していた。ルチアもなんの根拠もなく、いつか同じような求婚をしてもらえると信じていたのだ。

実際は呼吸困難になるほどの羽交い絞めだったが。

それでもアーサーはしっかりとルチアに結婚を申し込んでくれた。薔薇が咲き誇る、この美しい庭園で。

ルチアにとって、薔薇は幸福の象徴なのだ。だからついつい、薔薇の香りや薔薇の形をしたものを手に取ったりしてしまう。

「星の館《オブス・ステラ》でもローズウッドのサシェを選んだのよね」

アーサーも同じものを選んでいるのを見て、密かに笑ったのだ。そして少しだけ嬉しかった。お揃いのものを選んでくれた、と思ったから。

庭園には白色や黄色、赤色など色とりどりの薔薇が咲き誇っている。あの日と同じ暖かい日差しを感じながら、円形噴水の飛沫を見つめていた。

そうして庭園に広がる景色を楽しんでいると、誰かが近づく気配を感じた。振り返れば、アーチの下でアーサーが立っていた。

「いらしてたんですね。お声をかけてくだされればよかったのに」

ルチアは立ち上がって、アーサーのもとへ歩み寄る。しかしルチアが近づいても、アーサーは無言だった。なんの反応もないアーサーを不思議に思い、声をかける。

「どうしました？　何かありましたか？」

「……綺麗だなって思って」

「え？　……あぁ、中庭ですか？　薔薇がちょうど見頃ですよね。私も先ほど見させていただいたんですが、見事で――」

そう言って中庭を見回していた顔をアーサーに向けると、彼はルチアを真っすぐ見つめていた。

「殿下？」

「ルチアが綺麗だと思ったんだ。薔薇の中に立つルチアは女神のようだよ」

「……それは褒めすぎです」

あまりにも真っすぐに見つめられて、ルチアは照れて視線を逸らす。

記憶をなくしたアーサーを避けていたせいで、しばらくの間こんな風に褒められていなかったので、羞恥心が湧き起こった。

頬が熱いような気がして、ルチアは火照りを冷ますように両頬に手を添えた。その様子を見たアーサーはクスリと笑うと、その場に片膝をついて跪く。

「殿下？」

突然のことに驚いたルチアは、呆然とアーサーを見下ろした。彼はそっと後ろ手に持っていた花束を持ち上げる。

途端に広がる薔薇の香り。アーサーが手に持っていたのは大きなピンクの薔薇の花束だった。

「ルチア」

「え？」

「どうか俺と結婚して欲しい」

穏やかな声で、アーサーはそれだけを言った。状況が呑み込めないルチアは、ただ花束とアーサーの顔を何度も見比べる。

いつまで経ってもルチアは衝撃から立ち返ることができなかった。呆けたまま立ち尽くすルチアを見て、アーサーは苦笑する。

「ルチアが言っていただろう？　求婚の時には花束を持った王子様が、跪いて申し込むものだって」

「殿下……記憶が……？」

「あの時はピンクの薔薇がなくて、白の薔薇で求婚したよね。後でピンクもあげるって約束したのに、結局あげてなかった」

それは幼い頃のルチアとアーサーの記憶。――アーサーが失った記憶。

アーサーがそっとピンクの薔薇の花束を差し出してくる。ルチアは震える手でそれを受け取り、もう一度アーサーの顔を見た。

「記憶を取り戻したんですか？　いつの間に？」

「オークションに潜入した時にはほとんど取り戻していたんだ。暗闇の中でルチアを抱き締めた時、完全に思い出したんだと思う」

「なんで今まで黙って……」

そんなに前から記憶が戻っていたのなら、教えて欲しかった、とルチアは詰《なじ》る。

アーサーは困った顔をしながら、ルチアの手を取った。それからガゼボの方へと誘導する。

落ち着いて話そう、ということだと察したルチアは、大人しくガゼボの中に入ってベンチに座った。

アーサーも覚悟を決めた面持ちでルチアの隣に座る。

「ルチアは記憶をなくした俺に、怒っていただろう？」

「え？」

思いがけない言葉に、ルチアの口から変な声が出る。

確かに面白くない、と思っていた。怒りも感じた。しかしそれよりも悲しさや寂しさの方が大きかった。

「怒っていましたけど、それだけではなくて」

「うん。悲しい思いをさせたことも十分理解しているよ」

「……殿下のせいではないことは分かっています」

「頭で理解できても、心は別だろう？　俺だったらルチアが記憶をなくして、俺のことを忘れたら発狂して死ぬ自信がある」

深いため息とともに、アーサーがしょんぼりと項垂れる。

その言葉にはものすごい説得力があった。

「ルチアへの申し訳ない気持ちと、自分に対する猛烈な怒りで、俺はしばらく死にそうだった。合わせる顔がないと思って会いにも行けなかった」

「それで最近、お姿をお見かけしなかったんですね」

「ルチアに会えない日々は、地獄のような苦しみだった。でも、何事もなかったように会うことだけはできなかった」

アーサーの真剣な目がルチアを射貫く。

その瞳には深い後悔が映っている。アーサーはルチアを悲しませるものや苦しませるものから守ってきた。それだけに、自分が苦しめたという事実が許せないのだろう。

真一文字に引き結ばれた口元から、そんなアーサーの気持ちを悟った。

「ルチアへの償いと、決意を表明したかったんだ」

「その決意が求婚ですか？」

「ルチアは今回の一件で、俺との結婚が嫌になったかもしれない。……嫌になって欲しくないけど……俺のこと、嫌いになったかもしれない……そんなこと、考えたくないけど……」

自分の言葉に傷ついた表情をしながら、アーサーはルチアを見た。

「俺は、ルチアが好きだ。愛している。結婚したい。この気持ちは変わらない。それだけは誇りと自信を持って言える‼」

高らかに宣言した言葉からは、覚悟のようなものが伝わってきた。

確かにアーサーは記憶をなくしても、ルチアへの思いだけはなくさなかった。それは変えようのない事実だ。

「俺の心はいつだってルチアと一緒だ。どうか結婚して欲しい」

その言葉がルチアに届いた時、胸に熱いものが込み上げてきた。それは徐々に全身へと回り、ルチアの身体を熱くさせる。

全身を真っ赤にさせて固まるルチアを見て、アーサーが愛おしそうに微笑み、そっと抱き締めた。

「悲しませてごめん。これからは絶対に悲しい思いはさせないと誓う」

「そんな約束はいりません」

「え……」

強い決意を持って告げた言葉をばっさりと斬られて、アーサーは地味に落ち込んだような顔をする。

ルチアはアーサーの背中に手を回し、胸元に額を押しつけて、囁くような声で言った。

「悲しませても心配させてもいいから……もう私のこと、忘れないで」

消えそうな声だった。俯いているから、アーサーはルチアの顔を見ることができない。

しかし背中に回された手には力がこもり、耳は赤く染まっている。それだけでアーサーには十分だった。

「――かっわいい!!!」

アーサーが絶叫してルチアをぎゅうぎゅうと抱き締める。

そのことに驚きながらも、久々に感じた愛情という名の温もりに、ルチアはそっと身をゆだねた。

抱き締めるアーサーの腕は震えている。どうやらルチアが逃げないことを知って、感動しているようだ。

絶対に離すもんか、というように抱き締めたアーサーはルチアのこめかみにそっと唇を寄せた。

仲睦まじく抱き合う二人を、離れたところでこっそり見ていた侍女や侍従たちは、安堵のため息を漏らした。

ここ最近、ぎこちなかった二人は、ようやく元通りになったようだ、と安心したのだ。これで次代のラージア国も安泰だ、と胸を撫で下ろす。

さっそく気を揉《も》んでいる他の同僚や上司たちに報告しよう、と彼らは三々五々に散った。

ルチアはアーサーに抱き締められるまま、彼の腕の中にいた。

——不思議。前まではアーサーに抱き締められることは日常で、特に何も思わなかったのに。今はドキドキするし、なんだか安心もする。

血の通ったアーサーを感じることで、ルチアはアーサーの存在を強く意識した。一時はこの温もりを手放すことを覚悟したのだ。

「あぁ……。なんだかやっと、ルチアのもとに戻ってこられた気がするよ」

アーサーはルチアを抱きながらそんなことを感慨深そうに呟いた。

その言葉は、ルチアの胸にも大きく響いた。

ルチアもやっと、アーサーが帰ってきた、と実感した。

終章

冬の寒さが和らぎ、少し暖かくなった午後の王城にある自室で、ルチアは手に持ったレース編みのヘッドドレスを持ちながら、目の前のテーブルに広がっている二種類のヴェールを見て、悩ましげに唸る。

右手には裾に金糸の繊細な刺繡が入ったオフホワイト色のチュール生地でできたマリアヴェール。左手にあるのがホワイトのチュールに銀糸とビーズ刺繡の入ったフェイスアップヴェール。

「どちらがいいかしら……。どちらも素敵に見えるわ」

「あら。また悩んでいるのですか？」

お茶の用意のために傍を離れていたアンナが、テーブルの前で苦悩するルチアを見て、驚いた顔をする。

「昨日は銀糸の方にしようと思ったんだけど、一晩考えたらなんだかもう片方の方がいいような気がして……そう思ったらドレスやブーケや、他のことも色々と気になり始めたの……」

もじもじしながら返事をするとアンナが苦笑する。

「一生に一度の結婚式ですものね。お悩みになるのは当然です。少し休憩なさったらいかがです？」

アンナはカップにミルクティーを入れて差し出してくれる。それを受け取って一口飲み、ホッと肩の力を抜いた。

ルチアとアーサーの結婚式は一週間後に迫っていた。

結婚式の進行や披露宴の舞踏会の準備などはほとんど済み、ルチアたちはその日を待つだけとなっている。

ウェディングドレスはイレーナとデザイナーたちが三日三晩、徹夜して構想してくれたもので、素晴らしい仕上がりになった。

ルチアは奥の部屋に置かれたトルソーが着ているドレスを見て、思わず笑みを漏らした。

楽しげなルチアの様子に、アンナも嬉しそうにする。

「それにしても、よく殿下がウェディングドレスの制作に関わらないことを承諾しましたね」

アンナに言われて、アーサーと話し合った時のことを思い出す。

「たくさん作ったデザイン画は見ていたから、その後の作業にも参加するつもりだったみたいなんだけど……」

「殿下は嫌がらなかったんですか？」

ルチアは無言でアンナを見返すと、苦笑した。それからゆっくりと首を横に振る。

「少し寂しそうだったけど、最後には受け入れてくれたわ」

最初は自分も参加したい！　と言いたそうな顔をしていたが、ルチアが自分で考えたい、と言ってお願いするとアーサーも納得してくれた。

ルチアの望むままに、とアーサーが言ってくれた時、温かい気持ちが溢れたことを思い出す。

——殿下はお変わりになられたわ。

ぼんやりとウェディングドレスを眺めていると、ドアがノックされる。

「殿下がお越しです」

外に立っている近衛の声を聞いて、ルチアが慌ててアンナに奥の部屋の扉を閉めるように伝えた。

ウェディングドレスが置かれている続きの間との扉が閉められると同時に、ルチアの背後で廊下に繋がる扉が開く。そこにはアーサーが立っていた。

時計を見れば、前回の訪問から三時間が経っている。どうやら休憩に来たようだ。

アーサーが近づいてきたので、ルチアはソファの端に寄った。

「殿下、お茶にしますか？」

「うん。ルチアと同じものを――」

ニコニコとしていたアーサーが急に立ち止まる。真顔になったかと思うと、何かを凝視し始めた。

ルチアはその視線の先を追って「あっ」と声を上げた。

そこにはテーブルの上に広げられていたヴェールがあった。彼はそれを食い入るように見つめている。

――これを隠すのを忘れていたわ……。

ウェディングドレスに関するものはドレスはもちろん、小物類に至るまでアーサーから隠していた。

アーサーは初めて目にしたヴェールを前に、感動したように顔を輝かせながらルチアを見る。

「それは……」

「見られてしまいましたね」

今さら隠すこともできないので、そのままにしておく。アーサーはルチアの隣に腰を下ろすと、まじまじとヴェールを眺めた。

「これをつけたルチアと結婚式を挙げるのか……。でもなんで二つあるんだ?」

ホワイトのフェイスアップヴェールを手に取ったアーサーが、テーブルに広げられたもう一つのヴェールを見て首を傾げる。

「実はどちらにするか悩んでいるんです。ヘッドドレスと合わせていたんですけど、どちらも素敵で」

ルチアはマリアヴェールを拾い上げ、アンナが差し出したヘッドドレスを持ってアーサーに見せる。

アーサーは目を丸くした後、破顔した。

「それをつけてくれるんだね」

「もちろんです。殿下が選んでくれたものですもの」

ルチアは愛おしそうにヘッドドレスを指先で撫でた。

このヘッドドレスは、アーサーが一年前に辺境の視察で買ってきたものだった。記憶をなくしてしまったために、買ったことをすっかり忘れて、衣装室の奥に仕舞われていたらしい。

アーサーは記憶を取り戻すと、すぐにこれを引っ張り出してきてルチアに手渡した。これをつけたルチアと結婚したい、と言葉を添えて。

「一目見た瞬間に、ルチアにピッタリだと思ったんだ」

微笑むアーサーの視線はヘッドドレスに注がれている。

ホワイトの刺繍糸で編まれたそれは薔薇の花と蔦がモチーフとなっており、真珠が編み込まれている。

これを手渡された時、ルチアは胸が大きく高鳴ったのを感じた。そして悔しいと思ってしまったのだ。

――もっと、私も自分の好きなものを選んで、結婚式を作り上げたい。殿下が用意してくれたものの中から選ぶのではなく、自分の目と感性で探したい。全ては無理でも、せめてウェディングドレスだけは。

そう決めたルチアは、お妃教育や結婚式の準備の合間を縫って、ウェディングドレスの打ち合わせを重ねた。

その甲斐《かい》があって、ドレスは素晴らしいものになった。あとはヴェールを決めるだけである。

ルチアはふと、アーサーの意見も聞いてみよう、と思った。自分に似合うものを知っている人間は、アーサーをおいて他にはいないからである。

「殿下はどう思いますか？　どちらが似合うと思います？」

ヴェールを被ってみせれば、彼は目を見開いて固まった。頬を紅潮させ、プルプル震え始める。

「殿下？」

「――み……だ」

「え？」

「女神だ……!!」

顔を真っ赤にしたアーサーはそう叫ぶなりルチアをぎゅうっと抱き締める。顔を首元に埋めて可愛いとひたすら呟いているのが聞こえた。

アーサーに抱き締められながらルチアはフフッと笑う。

大袈裟だな、と思う反面で可愛いと言って感動してくれるアーサーの気持ちが嬉しかった。

「どちらがいいと思いますか？」

アーサーは真剣な面持ちでルチアのヴェールを見比べる。視線を何度も二つのヴェールとルチアの間を行き来させ、考え込んでいた。

ルチアが返事を待っていると、ふとアーサーの頬が緩む。

「どうしました？」

「いや、初めてだな、と思ったんだ」

「初めて……ですか？」

アーサーの言葉にルチアは首を傾げる。アーサーは手元にあるヴェールを撫でながら、少し気まずそうな顔をした。

「こんな風に話し合ったことなかったよな」

「話し合う？」

「俺がルチアのために何かを用意する時、ルチアの好みや流行を考えて選んでいたけど、こうやって言葉で確認したことはなかったって気がついたんだ。ルチアのことは誰よりも分かっているという自信があったから、聞く必要がないとも思っていた」

彼にしては珍しく弱気な様子で俯き加減に言葉を紡ぐ。ルチアはハッとした。

「それは私も同じです。殿下が選んでくれることに甘えて、気持ちを伝えることを怠ってきましたアーサーがルチアのために全力を尽くしてくれるのは、嬉しいと思っていた。それを知っているからこそ、変なことを言って、余計に悩ませたりしたくなかったのだ。

しゅんとするルチアの頭を、アーサーが撫でる。

「骨董市で色々買おうとしてルチアに止められた時は、驚いたんだ。でも、ルチアの本心が聞けて嬉しかった。今まで、本当にごめん。俺は最初から、ルチアの気持ちや意見も聞かずに突っ走ってしまって……」

アーサーからこんな風にきちんと謝られるのは初めてだった。思わず口ごもるルチアを、アーサーは優しい眼差しで見つめた。

「ルチアが自分でドレスを決めたいと言った時も驚いたけど、今はすごく楽しみなんだ。ルチアがどんなデザインを選んだのか……。本当はちょっと見てみたい気持ちもあるけどね」

アーサーの言葉が、ルチアの胸に響く。自分の希望を言ってみてよかったと感じた。アーサーが受け止めてくれたことが本当に嬉しかった。

今までルチアは自分が何も言わない方が、物事が上手く進むと思っていた。アーサーが突っ走ってしまうのも、ルチアがはっきりと意見を言わなかったからかもしれない。

「私も自分の気持ちを殿下に伝えることをしてこなくてごめんなさい。これからはたくさんお話をしましょうね」

そう言って微笑むルチアに、アーサーも優しく微笑み返してくれた。

記憶喪失の一件があってから、ルチアはアーサーに流されるのではなく、なるべく自分がどうしたいか言葉にして伝えるようにしていた。アーサーもそれに耳を傾けてくれるようになったので、彼の暴走もだいぶなくなり、ルチアがため息をつくことも減っていた。

だけど、こうして改めて今までのことを二人で反省したのは初めてで、これでようやく本当に互いを理解できた気がする。

ルチアは胸に広がるぽかぽかとした気持ちをアーサーに伝えるように、彼の手に自分の手を重ねる。アーサーは一瞬目を見開いたが、静かに手を握り返してくれた。

情けないことに、十三年間も一緒にいてアーサーに対して自分がどんな気持ちを抱いているのか、ルチアはほとんど考えたことがなかった。

ずっと一緒でアーサーの方からなんでもしてくれるから、ただそれに流されていたのだ。

視察やその後の事故で彼と離れて、ルチアは初めて自分の気持ちと向き合った。アーサーはすっかり自分にとってなくてはならない存在になっていた。アーサーの我が儘に付き合って仕方なく始まった婚約関係だったけれど、いつしかルチアは彼のしつこいまでの求愛や甘やかしに陥落してしまっていたのだ。

辺境での事故はつらいものだったが、そのおかげで自分の中にアーサーへの恋心が確かにあることを自覚できた。

それにアーサーは離れていても、記憶を失ってもルチアのことを好きでいてくれたし、ルチアがちゃんと自分の口で言えば、しっかり話を聞いてくれる。それを知ることができた。

城下で人気だったあのロマンスは鳴りを潜め、今では違うものが流行っているという。

王城の使用人の間ではディエリング家の呪いが婚約破棄の宿命を打ち破ったと、もっぱらの噂になっているようだと、アンナが教えてくれた。

紅茶をゆっくり飲むと、アーサーの視線が続きの間を仕切る扉に注がれていることに気がついた。

アーサーはやはり、ウェディングドレスが気になるらしい。口では何も言わずとも、その表情が「見たい」と語っていた。

アーサーの気持ちは分かっていたが、ルチアには見せるという選択肢はなかった。

「ウェディングドレスは、当日までお預けです」

きっぱりと言い切られて、アーサーがしょぼんとする。見たいという気持ちがこもった目で見つめられるが、ルチアが断ると、納得させるように何度も頷いた。

「うん、そうだな……。ルチアがそうしたいんだし、我慢、する……」

アーサーは拳をぎゅっと握り締めて、自分に言い聞かせるように呟いた。雑念を捨てるように目を閉じ、心にある未練を断ち切ったようだ。

そうやってルチアの気持ちを尊重してくれるアーサーに、心が温かくなる。

「……殿下には一番綺麗に着飾っているところを見てもらいたいんです」

「…………えっ⁉」

ぼそりと呟いた声が聞こえたらしいアーサーは、驚いた顔をして目を見開いた。本音が漏れてしまったルチアは、頬が赤くなるのを感じながらプイっと横を向く。

アーサーはそんなルチアの両頬を優しく包むと、自分の方へと引き寄せた。

「今、なんて……？」

「……ウェディングドレスなんですよ？」

「分かっている。だから一番に見たい」

「私も見て欲しいです。でもその姿は、一番綺麗だと思ってもらいたいんです」

先に見てしまったら、本番の時の感動が半減してしまうかもしれない。そんなことを思ったルチアは、結婚式の当日、人生で一番綺麗だと誇れるその時に、アーサーに見て欲しいと思った。

「それにどんなドレスにしたら、殿下が喜んでくれるかなって想像しながら選ぶのは楽しかったです。そうやって支度をしているうちに、なおさら殿下には完璧なものを見て欲しいと思って……綺麗って思ってもらいたかったですし……」

ぼそぼそとウェディングドレスへの思いを語ったところ、アーサーが顔を真っ赤にして固まった。それから後ろにゆっくりと倒れる。

ソファに上半身を仰向けにして横になり、彼は深いため息をつきながら、両手で顔を覆った。

「愛しさが溢れて溺れそうだ……‼」

彼の心からの叫びだった。ジタバタと足を動かしながら、心を落ち着かせようとしているのが分かる。

アーサーは横になったまま、唇を尖らせながらルチアを見上げた。

「そんなことを言われたら、早く見たいって我が儘が言えないじゃないか」

「そうでしょう？　ヴェールだけで我慢してください」

ルチアがいたずらっ子のように笑うと、アーサーは倒れていた上半身を起こす。そして顔にかかったヴェールを手で避けて、じっと目を見つめてきた。

「早く、ルチアを俺のものだってみんなに言いふらしたいな」

アーサーは顎に優しく触れ、ルチアの唇を親指でなぞる。

「……言いふらさなくても、すでに知っていますよ」

ルチアの軽口を聞いて、アーサーがふっと笑みをこぼす。そのままルチアの目を見つめながら、ゆっくりと距離を縮めてきた。

「そうかもしれないな。でも俺が世界一の幸せ者だって、みんなに宣言したい気分なんだ」

結婚式ってそういうものじゃないですよ、というルチアの言葉は、アーサーからの口づけによって消えてしまった。

優しく押しつけられた唇は、ルチアに微かな体温を残して離れていく。アーサーは顎に添えていた手でルチアの頬を優しく包み、甘い顔で微笑んでいた。

あまりにも自然な仕草だったので、ルチアは彼の口づけを受け入れていた。しばらく反応できないでいると、またアーサーが身をかがめる。

ルチアは慌ててアーサーの肩を摑むとぐいっと向こうへ押しやった。

「……もうすぐ結婚するんだよ？」

腕を思いっきり突っ張っているルチアを、アーサーがからかう。そうだとしても、ルチアには少し刺激が強すぎた。

――殿下とキスなんて、今までは頰に軽くされたくらいしかなかったのに……！

挨拶と親愛を示す軽い口づけならば、何度もしてきたが、唇にキスとなると話は別である。

何か反論しようと口を開くも、言葉は出てこなかった。真っ赤になって口をパクパクさせるルチアを可哀想に思ったのか、アーサーは苦笑して謝ってきた。

「ごめんごめん。結婚するまでは、自重するよ」

「そうなさってくださると……嬉しいです」

「結婚したら、おはようのキスにおやすみのキス、いってらっしゃいのキスに、お帰りなさいのキス……いただきますにもキスは必要かな？」

目を輝かせて指折り数えるアーサーを見て、ルチアはこれから訪れるであろう新婚生活を想像して、顔を真っ赤にさせるのだった。


結婚式の日は雲一つない綺麗な青空だった。

王都には大聖堂の荘厳な鐘の音が響き渡り、国中がその音を聞いて慶《よろこ》びに胸を震わせていた。

大聖堂の祭壇の前では、緊張した面持ちのアーサーがルチアの入場を今か今かと待ちわびている。

やがてラッパのファンファーレとともに、聖堂の入り口の扉が重々しく開いた。明るい光の中で、ルチアが姿を現す。

純白に輝くウェディングドレス。繊細な金糸と銀糸の刺繍が施され、全体に真珠が縫いつけられたそれは、まばゆい輝きを発していた。すっきりとしたデコルテには、王家に代々伝わる豪華なネックレスが輝いている。

美しい花嫁の登場に、聖堂にいる誰もが感嘆のため息をこぼした。アーサーは蕩けそうな笑みを浮かべて、ルチアのことを見つめている。

ルチアは銀糸の施されたヴェールの陰から、アーサーの様子を窺った。

一歩ずつ、父親にエスコートされて祭壇へと歩を進める。

アーサーのところまであと一歩、というところで父親が足を止めた。彼は嬉しいような寂しいような、そんな複雑な顔をして、アーサーと対峙し、口を開く。

「殿下」

「はい」

「娘を……ルチアを、悲しませたら……抹殺――」

「身命を賭して、ルチアを愛するとお約束します」

物騒なことを口走ろうとした父親の言葉を、アーサーがばっさりとぶった切る。父親は一瞬歯ぎしりしそうな顔をした後、ルチアを振り返った。

その目は娘に対する深い愛情と、寂寥《せきりょう》感に満ちていた。

――あぁ……私はもう、お父様のいる屋敷が自分の帰る場所ではないのだわ。

そう思った途端、ルチアにも寂しさが込み上げてきた。父親の手をぎゅっと握ると、父も握り返してくれる。そして父親はルチアの手をそっとアーサーへと差し出した。

ルチアはアーサーに力強く引き寄せられ、一歩彼へと近づく。二人は大司教の待つ祭壇の前に立った。

陽光に輝くステンドグラスの前で、誓いの言葉を交わす。アーサーはルチアの方を向くと顔にかかったヴェールをゆっくりと持ち上げた。

アーサーと目が合い、気恥ずかしさを感じながらも美しいアンバーの瞳に釘づけになる。アーサーが感極まったように目を潤ませて、ルチアの方へと身をかがめた。

「本当に綺麗だ。一生、君を大切にすると誓う」

唇が重なる直前、彼が小さく囁く。ルチアはそっと目を閉じた。

アーサーが優しく口づけをした瞬間、二人を祝福する空砲が王都に響き渡った。

やがてゆっくりと顔を上げたアーサーはルチアに腕を差し出す。ルチアはアーサーに寄り添い、ドレスの裾に気をつけながら、王城のバルコニーへ向かう。

「俺は世界一の幸せ者だ」

アーサーは移動の途中にバルコニーに面した広場からの歓声を聞いて、声を震わせる。ルチアも同じ気持ちだった。

「私もこの善き日を迎えられて、本当に幸せです。不束者《ふつつかもの》ですが、これからよろしくお願いします」

「ルチア……!!!」

アーサーの涙腺は決壊寸前だった。傍で控えていた侍従がすかさずハンカチでアーサーの顔を拭う。感動しっぱなしの彼は、今日は何度も侍従に顔を拭われていたので、抵抗もなく受け入れていた。

二人は祝福の声に導かれるようにバルコニーへと歩を進める。

若き王太子夫妻の姿を見た人々は、これまで以上の歓声を上げた。二人は手を振って、それを受け止める。

――ここから、始まるんだわ。

笑顔で祝福してくれる人々を前にして、ルチアは身を引き締めた。これからは王太子妃として、アーサーと一緒に国民を導いていくのだ。そう思うと、自然と背筋が伸びた。

緊張したことに気がついたのか、アーサーが手をふわりと握ってくれる。その優しさに胸が温かくなった。

——殿下と二人ならきっと大丈夫だわ。

一緒に悩み、考え、言葉にすることを知ったアーサーとなら、この先何があっても乗り越えていける。ルチアはそう信じている。

ルチアはそっと爪先立ちになると、アーサーの頬に優しくキスをした。

自分への誓いと、夫となるアーサーへの深い愛情の印として。

王太子妃からのキスを目の当たりにした国民はさらに歓声を上げる。アーサーは呆然としながら、頬を押さえ、ルチアを見た。

「ルチア……今……」

「たまにはいいじゃないですか。……アーサーは、嫌でした?」

「嫌なわけあるか！」

感極まって叫ぶアーサーがルチアの唇にキスをする。広場の人々の興奮は最高潮となり、歓声が鳴りやむことはなかった。

ルチアはアーサーのキスを受け止めながら、胸に溢れる愛情を示すかのように、彼をぎゅっと抱き締めた。

◇　◇　◇

――後の世に、大陸中で有名になる恋愛物語がある。

とある国の王子様は、幼い頃に自分の国の令嬢と婚約をし、二人は幼少期を仲睦まじく一緒に過ごした。

ある日王子様は旅に出て、そこで事故に遭ってしまった。

そこで王子様は、心優しき女性に助けられたが、大切な婚約者のことを忘れてしまった。

王子様は助けてくれた女性の献身的な支えにより回復し、王城に戻った。

記憶をなくした王子様は婚約者である令嬢を見つけ――再び彼女に熱烈な恋をした。

令嬢に二度一目惚れをした王子様は、愛の力で全ての記憶を取り戻し、再び令嬢に求婚をする。

王子様は婚約者に愛を囁き、それはもう鬱陶しいほど口説き続け、やがて二人は結婚をして幸せに暮らしたという内容だった。

それがどこかの国の幸せな二人がモデルだということは、まことしやかに流れる噂である。

出戻り(元)王女と
一途な騎士
Ichini イチニ
Illustration 氷堂れん
フェアリーキス
NOW ON SALE
身分違いの初恋夫婦は、
結婚後もいろいろあるようで!?
政略結婚で嫁いだ大国から８年ぶりに母国に出戻ることになった元王女アデル。降嫁先となったのは少女の頃、淡い思いを抱いていた年下の騎士ルイスだった。幼かった面差しは凛々しい美貌の騎士へと成長していて驚いてしまう。まさかの相手に、これは偽装結婚？　もしやお飾りの妻!?　恋愛小説好きなアデルは妄想が止まらない。ちょっとずれた思考の変わりもの元王女と堅物騎士が初恋を実らす、王宮ラブコメディ！
フェアリーキス
ピンク
fairy kiss
Ｊパブリッシング　https://www.j-publishing.co.jp/fairykiss/　定価：本体 1200 円＋税

新米魔女ですが、
初恋こじらせた
使い魔に
離魔してもらえません
Miya Natsume
夏目みや
Illustration
漣ミサ
不器用なふたりの
ジレジレ♥ラブコメディ！
フェアリーキス
NOW ON SALE
新米魔女のメイは使い魔を召喚したところ、なぜか容姿端麗な高位魔族が現れてびっくり！　可愛い黒猫のはずがなんで!?　ギルと名乗る彼に強引に契約を結ばされてしまう。普段は寝てばかりのギルだけどトラブルが起こるたび強力な魔力で助けてくれる。しかしある時、騒動に巻き込まれて使い魔契約の証であるブレスレットを壊されてしまい!?
フェアリーキス
ピュア
fairy kiss

Saki Tsukigami
月神サキ
Illustration
八美☆わん
執着幼馴染みのせいで
人生を何十周もする
羽目になった私の結末
フェアリーキス
NOW ON SALE
彼の執着愛のせいで人生ループ、
私の幸せエンドはどっち!?
目が覚めるといつも同じ年齢で、バッドエンドの人生を繰り返している王女マグノリア。しかもすべての死因に熱烈な愛を捧げてくるシャムロックが関係しているのだ。しかし、何十回めの人生で予想外の行動を取りはじめた彼に、状況は二転三転！　予測不可能な事態にマグノリアはある決断をするが!?　繰り返しから逃れるための奮闘が、思わぬ事態を巻き起こす！
フェアリーキス
ピュア
fairy kiss

二度目の求婚は受けつけません！

著者　藤咲慈雨　© JIU FUJISAKI

2021年3月5日　初版発行

発行人　神永泰宏

発行所　株式会社 J パブリッシング
〒102-0073　東京都千代田区九段北3-2-5 5F
TEL 03-3288-7907　FAX 03-3288-7880

製版　サンシン企画

印刷所　中央精版印刷株式会社

ISBN：978-4-86669-370-5
Printed in JAPAN